VIRICONIUM

ヴィリコニウム

パステル都市の物語

M. John Harrison

M・ジョン・ハリスン

訳◉大和田始

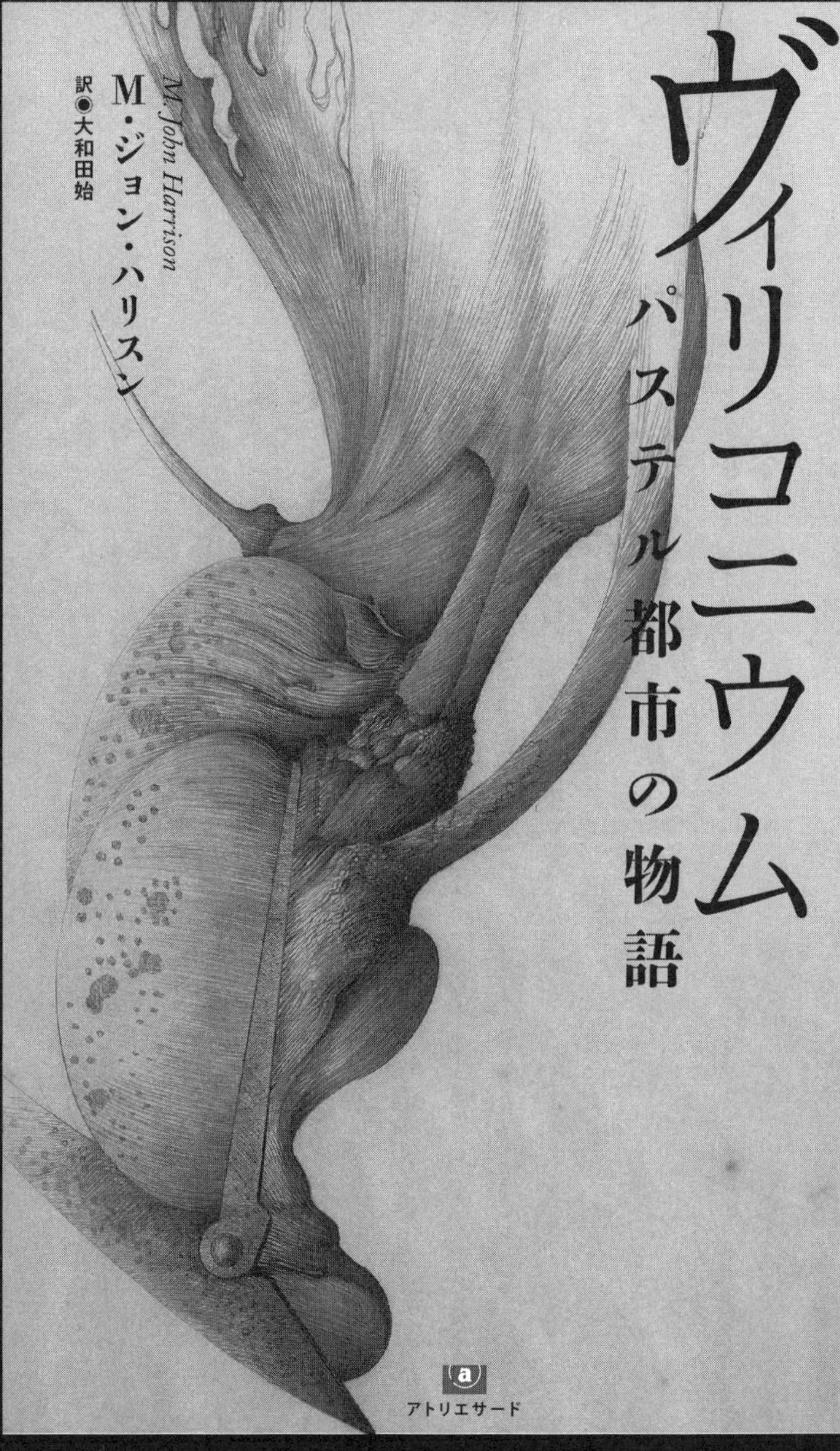

アトリエサード

"The Virconium Knights" by M. John Harrison
From Virconium Gollancz, 2000. Originally published in Elsewhere, Ace Books, 1981.

"The Lamia and Lord Cromis" by M. John Harrison
Originally published New Worlds Quarterly #1,1971.

"Strange Great Sins" by M. John Harrison
From Virconium Gollancz, 2000. Originally published in Interzone #5, Autumn 1983.

"Lords of Misrule" by M. John Harrison
From Virconium, Gollancz, 2000. Originally published in Virconium Knights, Ace Books, 1984.

"The Pastel City" by M. John Harrison
From Viriconium Gollancz, 2000. Originally published in The Pastel City, New English Library 1971.

装画：山村俊雄

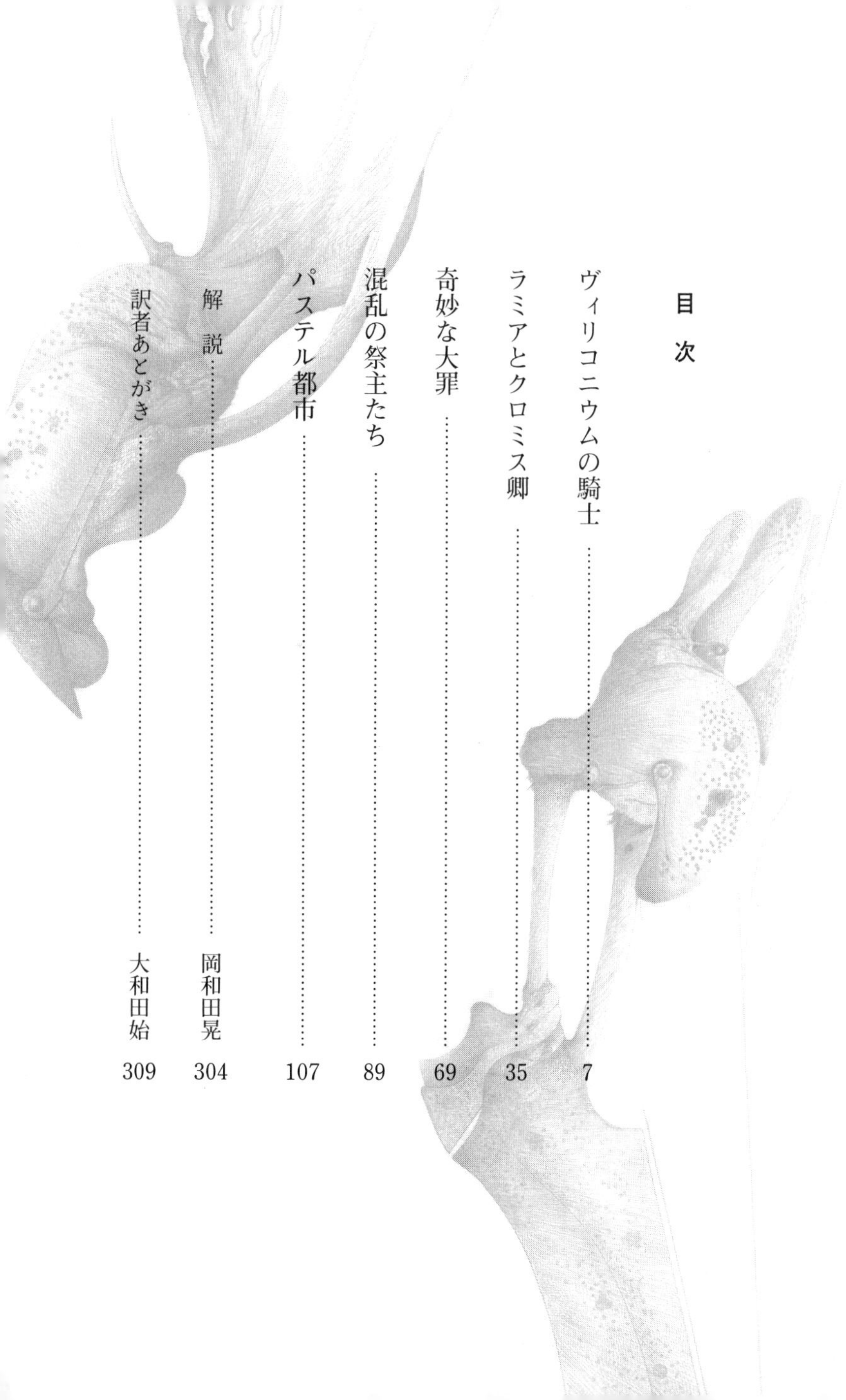

目次

ヴィリコニウム——パステル都市の物語

M・ジョン・ハリスン　大和田始 訳

ヴィリコニウムの騎士

THE VIRCONIUM KNIGHTS

貴族くずれのハイ・シティのならず者たちが、口笛を吹きながら、ロウズの荒廃した天文台や打ち棄てられた城砦の中をうろつき、派閥抗争を演じている。遠くでの、はたまた手の届くほど近くでの小競り合い——短く張り上げられる指揮の声や間延びした反応は、あなたの想像通りだが、往々にして疑問符で終わる——そうした音に基づいて複雑な言語が形づくられ、その響きの残る中、夜明け前の不活発な時間に不意にあなたは目覚める。窓際へ行こう。通りに人影はない。走る足音や嘆き声が聞こえるかも知れない。一分か二分のうちに、口笛は錫市場《ティン・マーケット》か、マルガレーテ通り《ストラッセ》の方角に遠ざかる。夜が明けると、どこぞの小王子が喉を掻ききられて排水溝の中で発見され、後には秘密の戦争、死を賭した忍耐、闇の情報作戦といった印象だけが残される。

街区《クォーター》の子供たちはそうした徴候を理解しているふりをする。都市の最も悲惨な男たちの話をごまんと聞かされてきたからだ。朝方には、シメオン通り《ストラッセ》のリセへの道すがら、血の気のうせた顔をひとつひとつ吟味する。

「あそこをアンティク・ホーンが通った」と囁きあう。「青いアネモネ哲学協会の師匠だよ」そして「昨夜、オスガービィ・プラクタルがうちの窓の真下で女王の臣下を二人殺したんだ。それも短剣で——こんな風に！——それから口笛で、蝗《いなご》の一族の『見つけられ殺された』を……」

もし〈二人の女王の戦争〉の何年かあと、十二月の凍てつく宵にその口笛を追って行ったとすれば、ミロメニル通りとソルト・リップ・レーンの交差点にある宿屋、ドライアド・サドルの裏にある不穏な一画に導かれたことだろう。太陽は一時間前に、三段の縞をなす橙の雲の下に沈んでしまった。霙《みぞれ》はその時からずっと降り続いている。煙と蒸気が宿屋の裏の半開きの扉の明かりの中に漂い出てきて、空気にはきつい臭気がある。塗り薬、ソーセージ、燃える無煙炭の混じりあった臭いだ。その裏庭の三方には、羊毛の外套の裾を干からびた血に染めた男たち、『剣士と踊り子だけに好まれる足の甲の装具』をつけて立つ男たちがひしめいている。彼らは静まりかえり、熱気をおび、大方は宿からもれる笑い声など見向きもしない。

はるか昔、何者かがこの一画に四本の木柱をたてた。黒ずみ、微動だにせず、頭に雪をいただき、一辺数メートルの正方形をなしている。数名の新入りがそこを清掃しようと、柄の長い箒で半融けの雪を掃き出し、鈍らせた鏝《こて》で、前日の出入りで残された固まった氷の畝《うね》を削る。

（朝にはこの若者たちはリヴェリン市場で砂糖で固めたアネモネを商う。いかさまトランプ師の使い走りをする。だが昼ともなると、目つきは夢みるようになり、物思いに沈み、気が立ってくる。夜を待ちきれず、だぶだぶの女っぽい羊毛の上着とぴっちりした革の乗馬ズボンに身をつつんで、穀物色の外套をはおる男たちの付添《ハンドラー》や看護人をつとめる。彼らをどう捉えれば良いだろう？ 彼らは痩せていてろくな物を食べていないが、異常に信心深い。ほとんど足音を立てずに歩く。雇い主たちでさえ彼らを理解していない）

年かさの男が腰掛けに座り、派閥の配下がそれを取り囲み、新入りの二人が身支度をさせている。すでに外套と鎖帷子のシャツは脱がされ、キャンバス地の帯が右手首を吊っていた。彼らは顔にかかった灰色の髪を後ろになでつけ、鋼の飾り留金で束ねた。今は、凝った肩の筋肉に薬液を擦りこまれている。男はなされるがまま、沼から引き上げられた死体のような虚ろな目で、待ちうけている黒ずんだ柱を眺める。少しも冷気を感じてはいないようだったが、傷跡の残る剥き出しの腕は寒さのために紫だった。一度、手首の帯の下に指を二本差し込み、きっちり巻かれているかどうか確かめた。剣は膝に立てかけられていた。暇つぶしのためか、剣の切っ先を二つの敷石の隙間に押しこみ、石をこじりおこそうとしはじめた。

新入りの弟子の一人が前かがみになって男の耳に何事かを囁いた時、彼が答えたくないことは傍目にも明らかだった。彼はその時、あたかも長いあいだ誰とも話していなかったように咳払いして、こう言った。

「そんな男の噂は聞いたこともない。もし知った者だったならば、そやつの決闘を受けることはなかっただろう。何かミンドからいやな知らせは?」

少年は愛想のよい笑みをうかべて彼を見おろした。

「私はどこまでもついていきます、プラクタル。たとえあなたが足を切りおとされようとも」

プラクタルは手を上げ、少年の繊細な手首をきつく掴んだ。

「もしおれが殺されたら、おまえは押っ取り刀でここに飛びこんで来る最初の見かけだおしと一緒に逃げだすだろうよ!」

「そんなことはしません、決して!」と少年は言った。

プラクタルは彼の腕を少し長い間つかみ、短い笑いを放った。「馬鹿なやつだ」と言ったが、満足しているようすだった。彼は緩んだ敷石をこじりおこす作業に戻った。

マミーの臣下は遅れて裏庭に入り、ミンドから付き添ってきた、黄色のヴェルヴェットの外套をまとった近衛兵が周囲を固めた。プラクタルは彼らを一瞥すると、敷石に唾を吐いた。今、宿屋は静まりかえっている。半開きの扉からは、野次馬が何人か――多くはリヴェリンからの呼び売り商人だが、ドライアド・サドルの地元の情報屋や詐欺師の見習いも混じっている――顔をのぞかせて、低い声で賭けている。その間、背後の光と暖気をうけて煙はゆっくりと上昇していた。

マミーの臣下はプラクタルを気にもとめない。彼は木の柱のところへ来るたびにぼんやりとそれを蹴り、何かを忘れてしまったかのようにあたりを見回した。背が高く、狂気をはらんだ大きい目をもち、髪を刈りあげ染めていて、緋色の棘のような鶏冠状のものが頭に突きだしている若者だ。はおっている淡い緑の外套の背には、橙色の稲光が縫いこまれている。若者が外套を脱いだ時、群衆に見えたのは、鎖帷子のシャツではなく、シュニール織りのブラウスのようなものだった。プラクタルの一統はそれを見て囃したて、笑い、指さす。彼は漠然と彼らを見渡し、次いで支離滅裂な動きでブラウスを引きはがし、半分に裂いた。これに近衛兵たちは困惑したらしく、プラクタルから離れ、裏庭の第四側面に一列に並び立つと、仰々しく防臭用の匂い玉を嗅いだ。

プラクタルはうんざりしたように言った。「わっぱを送りおって」

その通りだった。若者の胸は薄く白く、下の方の二つの大きな膿瘍は癒えて、円錐の穴になっていた。背中は細長く、窪んでいた。緑がかったハンカチが喉元に結ばれている。未熟なようにも見えるが、同時に衰弱しているようでもある。

「付き添いが必要だったのもむべなるかなだな」

若者はこれを聞いていたはずだが、ふらふらとよろめき続け、口の中のものを噛んでいた。そして奇怪な脳天を激しくかきむしり、膝をつき、捨てた衣装の中を掻き回しつづけ、ようやく一尺の長さの磁器の鞘をさぐりあてた。それを見た群衆はそこここで興奮した賭の声を上げ、大半はプラクタルの負けに賭けた。〈蝗の一族〉は不安そうだった。あたかも馬をなだめるように、歯の間からしゅーと音を出すと、女王の臣下は鞘から活力剣《パワーナイフ》を抜きはなち、ぎこちなく二度三度と突きを演じた。剣は荒涼とした死を想わせる唸りをはなち、麻薬に酔った蛾のような蒼白い塵の雲が湿った空気の中へ漏れ出す際には、幽冥の中、後ろにくっきりとした光の線を残した。

オスガービィ・プラクタルは肩をすくめた。

「あの男がそれを扱うには腕が長くなくてはならぬな」彼は言った。

誰かが大声でルールを宣言した。戦士のどちらでも斬創を負った時点で、敗退だ。柱で区画された仮想の四角形の外に足を出した瞬間、降参したものと判定される。誰も殺されることはない(しかし人命が奪われないわけではなく、頻繁に奪われているのだが)。プラクタルはいささかの関心も見せなかった。少年は賭の点が上がるたびに興味深そうに頷いていたが、やがて笑みをうかべ、口笛を吹きながら外に出た。

多人数の決闘は珍しい。多少の経験をもつプラクタルは、活力剣の流儀に反して剣の切っ先を下げている。一つには二つに折られる危険を減ずるためだが、一つには相手が彼に挑もうという誘惑にかられるのを避けるためだ。少年は足裏をぴたりとつけるスタンスを取りながら、数秒間、脈絡もなく旋回しただけで、激しく息をつきはじめた。その直後、二人の間には活力剣がきらめき、花火のように音と火の粉をまき散らした。群衆は息を呑んだが、プラクタルはわずかに脇によけ、剣は空を切った。少年がバランスを取り戻すより早く、プラクタルの剣の平らな面は彼の耳をなめた。少年は角の柱《コーナー・ポスト》に倒れかかり、顳顬《こめかみ》を押さえて目をしばたかせた。

近衛兵たちはもどかし気に舌うちした。

「その隅《コーナー》を出て戦って見せろ」蝗の一族からやってきた誰かがうながした。笑いがおこった。

少年がはじめて口を開いた。「家に取ってかえして女房の股ぐらを覗くことだな、おのおの方。昨晩そこに何かを忘れてきたような気がするぞ」

この返答は群衆の興趣をさらに高めた。冷笑をうかべて周囲を睥睨《へいげい》しながら、プラクタルはまたしても少年の耳のあたりを激しく打ちすえた。その時、活力剣は少年の手を離れて落ち、彼の足元二センチのところの敷石に食いこみ始め、蜂の羽音のような鈍い音を立てた。少年は剣を見下ろして立ち、耳をこすった。

プラクタルの剣の切っ先は少年の横隔膜のあたりに置かれていた。だが少年は彼に視線をむけることを拒んだので、プラクタルは剣を引き、腰掛に戻った。彼が広場に背を向けて座ると、弟子たちはタオルで顔をぬぐい、低い声で元気づける言葉をささやき、くぼんだ酒瓶を渡した。彼はそれを持ちあげた。

「少しやるか?」彼は肩越しに呼びかけた。群衆はそれを賞賛し、別の角《コーナー》に賭けた者たちからも喝采があがった。

「そんな安酒を?」少年は言った。「まもなく賞金でしこたまやるさ」

プラクタルが立ちあがると、その勢いで腰掛はひっくりかえった。

「その意気は買った!」と彼は叫んだ。顔は赤かった。「かかってこい!」

だが何も起こらなかった。少年はたちまち、広場の中央に凝り固まって新入りたちが取り除けないでいた頑固な氷の畝に踵をとられたのだ。一方で、活力剣は右足の近くにだらしなく下がり、ちかちか瞬き、巻きあげる白っぽい塵は群衆の頭上に浮かび、いやな臭いを放った。彼はいらだっているようだった。

「この広場の設営はひどいものだな」少年は言った。

宮廷派はじれて位置を変えた。群衆はあざけった。

「さようなことはどうでもよかろう」と言って、プラクタルは連続する力強く極めて高度な攻撃に身を投じ、熟練の八の字型で剣の勢いを統御するや、宿屋の扉からもれる明かりの中で剣は輝ききらめいた。プラクタルの一派は歓声をあげ、手を振った。少年は不本意ながら後退に追いこまれ、広場の中央の氷の畝に足をとられ、滑って大声をあげた。プラクタルは勢いこんで剣を振り下ろした。少年は笑みを浮かべた。剣の道すじから機敏に頭をそらすと、刃はかちんと音をたてて二つの敷石の間に埋まった。プラクタルが剣を引きぬいてはずそうとしたまさにその時、少年はプラクタルの足の裏に回り、膝の裏の腱を切った。

プラクタルは驚いたようだった。

「さような武器をもって立ち会う時の作法を知らぬのか」と、自分の弟子に忠告するように語りはじめた。

彼は剣から手を離し、広場のあたりを、足の後ろを押さえながら口を開いておぼつかなげにさまよった。少年は興味深げに後をつけ、プラクタルが倒れこむと、膝をつき、顔をプラクタルの

顔に近づけて、聞こえているかどうか確かめた。「俺の名はイグナス・レッツだ」静かな声で言った。プラクタルは敷石を噛んだ。少年は群衆に聞こえるように声をはりあげた。「俺の名はイグナス・レッツ、言っておくが、忘れることはないだろうよ」

「殺せ」とプラクタル。「もう歩けん」

イグナス・レッツは首をふった。呻き声が群衆の間を抜けていった。レッツはその手にプラクタルの鎖帷子のシャツと穀物色の外套をかかえ持つ弟子に向かって歩いた。「俺は新しいシャツと外套を所望する」と大声で告げた。「あの手の連中が二度と俺を笑いものにしないようにな」衣装を譲り受けた後（その権利は規則《ルール》に定められている）、彼は活力剣を決闘の最中よりももっと用心深く鞘に戻した。彼は疲れたようだった。近衛兵の一人が彼の腕に触れ、冷たく言った。「ハイ・シティに戻る頃合いだ」

レッツは頭を垂れた。

宿の扉に向かって歩きながら、鎖帷子のシャツを丸めて重い球にして腋の下にはさみ、外套を肩のまわりにだらしなく吊り下げていると、プラクタルの弟子がやってきて、行く手に立ちふさがり、叫んだ。「プラクタルのほうが強かったんだ！　プラクタルのほうが強かったんだ！」

レッツは男を見下ろし頷いた。

「まさにその通りだ」

弟子はすすり泣きはじめた。「おぬしがこれを糧として生きていくのを〈蝗の一族〉は許しはしないぞ！」その声は獣のようだった。

「彼らが許すとは俺も思わない」とイグナス・レッツ。

彼は耳をこすった。近衛兵は彼を外にせきたてた。背後で群衆は静かに去った。今のところ賭金は払い戻されていなかった。

マミー・ヴーレイは精気のない宮廷をかかえていた。〈二人の女王の戦い〉の後、北部人によって都市に連れてこられた時、彼女はすでに高齢で、今やその身体は細長い象牙の柱に似て、先祖伝来の色あせた紫のガウンをまとっていた。柱の上に載っているのはとても小さな頭で、一部は頭皮をはがれ、一部は焼け、また一部はガベリン門の上に宙づりになった籠の中で餓死したかのように見えた。眼の片方は欠けていた。着座する鉄輪つきの彫刻の施された古い木の玉座は、天井が高く五つの窓があり、石灰を塗られた部屋の中央に据えられている。彼女がどこからやって来たのか誰も知らず、北部人さえも知らなかった。彼らの女王に彼女は取って代わったのだが。彼女の知性は決して減ずることはなかった。夜ともなると、彼女は都市の遺産である古代の彫刻や故障した機械に囲まれて座り、従者たちは彼らのうち誰も知らぬ言語で歌う彼女のかぼそく甲高い声を耳にするのだった。

イグナス・レッツは謁見を許され、彼をこの戦闘に追いこんだのと同じ近衛兵たちに案内された。彼らはマミー・ヴーレイに頭を垂れ、レッツを前に押しだし、もはやレッツに抱いていた軽蔑の念を隠そうともしなかった。マミー・ヴーレイは一同にほほえみかけた。彼女は手をさしのべ、自身の禿げた頭の近くにレッツを引き寄せた。彼女は不安げに彼の顔を覗きこみ、その二の

腕に、顎に、緋色の頭飾りに指を走らせた。彼女はプラクタルがレッツの顳顬《こめかみ》に残した傷を確かめた。彼女はレッツが酷い目に遭っていなかったことを確信して自ら安堵するや否や、彼を押しはなした。

「わらわの闘士はわらわの名誉を護ることにおいて功をなしてきたのか?」女王は下問した。声を発した時、窓の後ろから光が入って、おぼろな蒼い顔があらわになり、女王の言うことを何によらず静かに繰り返すように思われた。「その男は死んだのか?」

瞬時にレッツは過ちを犯したことを知った。彼はプラクタルを殺すこともできたし、今、そうしておけば良かったのにと思った。女王はすでに知らされていたのだろうかと自問した。自分が何を言っても、近衛兵たちは真実を告げるだろうと承知はしていたが、その質問に自ら答えることを避けるために、彼はプラクタルの鎖帷子のシャツを床に、女王の足元に投げた。

「かの男のシャツを持って参っております」

彼女は表情も示さずレッツを見た。いくつもの窓の中のいくつもの顔の口から泡が昇った。背後からレッツは何者かの声を聞いた。

「遺憾ながら陛下、その男は死んではいないのではないかと恐れます。レッツの戦いはたるんだもので、膝の腱を切ったのも稚拙な駆け引きでした。その理由は理解できかねます、レッツに下した指示は間違いようのないものでしたので」

レッツは危険を覚悟して笑った。

「あれは稚拙な駆け引きなどではありません。巧妙なものでした。いつの日にかあのような駆

け引きを陛下のお目にかけたいものです」

マミー・ヴーレイは薪の山といった風情で座り、その隻眼は天井に向けられていた。ややあって、彼女は肩をすくめたようだった。「それで良しとしよう」心ここに在らざるといった風に言った。「だが将来には必ず郎党を殺さねばならぬ。いつ何時でも殺さねばならぬ。あやつらを屠ることが望みだ」そして彼女の斑の手がまたふたたびローブの襞の下から現れた。そこには石灰や湿った壁土の小片が、外来種の植物の渦巻く葉に積もる埃のようにたまっていた。「さあ、次に必要となる時までその武器を戻しなさい」

レッツは耳をこすった。活力剣は彼の骨の内部に残渣《ざんさ》というべきものを残していた。何か振動のようなものが鉛のように重い気鬱と吐気を起こさせるのだ。彼はマミー・ヴーレイを恐れ、それよりもはるかに窓の中の死人そのものの蒼ざめた顔を恐れた。囁きあいながらこもごもに背後を通過していく近衛兵を恐れた。だが彼はロー・シティ界隈に多すぎるほどの敵をこしらえており、今宵は女王を説きふせて短刀《ナイフ》を手元に留める必要があった。時をかせぐため片膝をついた。

それから人気の芝居『巨大甲虫との戦争』で耳にした台詞を憶いだした。

「女王様」切迫した声調で言う。「この先もお仕えさせて下さい！　南と東にはあの広大な廃原が横たわり、ヴィリコニウムを呑みこもうと脅しをかけております。いくつもの新たな帝国が興って廃原を切りとり、新たな宝物が掘りだされております！　この短剣《ナイフ》、一頭の馬、数人の配下をお与えいただければ、陛下のためにそこに打って出る所存です！」

テジウス＝クロミス、『巨大甲虫との戦争』の命知らずの剣士はこのような弁舌をもって、女

王メスヴェト・ニアンに請願し、女王は直ちに（ものうい予言的な微笑をともなうものだったけれども）鉄の小人の敗北と、そこから測り知れない力を獲得することにつながった旅へと彼を送り出したのだった。マミー・ヴーレイはただただ中空を見つめ、呟いた。「そなた何の話をしておる？　この世のすべての帝国はすでにしてわらわのものだ」

一瞬レッツはおのれの窮地を忘れた。腐敗した沼や水没地、なまけものが徘徊する南部の諸都市に放擲《ほうてき》されている宝物に対する欲望はあまりにリアルだった。おのれの幻覚の明瞭さと、心身の苦悶に彼は自ら驚いた。

「ところでその見返りは？」彼は図々しくも詰問した。「陛下を失望させることはないと自負しますが」

マミー・ヴーレイは笑った。

「オスガービィ・プラクタルの鎖帷子のシャツを与えよう。わらわがあてがった衣装をはねつけたのだからな。さあ——速く！——その武器を戻せ。それはお前のものではない。それはわらわの名誉を護るためだけにある。そのことは判っていよう。戦闘が終われば戻されなければならぬ」

レッツはマミー・ヴーレイの摩訶不思議な多重関節の細い足をかき抱き、膝に顔を埋めようとした。彼は目を閉じた。近衛兵に引きはがされるのを感じた。勢いよく足を蹴ったにもかかわらず、たちまち穀物色の外套ははがされ——彼らは彼の身体の白さにむかついて大声をあげた——腋の下に革紐で吊した磁器の鞘を探しあてられた。ロウズの廃墟のあたり、あるいは母が住んでいたアイル・オブ・ドッグズくんだりで、援護もなく蝗の一族に捕らえられた暁には、俺の身には何が起こるのだろうと彼は考えた。

「女王陛下」彼は懇願した。「ぜひともその短剣はお貸し与え下さい。夜の明ける前にも必要になるかと――」

しかしマミー・ヴーレイは声をかけようとはしなかった。絶望の悲鳴を発して、彼は近衛兵をふりきり、短剣を抜きはなった。雲脂《ふけ》状の白い塵が凍える部屋に浮かんだ。腕の骨は練りものに変わった。

「今までに陛下から授けられたものはこれだけです」彼は我知らず声を発していた。「そしてこうしてお返しをするのです、マミー・ヴーレイ！」

目にもとまらぬ短剣の一振りで、レッツは女王が彼を放擲しようと上げた手を切り離した。女王はその腕の先を見つめ、それからレッツを見た。その顔は隻眼で不安げで、暗い水の底から、レッツに何をされたのか判らないといった風情で彼に向かって浮かびあがってくるように思われた。

レッツは両手を組んで頭を抱えた。

彼はその武器を放りだし、携えてきた自分の刀をつかみ、そして――近衛兵たちが恐怖と混乱で右往左往しつづけ、マミー・ヴーレイの血が飛び散った彼らの外套を、茫然として擦りおとしているのを尻目に――うめきながら王宮の外へと駆けだした。背後では、玉座の間の窓に見える淡い青の唇が、そろって励起したように開いては閉じ、掻き乱された池の生物のごとくであった。

王宮の外のプロトン・ウェイの路上で、レッツはすべる雪に突っ伏し、震えて、溜めこんだ想いを吐きだした。倒れたまま考えをめぐらせる。二年前、俺は何者でもなかった。それから女王の闘士に、偉大な戦士になった。それなのに今や追いたてられ、また何者でもなくなろうとしているのだ。そこに彼は二十分とどまった。誰も追ってはこなかった。闇はとても深かった。心が落ちついて、おのれの立場が真に絶望的であることが明らかになった時、彼はオスガービィ・プラクタルの衣装を身にまとって、ロウ・シティに入りこみ、目的もなさそうに歩きまわっていたが、やがてビストロ・カリフォルニウムと呼ばれる旧知の場所にたどりついた。彼は酒場に腰をおろし、レモン・ジンを呑んでいたが、口笛が響きはじめると、恐怖にかられて再び通りに出た。

夜明け前の最後の時刻、霜はかたまり轍の雪は氷に変わった。レッツは足取りも軽くアーチの下をくぐり、ライン・マス埠頭《クエイ》の近くのどこかの路地にでて、狭く深い中庭に入りこんだことに気づいた。家の正面は張り出し、巨大な木材の梁で別個に支えられていた。この崩れた縦穴の底はひどく冷たく、昼夜を問わず闇が充満していて、割れた陶器やその他の瓦礫が散乱していた。レッツは身震いした。中庭の三面には外枠のついた窓があり、第四の面は何もなく、煤が条をつくる断崖の壁面には錆びた鉄の釘が埋めこまれていて、上方高くには、小さな四角形の月明かりの空が見えた。今のところ臭いを断ち、追跡者を煙にまいている。最後に耳にしたのは、追っ手が運河沿いの通りを駆けまわる音だった。つかの間、一人であることに安堵し、戸口に座って曙光の訪れを待った。羊毛の外套を身体に巻きつけた。

低い口笛が耳のすぐそばで響いた。彼は飛びあがり、恐怖の叫びをあげて家の扉を叩き始めた。

「助けてくれ！　人殺しだ！」と叫んだ。

背後の闇の中から、押し殺した皮肉っぽい笑い声が聞こえた。

蝗の一族の同志たちに追い立てられて、彼はアーチスト・クォーターをはずれて、ロウズに入った。そこの、なじみの丘の上で、徐々に高まるあわてふためく家鴨のような騒がしい悲鳴、更には、低い悲しげな口笛に気づかされた。それを発するのは十余の他の派閥、その中にはアナックス・ハーマックスのハイ・シティ・モホーク、超自然的に引き伸ばされた『われらみな集う』を歌うフィーヴァヒュー・アンシュラス、イエロー・ペーパー・メン、九月五日団――さらには青いアネモネの横柄な傭兵たちもいた。彼らはレッツを待ち構えていて、不倶戴天の相互の競争心は抑えられていた。この夜の騒ぎは、鳥の飼育場の中さながらだった。そして彼らはレッツをせきたて、肺が痛みを訴えるまで、霙が降る寒気の中、右へ左へとロウズをめぐり、彼を走らせるためにだけ彼らは姿を見せ、着実にじりじりとハイ・シティ、王宮、マミー・ヴーレイの方角に押しやった。個人の家では、あるいは昼日中には襲われまいと信じていたが、その時まで生きのびられるかどうか。

「助けてくれ！　どうか助けてくれ！」彼は大声を出した。

不意に上方の開き窓が一箇所ぱっと開くと、顔がのぞけ、警戒して向かい側に耳をそばだてた。レッツは手を振った。「人殺しだ！」窓はふたたび音をたてて閉じた。うめきながら、さらに激しく扉を叩いていると、背後の中庭にはイエロー・ペーパー・メンの脅しの口笛が満ちた。上を見ると、木材の梁が群をなし、その形が空を背景に影をつくった。彼らは中庭を出て再び都市に戻るよう要求した。誰かが勢いよく彼の肩を引き、ささやいた。外にくりだすと、そこにいた誰もが彼の手の甲に浅い切り傷をつけた。一瞬の後、扉が開き、倒れこんで入ったところは照明の乏しい玄関で、深い青のローブをまとう老人が燭台を持って待っていた。

何段かの階段の上、玄関の奥の重々しい重厚な緑のラシャのカーテンの背後には大きな部屋があり、床は石で壁は白漆喰、平鉢に石炭が赤く燃えてようやく氷点を上回っていた。家具は重々しい木の椅子、年代物の食器台、鷲の形をした聖書台。その広げられた翼には、古い書物が載っている。一方の壁にはタペストリーがかかっているものの、ほつれがあり、部屋の他のところと同じく手入れはされておらず、修道院長か、判事か、あるいは退役軍人の家かと思わせた。老人はレッツを椅子に座らせ、燭台をかかげてレッツの緋の頭飾りを検分したが、老人がそれを頭の傷痕と見誤ったことは明らかだった。

ややあってもどかしげな溜息がもれた。

「ところで」と老人は言った。

「あなたは」レッツは老人をすがめで見た。「医者なのですか?」そして「燭台をかかげられていては、顔が見えません」

それは真実というわけではない。顔を移動させれば、瘠せ衰えた黄色い顔、細面で知的な顔つき、ランプを覆う蠟紙のような、骨の上に引き延ばされた薄い皮膚を見分けることができる。

「それはわしとて同じじゃ」老人は言った。「腹はすいておるか?」答えを待つこともなく窓に近づいて外を見た。「そうだの、他の狼どもの裏をかいて、もう一日は生きのびるじゃろう。ここで待ちなされ」そして老人は部屋を出ていった。

レッツは疲れきって目に手をかざした。吐き気はやわらぎ背中の窪みの汗は乾き、イエロー・ペーパー・メンの口笛は運河の方へ東に離れ、ようやく聞こえなくなった。二、三分たって彼は立ちあがり、石炭鉢のところで身体を温め、扇のように指を広げ、手のひらを機械的に摺りあわせながら、部屋の中央に置かれた聖書台を見つめた。それは良質の鋼で造られており、彼はマルガレーテ通りの質屋に持ちこめばいくらで売れるだろうかと思った。吐く息は寒気の中で白くなった。あの老人は何者だろう？　家具は高価なものだ。戻ってきた時には庇護を頼もう、とレッツは考えた。おそらくあの鷲をもらいうけて、馬を買い、都市を離れることもできるだろう。あれほどの老人ならばたやすいことだろう。レッツは食器卓の磁器の皿を値踏みした。壁のタペストリーを見つめた。その大部分はひどく傷んでいて、何が表されているのか判らなかったが、一つの隅には丘と急勾配の小径が見わけられ、その小径は岩や老木の根の間をぬって昇っていった。彼は居心地の悪さと孤独を感じていた。

戻ってきた時、老人はパイと少々のパンを載せた盆を持っていた。猫も二匹ほど、老人のあとを追って部屋に入ってきて、茶色の蝋燭の揺れる光の中で、物欲しげに彼を見上げた。老人はレッツがタペストリーの前にいることに気づいた。

「そこを離れるのじゃ！」厳しい声で言った。

「ご老人」と言って、レッツは腰をかがめて礼をした。「命を救っていただいた。どんな奉公をして恩返しをすればよいでしょう」

「わしは人殺しを奉公人にしようとは思わない」老人は答えた。

レッツは腹を立てて下唇を噛んだ。老人に背を向け、腰を下ろし、口にパンを詰めこみはじめた。

「あなたもこのあたりで暮らしていれば、俺のように行動するはずだ！」彼はくぐもった声で言った。「他に道がありますか？」

「わしはこの都市に、思い起こすこともできないほど昔から暮らしてきたが」老人は言った。「人を殺《あや》めたことは一度もない」

それを受けて長めの沈黙があった。老人は座って顎を胸にのせ、物思いに沈んでいるようだった。石炭の鉢はかちかちと音をたてて冷えていった。隙間風がタペストリーに当たり、そのためオスマン大通りの裂けたカーテンのようにはためいた。猫たちは椅子の後ろの影の中でこそこそと爪を研いだ。イグナス・レッツは食べては飲み、口をぬぐった。そして更に食べ、また口をぬぐった。老人に見られていないことを確信した時には、図々しくも鋼の鷲を値踏みした。一度は、窓の方に行くことを口実に、立ちあがって手で触れてもみた。

「何たる恐怖にわれらは皆、日ごと立ち向かっているのじゃろう！」突然、老人が声を大にして言った。

溜息をついた。

「わしはカフェの哲学者たちの話を耳にしたことがある。『世界は老いてしまい、現実を構成するものはもはや現実がどうあるべきかわからない。元型は絶望的にぼやけてしまった。歴史は幾度もこの一都市で繰りかえされ、いくつかの恐るべき出来事は――厳密に同じではないが、かすかなためらいがちの流儀で繰りかえされる。教訓を得るだろうと期待しているかのようだ』」

「世界は世界だ」とイグナス・レッツ。「彼らがどう言おうとも」

「タペストリーを見よ」老人が言った。

レッツは見た。

彼が先ほど見極めた山の小径と矮化した櫟《イチイ》の図象は、思っていたよりもはるかに広がりをもっていた。図中に描かれた禿頭の男はとぼとぼと道をのぼっていた。男の上、空中には大きな鳥が浮かんでいる。その先にさらに山と谷が地平線にまで続いている。継ぎ目は見えない。全体はとても念入りに現実そのもののように縫いこまれていて、レッツは窓を覗きこんでいるように感じた。小径の男の肌は黄色みを帯び、外套は青だった。男は杖に寄りかかり、息を切らしているようだった。前触れもなく男は身をかわし、タペストリーの外のレッツに目を向けた。その時、タペストリーは冷たい隙間風に揺れ、湿った臭いをはなつとともに、情景のすべてが消えうせた。

レッツは震えはじめた。遠くから老人の声が聞こえた。「怖がる必要はない」

「生きている」レッツは小声で言った。「マミー・ヴーレイ――」しかし自分の言いたいことを口にする間もなく、別の光景が現れた。

それは夜明けのヴィリコニウムだった。空は雲の半球で、その下端には一酸化鉛の赤いにじみがあった。雨の降りそそぐプロトン・ウェイは、百本の黒い石の柱に支えられ、螺旋をえがいて王宮に向けて昇っている。吹きさらしの古代の道路の湾曲の半ほどに、燃えたつような緋の鎧を着た二、三の人影が立ち、金属でできた禿鷲と格闘する男を眺めている。男の顔には無残な切創があり、血と雨が男の肩を暗いマントに変じる中、男は道路に膝をついた。しかし男は勝利を掴もうとしていた。しばらくすると男は疲れた様子ながら立ちあがり、見ている者たちの面前に、鳥を投げつけた。見物人たちは目をそらし、彼を認識しようとはしなかった。男はタペストリーの外を眺めた。男の頬は鳥に突つかれたところがざっくり開いていた。年を取り髪には白髪がまじり、眼には後悔をたたえていた。唇を動かし男は姿を消した。

「これは俺だ!」イグナス・レッツは叫んだ。「これは俺か?」

「数多《あまた》のヴィリコニウムがあったのじゃ」と老人は言った。「タペストリーをよく見てみよ」

錆びた剣をもつ二人の男がよろめきながら高層湿原を渡る。そのはるか後ろから、機械仕掛けの鋼の外骨格におさまった小人がやってくる。頭の傷跡は大きく外気にさらされている。男たちは立ち止まり、小人が追いつくのを待ったが、その直後に小人はまた仰向けに倒れた。小人はつまずきつつなかまどの木の裏に入り、違った方向へ出ていった。男たちの一人、姿形がイグナス・レッツに似た男は、死んだ鳥をベルトにぶらぶら下げていた。彼は魂が抜けたようにタペストリーの外の現実のレッツを見つめ、片手で鳥をつかみ、首を持って空中高くにあげた。その動作の最中に、小人が彼の前に割りこみ、外骨格は健康を害する白いガスをもらした。彼らは共に小川を渡り、三人とも姿を消すと、遠方の丘の上には都市《シティ》が待っていた。

その後、男たちは崖の影の中で乱闘におよび、上方では浸食されたぎざぎざの地平線を虹色にきらめく巨大な甲虫が偵察していた。熱病におかされた探検者は絶望した目つきで荷馬車に座り、背の高い白ナマケモノのような獣にゆっくり牽かれるのに身をまかせていると、やがて洪水の都市の水たまりの淵に達した。蜥蜴が砂漠に折り重なった死体をぐるりと取り囲んで果てることがなかった。

ついにはレッツは次第にこうした出来事の中心におのれの姿を見ることに慣れていったけれども、時にはおのれの形相に驚かされることもあった。最後の光景は、しかし彼には過酷だった。

彼はアーチのある背の高い窓を覗きこんでいるように感じた。石の窓仕切りの周囲には装飾の薔薇の茎がからんでいた。薔薇の棘と花は部屋をふちどり、銀の光の幕はゆらめいて、謎めいた柱の間に降る雨さながらだった。部屋の床は辰砂《シナバー》の結晶で出来ており、その中央には簡素な玉座が置かれていた。玉座の脇に立ち、頭をもたげてうずくまる二頭の白子《アルビノ》のライオンを従えているのは、ヴェルヴェットのガウンを着た痩身の女だった。女の瞳は周りと調和する深い緋色で、髪は秋の樹葉の朽葉色。長い指には十個の同一の指輪をはめ、その前には一人の騎士が立ち、その鎧は燃えあがる緋色だが、一部は黒と銀の外套に覆われている。彼は頭を垂れている。手は白かった。脇には鋼の剣を帯びていた。

レッツは女の澄んだ声を聞いた。「これらのものをそなたに与えましょう、テジウス＝クロミス卿。わたしはそなたを信頼しています。手元にあるのならば活力剣も与えるところです。南方に行き、われら皆のために大いなる宝物を手にいれなさい」

タペストリーの中から温かい夕べの薔薇の香りが漂ってきた。水の落ちるやさしい音も聞こえ、どこからか単線のメロディが絃楽器で何度もなんども繰りかえされた。緋色の鎧の騎士は女王の手をとり、口づけした。向きをかえて窓の外を見ると、知人が通りかかったのか、手を振った。

黒髪は中央で分かたれ、その中に変貌したイグナス・レッツの顔を納めていた。背後で女王が微笑していた。この光景のすべては消えさり、湿った臭いが残されて、布の裂け目から見えるのは壁の漆喰だけだった。

イグナス・レッツは凄まじい勢いで目をこすった。飛びあがると、椅子の老人を引きおこし、上腕をつかんで、タペストリーのところに引きずっていった。

「この最後のやつは何だ!」彼は問いただした。「これは実際に起こったことなのか?」

「すべての女王がマミー・ヴーレイというわけではない」と言う老人は、すでにして議論に勝った様子だった。「すべての騎士がイグナス・レッツというわけでもない。たまたまそうだったし、そうなることもあろう」

「もう一度見せてくれ」

「わしは世話人にすぎない。従わせるわけにはいかぬよ」

レッツが突き離すと、その激しい勢いのため老人は食器卓に倒れこみ、盆をはじき落とした。猫は昂奮して走りまわり、食物のかけらを口におさめた。

「そんな言い訳は通らないぞ!」レッツは叫んだ。

レッツはタペストリーを壁から引き剥がし、一心に点検した。あたかもその中に動いている自分を見ることを期待しているかのようだった。単なる布にすぎないと判ると、床に放り投げ、足で蹴った。

「これを信ずるとすれば、俺は人生をどう生きればよいのか?」と自問した。

彼は老人に向きなおり、その両肩をつかみ、揺すった。

「何のためにこれを見せようとしたのだ？　この身の毛のよだつ都市とこれからどう付きあっていけばよいのだ？」

「これまでと同じように生きる必要はない」と老人は言った。「われらはおのれの生きる世界を自ら作るものだ」

　レッツは老人を脇へ押しやった。老人は食器卓に頭をぶつけ、奇妙な怒りのうめきをあげ、静かになった。死んだようには見えなかった。数分の間、レッツは取り乱して、窓と壁の間をこちらへあちらへとふらつき、タペストリーがかかっていた壁は「いかにして生きるのか？　いかに生きていけるのか！」と繰りかえすのだった。それから彼は聖書台のところに駆けだし、鋼の鷲をもぎとろうとした。外の都市ではもう日が射しはじめる頃合いだった。人々は咳をしながら錫市場の石油の炎で手を温めているだろう。猶予は二、三時間しかないだろう。その間に鳥を売りさばき、馬や短剣を手に入れ、再び刺客に狩り立てられる前に逃げだすのだ。馬上で幽冥門《ホーンテッド・ゲート》を脱し、南に向かい、二度とこの場所を見ることはないだろう。

　鳥が動いた。はじめ彼は、単純に据えつけられていた黒い木の台座からはずされたためだろうと考えた。その時、左の手のひらに鋭い痛みを感じたので、見おろすと鳥像は生きていて、彼に掴まれたまま力強くもがいた。鳥は頭をひねり、冷たく凶暴な目で彼を見上げた。鳥は片方の翼を、次いでもう片方の翼を解き放ち、さらに倍の奮闘を見せた。もう一秒でも二秒でも長くなんとか掴もうとしたその時、激しい痛みに慌てて声をあげ、鳥を手放し、後ずさりし、裂けた両手を振った。彼は床にあった何かにつまずいて倒れ、気がつくと、唖然とした老人の中国青の眼を覗きこんでいた。

「この家を出ていけ！」老人が叫んだ。「もう充分だろう！」

その一方、鳥は勝ち誇って空中に舞い上がり、羽ばたいて部屋をめぐり、壁に翼を打ちつけてはきしり声をあげ、その間、銅色のきらめきが羽毛からはなたれ、猫はおびえて家具の下にうずくまった。

「助けてくれ！」とレッツは哀訴した。「この鷲は生きている！」

だが老人は麻痺したように床に横になったまま、唇をなめて、ようやくこう答えた。

「自分で播いた種じゃろう」

レッツは立ちあがり、部屋をよぎって階段の上の扉のところへ行こうとした。鳥は壁に映るおのれの影をとりつかれたように攻撃し、彼の顔の上で機敏に羽根をたたむや、彼の眼を突き、首と上胸を鉤爪で切り裂いた。彼は絶叫した。彼は鳥を引きはがし、壁の裾に叩きつけ、そこで鳥は一瞬、方角が判らなくなった様子で羽根をばたつかせたあと、一匹の猫を追って逃げだした。レッツはそれを見て仰天し、出血する顔を手でつつみ、つまずいて部屋を出て、狭い階段を下り、再び中庭に入った。音をたてて後ろ手に扉を閉じた。

まだ暗かった。

玄関の段に座りこむと、レッツは用心深く首に手を触れ、負傷の度合を検分した。彼は戦慄した。傷は浅くはなかった。上方では今も罠にかかった鳥が鋭く啼き、翼をばたつかせる音が聞こえた。逃げ出したら彼を捜しだそうとするだろう。出血を抑えるとすぐに、震えながら後ずさり、中庭をよぎり、アーチ門を抜けて、見知らぬ場所に潜りこんだ。

広々とした開けた並木道、両側には崩れた建物と瓦礫の山。何の意味もない塹壕が道のそこここに掘られ、どちら側にもとびとびに炎があがっている。折れた栗の木と根返った柵を砂塵が覆っている。夜が明けるような徴候はまったくなかったけれども、空はあらゆるものの上に奇妙な薄靄《もや》のような光をなんとか投げかけていた。後ろの壁に囲まれた中庭は今、虚ろな方形の塔のごときものとして独立していた。いまだに老人のタペストリーを見ているのだろうかとレッツは思った。夜のうちにマミー・ヴーレイの荒廃をもたらす武器で戦争のごときものが勃発していたのかも知れない。どう考えるべきか、彼には判らなかった。細かく気を配りながら運河の方向に歩きはじめ、やがて走り出した。長い間走ったが、戦闘の気配は見あたらなかった。何千坪分もの粉々になった屋根瓦が足元で擦れて立てる音は音楽のようだった。振り返ればまだ見えたはずだが、塔は次第に小さく小さくなり、ついにはどこを見ればいいのかも忘れてしまった。

その長い夜の間中、自分がどこに居るのか全く判らなかったが、風が強く砂塵と瓦礫に覆いつくされているこの不案内な都市の高い台地にいるに違いないと感じていた。風が当たると鳥に突つかれた傷が痛んだ。塵は崩れおちた壁の上に音を立てて雨のように降り積もった。一度だけ、遠くの家から音楽のようなものが聞こえた——薄く大きなドラムの熱のこもったビート、クラリネットのようなリード楽器の気まぐれな甲高い音——だが、その場所に近づくと、また音は止み、彼は恐ろしくなって逃げだした。

その後、廃墟のごく近くから、長く引きのばされたオールールールーという人の声がして、直ちに、遠くはなれたところから犬のような唸りが答えた。彼はその音から逃れるように長々とつづく瓦礫の堆積の間を逃げまわり、しばらくの間、ごっそり内部を抜きとられた聖堂を思わせる建物の内側に隠れた。そこに留まって一時間ばかりたつと、外にぼやけた人影がいくつか現れ、声も立てず精力的に道路を掘りはじめた。しかし突然邪魔が入り、一同そろって上の何かを見たが、レッツにはそれは見えず、彼らは鋤をかかえて走り去った。その騒ぎがおさまらないうちに、周囲の闇の中に足がこすれる音が聞こえた。深い溜息も聞こえた。オールールーという声が驚くほど近くで響き、また彼は一人残された。いったい何者なのか判らないままに彼は尋問され、取るにたりぬと判断されたらしかった。

夜の白む方角に向けて彼は建物をはなれ、道路に掘られた塹壕を見た。それは浅く、中途で放棄されて、早くも灰色の砂が積もっていた。一キロ以上はなれたところで、彼は腰よりわずかに高く残された石造りの建物の隅に隠れていた死体を発見した。

レッツは膝をつき、興味をもって観察した。

男は誰かに追われて逃げる途中で転落したらしく、四肢はすべて奇妙に曲がり、腕の一本は明らかに折れていた。体つきはがっしりして、服はゆったりした白のシャツ、黒の土竜革《モレスキン》のズボンは膝下の紅い紐で縛られていた。男は魚の頭の仮面をつけていた。厚い唇をもつ鮭の、飛びだした悲しげな目、頭頂には堅い棘が連なり、もし男がそれをかぶって直立していたら、魚はガラスのような目で空を見あげることだろう。緑のリボンが上腕に結わえつけられていて、風をうけてはためき、さらさら音をたてた。男の傍には彼が落としたそのままに活力剣があって、剣は瓦礫に刺さってまわりを焼け焦がしたので、そこからは毒性のある黄色の微粉が途切れることなく蒸気のように立ちのぼっていた。

男の靴はぬぎとられていた。むきだしの白い足を飾るのは青い刺青で、静脈のようにそこかしこに走っていた。

レッツは男を見おろした。そして壁によじ登り、人影のない道路の両方向を考え深げに眺めた。老人と鳥が彼に託した場所がどこであろうとも、そこにはそこのマミー・ヴーレイがいるだろう。十分後、彼は死んだ男の衣服をまとって壁の影から姿を現した。服は大きすぎ、魚の頭には内側が臭いという問題があったが、赤い紐とリボンを結びつけて、短剣をたずさえていた。仕度をすべて終えた頃、ようやく夜明けがおとずれ、茶色みを帯びた雲の蓋は黄色とエメラルドグリーンの縞模様の東のふちに後退し、彼がそれまで見たこともない急傾斜の丘があらわれた。その頂点には塔や古い城壁や古代の天文台の銅のドームがあった。レッツは塹壕掘りがたどった方角に向けて出発した。**シュロッグス・ロイド**、と破壊された通りの角の銘板が告げていた。**オウルド・ネイル**、それから**セピル通り**。

その日の午後は乾いた嵐が吹きつけた。塵の粒子が鉛のような空の下に舞い上がった。

ラミアとクロミス卿

THE LAMIA AND LORD CROMIS

1

テジウス＝クロミス卿は、かつてはヴィリコニウム、パステル都市の戦士であり博識家であったが、自分には剣士よりも詩人のほうが似つかわしいと思いなしていた。とある夕刻、ドュイリニッシュ最高の宿屋、ブルー・メタル・ディスカヴァリーの奥行のある煙の満ちた談話室に彼は腰をおろした。顔見知りの常連のうち、旅の事情に通じている者たちは——人数はそれほど多くない——ある種の尊敬をもって彼を眺めた。ごく最近、首都からやってきたという噂が流れていたからだった。モウナー山脈をぬけ、マム・ソドヘイルやリーデイル高山地にいたる高所の山道を越えるのは、なまなかな手柄ではなかったのである。冬はドュイリニッシュあたりの丘には早くおとずれ、しかも厳しかった。

彼らは用心深くクロミスを眺めた。テジウス＝クロミス自身は彼らと同等の興味をおぼえなかったが、細く白い左手に葡萄酒の盃をもって座し、吹きさらしのレプリカ広場の敷石にみぞれを運び、宿屋の瓶ガラスの窓にあたる北風の音を聴いた。

クロミスは背が高く、痩せていて、幽鬼のようだった。旅のあいだほとんど睡眠をとっておらず、緑の眼は高くはりだした頬骨の上の暗い空洞の奥で疲れきっていた。

衣装は黄色みをおびた緑色のビロードの重い外套、イリジウムの飾鋲のうたれた古式ゆたかな革の陣羽織、深藍のビロードの細いズボン、淡い青のなめした子牛革の長靴。酒の盃にからめられた手は重みにしなり、この時代の慣習に従い、複雑な謎文字や楔文字の彫りこまれた非鉄金属の分厚い指輪をはめている。外套の下の片方の手は飾りのない長剣の柄頭に置かれ、その剣には、この時代の流儀に反して、銘はなかった。

酒の酔いにまかせ、このような寒い季節に自分をここに呼びだした目的について思いにふけるクロミスは、周囲の話に加わりたくなかった。地元の常連客の状況――毛皮と金属の交易をする主要な肥え太った商人、新興富裕階級と自惚れ屋――を受け入れるのは嫌気がさした。彼らは二度、燃えさかる大きな暖炉のまわりに一緒に座るよう招き、貴族としては下座であるとはいえ、熱心に取りこもうとした。しかしクロミスは、部屋の周辺の暗がりで外套にくるまっているほうを選んだ。二度の拒絶をうけると、彼らはクロミスを一人のこし、彼の陰鬱で苦行僧のような姿や冷淡な慇懃《いんぎん》さがなくとも、今宵は充分に寒気がするとささやきあった。

クロミスは彼らの反応を面白がっていた。軽食を摂り、そのあと、打ち出し模様の白鑞《しろめ》の箱からかなりの量の良質のコカインを取りだして慎重に鼻で吸いあげると、微笑はかすかになり、消え失せた。夕暮れが更にすすんで夜となっても、彼は動かなかった。誰かを待っていたのだが、それは一陣の風とみぞれの吹きこみだけを伴として真夜中に入ってきた、頭巾のついた紫の外套の女ではなかったはずである。

クロミスは重い目蓋をもちあげ、女が入ってくるのを見た。

女は頭巾を後ろに払った。髪があふれ落ちた。白髪の混じる長い髪は、閉じていく扉からの隙間風を受けて、精妙な三角形の顔のあたりに吹きかかった。眼は赤紫で、名状しがたい色の斑点があり、底しれぬほど深かった。指には指輪がなく、外套は入りくんだ模様の銅の留金で合わされていた。

商人たちが女を知っているのは明らかだったが、その迎えかたはぎこちなかった。申し合わせたような二重顎の重畳《ちょうじょう》、短い集団的な会釈。そして一瞬、かすかだがそれとわかる当惑の気配が、暖炉のまわりの熱く濃密な空気の中にただよった。女は商人たちにほとんど関心を示さず、商人たちはそれを幸いとしているようだった。女は外套の衣擦れの音をたてながら彼らのところを過ぎ、宿の亭主にささやき、あから顔で汗をかいている亭主は肉付きたっぷりの肩を、談話室と不潔極まりない台所をつなぐ配膳口に押しこんだ。

そのやりとりが終わり、配膳口が閉じると、女の関心は、落ちこんで、かすかな笑みを今も浮かべ、華麗な外套にくるまっているクロミスに移った。

女がクロミスに向ける視線は異様だった。その奇妙な眼の中では、習い性となった好奇心と虚ろな無関心の両者が相争い――あたかも、《名称星》のもとでいくつもの人生と輪廻転生を生きてきて、一度ならず宇宙の回転を見届けたものの、世界の表面のことには食傷して、心躍らせる何かを待ちうけているかのようだった。それは異様な視線だった。クロミスはそれを率直に受け止め、困惑した。

女はクロミスの卓にやってきた。

「わたしが立つものでしょうが、しかし――」と彼は言った。

彼は声を出さずに食卓の上で蓋を開いている小さな嗅ぎ箱を示した。女の外套の留金の形は、交尾する蜻蛉《とんぼ》か、法悦をあらわす複雑で宗教的な効果のあるシンボルを表現しているものと見えた。

会釈してほほえむものの、女の視線は変わらなかった。

「あなたがテジウス＝クロミス卿ですね」と女は言った。その声は予期せぬことに荒れていて、震えて不明瞭で、クロミスには真似ることのできないなまりがあった。

クロミスは眉を吊りあげた。「ここの領主ですかな？」と尋ねる。女は答えなかった。「関心を寄せていただくとは嬉しいですな」

クロミスは女に葡萄酒をついだ。

「あなたはここの善良な交易人たちから、ささやかなる歓迎も受けなかった」

女は盃をとって飲んだ。

「みな札を入れたのです。それが彼らの本性ですから——人間など、毛皮の梱《こり》や金銀の塊と同じなのです。（あなたはどのようにして人を見定めるのですか？）誰しも、仲間から賭が低すぎることを暴露されたくないのです。それゆえ他の者たちと一緒の時には、誰もがわたしを避けるのです」

クロミスは笑った。商人たちは耳をぴくりとさせた。しかし女は彼の笑いに同調せず、答えたくない質問をくりかえしたので、話題を変えた。

ややあって、とても長い時間が心さわやかに過ぎたことを知った。クロミスはいまだ女に対して当惑を覚えており、なぜ自分を選んだのか不思議に思っていた。しかし彼はそのような道連れを好んでおり、不作法にはあきあきしていたので、そのことを女に直接には質《ただ》さなかった。暖炉の火が消え、商人たちはそれぞれの家に戻り、亭主は配膳口の後ろを愛想よくあくびをしながらふらふらと戻っていった。

不意に女が言った。

「クロミス卿、あなたがここに来たのは狩りのためですね」

そして実はそうなのだった。彼は頭を傾けた。

「おやめ下さい」女は言った。

「しかし、それは――」

「《バーン》は多くの者に破滅をもたらしました、あなたとて例外ではないのです。箇明に申し上げれば、〈八獣〉のうちの一つがこのあたりに潜んでいます。デュイリニッシュがその顕現の地に選ばれたのですから、デュイリニッシュが矢面《やおもて》に立たねばなりません。

「あなたが手足をもぎとられ、殺されて〈湿原〉から戻られるのを見たくないのです。閣下――」

それを聞いて、クロミスは歯をみせて、銘なき剣の柄頭をもてあそび、宿屋の亭主の浅い眠りをさますほどの大声で笑った。

「クロミス卿、わたしの思いすごしですか?」

彼は首を振った。

「どうか、見くびらないでいただきたい。そなたの不安は――払い落とさせてもらおう――あと二人が仲間に加わる。その一人は――」ここでクロミスはその名を口にした。「――そなたも聞きおよびのはず。いや間違いなく。われらはそなたの言う〈獣〉を撃ち鎮めるだろう」

そして、継承したかったのかどうかわからない個人的な運命を思いおこした。

「その上、わたしがこの《バーン》に相まみえる定めについては諸々の理由があり、その一つは、思うところ、このためだ」

クロミスは立ち上がった。彼は女と、その謎めいた関心にかなり心ひかれていた。彼はこの時代の荘重な礼儀正しさで話した。

「わたしは上に心地好い部屋をとってある。もう遅い。よろしければ、そちらへ行きましょう」

そして女の手をとって、尋ねた。「ところでお名前は教えてもらえるでしょうな？」

朝方、窓の下の中庭での口論で目をさまし、寝台から女の姿が消えていることに気づいた。寝ているあいだになめし革の帯からはずれた重い白髪まじりの毛髪をなでつけながら、クロミスは冷えびえとする樫の木の床をよぎって鎧戸を開けた。夜明け直後の淡い光が部屋にもれて、夜の愉しみにもかかわらず打ち沈んでいた顔の造作を、しばしやわらげた。

下の中庭では、初冬の予測できない天候でみぞれは降りやみ、今では代わりに霜がおりて、敷石や馬小屋の半扉を厚くふちどり、その蝶番《ちょうつがい》を動きにくくし、馬の息を白くさせていた。空気には金属的な臭い、ほのかな苦味があり、かすかに〈湿原〉の異臭を反映していた。

幾人かの、叫び声をあげ身振り手ぶりをする人影の集まるあたりに、疲労困憊のていの二頭の荷馬と、二メートルにも達しようという高さの素晴らしい血統の雌馬がいた。クロミスにはその押し合いへしあいの確かな原因について何の手懸かりも得られなかったが、雌馬は後足をはねあげ、突き進んでおり、人影のうちの二人がヴィリコニウム社交界の明るくけばけばしい色彩の服を身にまとっていることに気づいた。

彼はそっと鎧戸を閉め、一人うなずいた。白鑞《しろめ》の嗅ぎ箱の秘めやかな誘惑をしりぞけ――いつもの倦怠を押しころした高揚にゆずって――すばやく身仕度した。彼には次のごとき習癖があった。訪問者と会うために静かに談話室へと降りる時、左手は知らず知らずさまよい、悲運に泣いた父親のものであった剣の黒い柄頭を撫でるのである。

しかし彼のその手は止まった。ディソルーション・カーンと小人のロトゴブという、相当に不均衡な二人組が、談話室の戸口に姿をみせ、厩の代金をめぐる諍いを見せつけたのだ。

「だが同意したではないか、費用は折半だと――」これは力強いが、むっとしたような声色。

「は。俺は呑んでたんだ。それに――」葦笛のようなくすくす笑い。「――小人であるのと同じくらい、嘘つきでもあるのさ」

カーン当主は巨躯を誇り、肩はたくましく腰はさらにたくましく、垂れた顎と髭の生えた造作のまわりには、長くまばらな黄色い毛髪がぼさぼさと巻き上がっていた。鮮橙色のズボンは牛の血の色の長靴の中に押しこめられ、菫色のシャツはちぎれ、袖はずたずただった。ひらひらとした鍔のついた、暗褐色の羅紗《らしゃ》の帽子は、彼の頭には小さすぎ、顔にずる賢く野卑な陰りを与えていた。

「都市のどんな娘っ子でも、そのことは知っておる」彼は威厳をもって言った。「おお、クロミスか。ご覧のとおり、小さな暴れ者を見つけて、連れてまいった」

ロトゴブは、巨人の傍らで脇柱にもたれかかり、脂じみた褐色の髪は傷のある鼠のような顔をふちどり、上から下まで深紅のものをまとい、詰めものをした腰のすぼまった胴衣は、酒樽のような胸とねじくれ痩せほそった足の不釣り合いを一層強調していた。彼はくすくす笑った。歯は乱杭《らんぐい》だった。

「誰が誰を見つけたって？　この間抜け、おまえを引き取ってやったのは誰だったかな？　豚め！」おぞましく足をひきずって、彼は急ぎ足でクロミスの朝食の卓にやってきた。「おれが出してやったんだ！」彼は丸いパンを食べた。「またしても女に手を出して訴えられてたんだぜ、クロミス。今度やったら、やつらこいつの金玉をひっこ抜くだろうよ。おれたちはこれでもできるだけ早く来たんだ」彼は卓をこつこつ叩き、少しばかり歓喜の踊りをした。

クロミスは唇が笑みに崩れるのを感じた。「腰を落ちつけて食べろ、そうしてくれ」と勧めながら、彼は生来の気性を克服し、奇妙な友を腹蔵《ふくぞう》なく歓迎できるかもしれないと望んだ。

「ところで、発見したのか？」と小人が尋ねたのは、彼らが食事を終え、口髭のパン屑を取っている時だった。

クロミスは首を振った。「しかしわたしは、それが〈八獣〉のうちの一匹だという噂を耳にした。都市の中心のアルヴスの近くで、五度も襲ったそうだ。ここではかなり恐れられている。わたしの捜しているのがそやつであればと願っているのだ」

「やつらは臆病者、商人だぞ」とディソルーション・カーンが言った。

「やつらは一般の民衆で、おのれの恐怖心を押さえつけられないのだ――」

（「そのほかのものも、なんでもだ」と小人は横槍をいれ、くすくす笑った）

「――おぬしも、片付ける前には恐怖を覚えることだろうよ、カーン。判っておるはずだ」

「いやはや、おそらくはな。もしそれが獲物なら――」

「ヴィリコニウムの〈第六宮の獣〉か」ロトゴブは陶酔して言う。「おお、おまえはきっと下履きを濡らすぞ」それから、「そいつは〈湿原〉を塒《ねぐら》にしているだろう。出立は何時だ？」

「再びの攻撃まで待たねばならぬ。きっとそやつを倒して引きまわそう。なににせよ、わたしは〈第六宮〉の出なのだから。それに、直ちにわたしは呼ばれるだろうよ」彼は笑った。「やつらは喜ぶだろうな」

派手はでしい装飾のついた鞘から、ロトゴブは、極端に長い錐刀ともかなり短い諸刃の長剣ともつかぬ剣を取りだし、横目をつかいながら、研ぎはじめた。それは彼の名前と、好かれることのない職業と同じくらい名高かった。

「するともうひとり、われらが獲物をしとめる前に、哀れな野郎が死ななければならぬわけだ。気の毒なこった」

小さな暗殺者を見ながら、クロミスは、より温和な生物でも生きのびているのに、全体としてわれらは気骨に乏しいのではないかと思いをめぐらせた。

「やつらがおれの雌馬をまともに世話していることを望むよ。あれは残り少ないうちの一頭なんだ」とカーンは言った。隙間風が〈湿原〉の臭気を部屋の中に強く吹きこんだ。「むかつく臭いは困るのう。あいつがたじろいでしまう」

2

テジウス＝クロミス卿はそのあとにつづく幾日かを、紫の外套の女とともに過ごしつつ、女について何ほども知るには至らなかった。

一度、彼らはアルヴス近くの螺旋状に上昇する街路を歩き、都市の城壁の上に立ち、東方の〈湿原〉を、西方の海原を雨のむこうにすかしみた。その高いところで、女はなぜそんなに死に急いでいるのかと彼に問うたが、その時まで自分にそのような傾向があるとは認めていなかったクロミスは、答えに窮した。

ある時、彼は冬をすごした〈大いなる錆の砂漠〉でものした以下の詩を女に語り、暮れなずむ部屋で奇妙な東方の楽器を伴奏に吟唱した。

錆がわれらの眼に……まれにしかみられぬ北の大地で、金属の眺望がわれらをさまたげる――われらは腐食した人間に他ならず……風はわれらの眼に白き氷のおおいをかける……われらは金属屑を食らう者……その悪癖にそまってわれらは固くなり、酸味をあじわう……ここではほとんど夢みることはない、われらの幻想は鉄、氷のような骨のこだま……錆がわれらの眼に、かつては柔らかな顔をもっていたわれらの眼に。

ある時、女はクロミスに告げた。「《バーン》はあなたをあやめるでしょう。他のかたに始末させなさい」そこで彼は答えた。「男にそのようなことを言われたのなら、足元に唾を吐きかけるところです。重々御存知のように、わたしは〈第六宮〉の出なのです。〈第六宮の獣〉はわたしの父を亡き者にし、父はその〈獣〉を斬り倒した。何百世代ものあいだ、何百回もの転生のあいだ、〈獣〉はわたしの先祖を倒し、そのことによって死を迎えてきたのだ。

「おそらくはその獣を、このたび限りと息の根を止め、対決を生き延びることがわたしの宿命なのだろう。これは、一か八かの賭だが、その〈獣〉を仕留めるのは、デュイリニッシュの《バーン》でなければならず、仕留めることはわたしの本分ではない」

ある時、彼は女の奇妙な眼に宿る意味を理解したが、夜明けが訪れて気がつくと、その啓示を忘れてしまっていた。

前夜、呼び出されてアルヴス近くの静かな敷石の路のくすんだ館で死んだ男を見た時、女は《バーン》が二人にとって悲運とならぬよう、テジウスに都市を去るよう請うたのだった。まったく理解しかねる嘆願だった。

館の最上階の一室――

暗青色の絹の垂れ幕と、磨きあげられた小さな石の卓のある所。絨毯には細かく分厚い酒蔵の黴に似た、ありがたくない滲みがあった。一方の石の壁には掛け布はなく、そこには夜空の星図が、念の入りすぎた手際で針留めされていた。素通しの天窓は薄れゆく〈名称星〉をふちどり、不承不承ながら暖かみのない曙を受けいれていて、その下にあるのは――死骸だった。

それは数々の天体観測儀をなぎ倒し、その隙間に窮屈そうに横たわり、美しく複雑で小さな太陽系儀を、澄みきった虚ろな目で採寸していた。

クロミスは旅支度の黒い外套をまとった鴉のような出で立ちで、死んだ天文学者の重い毛皮の長衣、指輪をはめた太い指、太りすぎた顔、ざらざらした吸取紙の密度をもつ灰色になりつつある肉体、頭蓋骨の残りを覆う血まみれの長い巻毛などに目を留めた。

死してなお、商人はかすかに気恥ずかしさの気配をただよわせていて、あたかも、みぞれの夜のブルー・メタル・ディスカヴァリーの暖炉の傍に静かに座して、頭巾のついた紫の外套の女の目を避けているかのようだった。

男はそれ以上の気恥ずかしさを覚えることはないだろう。頭頂がもぎとられ、ぎざぎざになっていたからだ。星座十二宮のことを仕こまれた〈第六宮〉のクロミスは、近づいて見る必要を感ずるまでもなく、傷ついた頭蓋は朝食の卵のように空っぽだと分かっていた。労を惜しまぬ傭兵の脳が――盗まれたのか？

彼は太陽系儀を拾いあげ、放心したまま、動くよう設定されていた時計仕掛けを回転させた。宝石の惑星がひゅーと音をたてて精巧な太陽のまわりを駆けた。その部屋に同席する第三の男に与えた印象を意識することなく、彼は尋ねた。

「何も見えなかったか？」

あまりに思いやりなく死者の玩具とたわむれる卿に油断なく目を配りながら、狼藉を発見した落ち着きのない若い見張りは身を震わせ、頭を振った。

「はい、閣下――」彼の眼は部屋を査察しながらも、万難を排して死体を避けていた。「――しかし大きな音で隣人を目覚めさせたかも」彼は手も身の震えも抑えられなかった。

「門番衛兵には警告したのか？」

「閣下、彼らは通りぬけるものを見ませんでした。しかし――」

「それで？」と気短に。

「真新しい条が都市の外にでていました。血の跡です。閣下？」

「なるほど」

「どうするものでしょう？　気が滅入りそうです」

「では去れ」

若者は指令に従い、肩越しに気味のわるい死体とさらに不気味な復讐者に視線を投げ、二匹の鼬《いたち》と対決する兎のような表情をうかべて、つまずきながら戸口を出ていった。クロミスは惑星が一周まわりきるまでその動きを追った。

階段での騒動。

「外の醜態は何だ」と小人のロトゴブが押しいってきて、骸のまわりを威張って歩いていると、ディソルーション・カーンは不思議そうに星図を観察した。「これは手慣れた仕事とはとうてい言いがたい。誰かはしらぬが、自分自身の死の定義にがんじがらめになっておると見える。芸術とよぶには感情が勝ちすぎている」

「おまえとカーン殿はわれらの馬の支度をされたい」

夜明けのほのしらむ光の中、彼らは〈石の都市〉を後にし、鮮やかな跡をたどって、北へと馬を運んだ。

川霧は細い塔や柱となって寒々とした空に昇り、薄れていき、ゆったりした流れの上に経帷子のように垂れこめた。デュイリニッシュは静まりかえっていたが、城壁の上の警備兵の足音だけはきこえてきた。朽ちかけた丸太にとまる一羽の鷺が、ミンフォリン河の北の曲がりくねる浅瀬を渡渉《としょう》する彼らを見守っていた。好奇心をもっていたかどうかは知らず、それらしい徴候をみせていなかったが、跑足《だくあし》の馬の蹄がはねちらす白い飛沫がかかると、鷺は重い羽音をたてて飛びたっていった。

ディソルーション・カーンは屈折した誇りをもって先頭をつとめ、大きな体躯を漆塗りの紺青の鎖帷子につつんでいた。鎖帷子の上には、雌馬の馬飾りと同じ山吹色の絹の陣羽織をはおっている。田舎風の帽子はぬぎすてられ、ふさふさした金髪がそよ風に吹かれてたなびいた。腰には銀冠の柄をもつ大きな幅広の剣がさがっている。糟毛《かすげ》の馬はたくましい首を弓形にそらし、優美な頭を振った。馬勒は柔らかな革で作られ、ごく細い革紐が編みこまれていた。

朝の寒さに背をまるめて漆黒の去勢馬にまたがり、烏羽玉《うばたま》の外套にくるまるテジウス＝クロミスにとって、カーンとその馬はためらう朝の光を押しもどし、闘いをいどんでいるように思われた。一瞬、彼らは軍使となり、無敵なものとなり、旅路のゆきつく果ては、美しく推測しがたいものとなった。しかしその感情はすぐに去り、彼には鬱屈が戻った。

進むにつれて、見すぼらしい荷馬に鞍は定まらず、唯一の武具である鋼鉄内張りの革のふちなし帽をかぶった小人のロトゴブは、意味の忘れさられたリヴァーマウスの歌『死んだ船荷の葬送歌』を唄った。

燃やしつくして、深く埋めよ
　さあ　掘ってたたきこめ！
ひどい天気だ　フリートのあたり
　さあ　掘ってたたきこめ！
まとめてみんな　掘ってたたきこめ
　さあ　深く埋めよ！
風はきびしく　足どりは重い
　さあ　掘ってたたきこめ！

儀礼的な節が進むにつれて、気がつくと、クロミスは死と略奪の夢想の中に沈みこみ、穢れた部屋の中の死んだ商人や、望遠鏡や奇妙な占星術具の、灰色の透きとおった幻像にとりつかれていった。頭巾のついた紫の外套をまとう女の顔が目の前にあらわれ、しかとは判らないけれども、何やら深い悲しみに囚われていた。彼はどこか前方の〈湿原〉が、自分の特異な宿命と背負いきれない遺産の具体化であることに気づいた。

彼は世界から遠のきつつあった。コカインが切れて発作におそわれ、つなぎとめる錨がすべて断ち切られたように思われたその時、カーンは自分の雌馬の手綱をひき、停止の号令を発した。

「これがわれらの道だ。〈獣〉はここで道をはずれている、ご覧のとおりだ」

細い道が、街道から東に走っていた。その道を五十メートルも行くと、谷間の羊歯やヒースの群生はとだえ、地面は褐色にかわり、かすかに玉虫色をおびた沼には紫やつややかな黄色の薄膜が縞をつくった。その先には、奇妙な形をした樹の茂みがあらわれた。河はその間をぬって広くゆるやかに流れ、川辺には明るい黄土色の濃密な葦原があった。風は北から吹きつけ、苦い金属の臭いを運んだ。

「美しいとみる者もいるかもしれないぞ」とクロミスは言った。

羊歯が徐々に消えて尽きたところに排水渠が沈められ、リーデイル低山地の放牧畜が沼に迷いこむのをふせいでいた。沼は深く、淵は急傾斜で、臭気の強い水をたたえ、様々の色に変化する浮きかすが薄い膜をなしていた。一行が関門のついた木橋を渡ると、馬の蹄は虚ろな音をたてた。

「そうは思わんな」と小人のロトゴブが言った。「臭うぞ」

3

〈湿原〉の奥深く、小道は激しくうねり、赤褐色の鉄の沼、アルミニウムやマグネシウム酸化物の白味をおびた流砂、酸化銅の青や過マンガン酸の藤色の小池の間をぬけていた。ゆるやかで氷のような小川が流れこみ、銀色の葦が周りを囲んでいる。樹のなめらかな幹は、明るい黄土色と焦げた橙色だった。濃密に重なった樹葉を通して、陰鬱な光がもれおちていた。樹の根もとには背の高い黒い草や半透明の多面体の結晶の大きな塊が、異邦の茸のように生えていた。

薄緑の目をもつ消炭色の蛙の鳴き声をあびながら、彼らは池と池の間をよろめき歩いた。油の浮いた水面の下で、種名もわからない爬虫類がゆっくりくねくねと動いていた。広げると三十センチ以上にもなる翅翼を持つとんぼが、軽やかな音をたてて菅《すげ》の間をとび、細長く奇怪な胴はけばけばしい緑と群青にきらめいた。とんぼは飛びながら獲物をとらえ、四月の青やシボレーの桜色のはかなく哀れっぽい蚊やばたつく蛾を噛みくだく際には、傍にきこえるほど顎の音をたてた。

すべてのものの上に、錆びる金属の重苦しくのしかかるような異臭がたれこめていた。一時間もすると、クロミスの口には苦い鉱滓《こうし》がまとわりつき、彼は酸味をあじわった。気がつくと、話すことも難しくなっていた。馬が腰の下でよろめきすべるのをよそに、彼は驚異の念であたりをながめ、頭の中では、古代の腐蝕物をはこぶ暗くゆるやかな流れの上を舞う宝石をちりばめた夜鷹のようにすばやく、詩句がとびかった。

彼はロトゴブとカーンを厳しくせきたてた。血痕が消え、形の定まらない大きな足跡の連なりを泥の中にたどっている今、《バーン》との出会いが切迫していることを感じとったのである。だが彼らの馬は紺青の水の流れと、なまなましい桃色の崩れおちそうな空におそれをなし、足はすくみがちだった。時には、馬が足をつっぱり震えて、動こうとしなかった。馬のぎょろつく白い眼をむけられて、騎手たちは悪態をつき、長靴の上まで軟泥につかって刺激臭の強い気体の大きな泡をわきたたせた。

ごく短時間、林の中をぬけだしたのは正午ちかくで、その時クロミスは、実際には空が全速力で駈けており、雲は風にひきさかれていることに気づいた。そして、南国風の色彩とは裏腹に、〈湿原〉は寒かった。

その日の夕刻、彼らはまだ狩猟をつづけ、〈湿原〉の北端のコバルトメアの浅い湖にたどりついた。流砂のために一頭の荷馬を失い、あざむくように透きとおった池の水を飲んだもう一頭は、後に手足がふくれあがり、むしばまれた内臓から血を流して苦しみながら死んでいった。彼らは疲れはて汚れきって、獣の足跡を見失っていた。

彼らは水はけの悪い沼の周辺を半ばめぐって、まずまず乾いている空地に露営をはった。かなたの水面には、鮮黄色の条の入った仔鹿色の土塁があり、光沢のない植物の浮島の上では水鳥がさんざめき、鮮青色の羽根を逆だてていた。陽がかげるにつれて色はくすんでいったが、日没の葬送の光をうけて、コバルトメアの水面には一キロ以上もの長さの臙脂《えんじ》色と深藍の条がよみがえった。

クロミスは夜明けの何時間か前に目覚め、寒さのせいかと思った。かすかな悩ましい燐光がひんぴんと色を変えつつ、沼とその周辺にただよっていた。そのあたりの水の不思議な性質のために、斑《むら》はないけれども青白い光が発せられていたのだった。影はなかった。樹々が、じめじめした空地の境界にぼんやりと浮かんでいた。

再び寝つくのがむつかしくなったことがわかって、クロミスは消えた焚火の燠に近づいた。ぎこちなくそこに横になると、毛布と外套にくるまり、頭の下で指を組みあわせ、〈名称星〉と謎めいた〈星団〉を見上げた。

傍らに丸く盛りあがっているのは、いびきをかくカーンだった。馬は眠たげに足を移している。大きな黒曜石の玉を眼のかわりにした夜行性の夜鷹が、獲物を求めて浅瀬の上を、軽いうなりをたてて飛び、噛みくだいていた。クロミスはしばらくそれを眺め、魅せられた。葦の群生をぬけて吐きだされる水の音。ロトゴブは見張りにたっていた。彼はゆっくりと端をめぐり、クロミスの視界をはずれていった。男は椀型をつくった両手に温かい息をはきかけ、地面にやわらかな音をたてて足が沈んでいくので悪態をついた。

クロミスは目を閉じ、意気消沈し、眠ることができなかった。〈第六宮の獣〉がその役割を逆転させたのではないかと疑った。同じ様な逆転の出来事が、若い頃の薄暗く何かに取り憑かれたような書斎の本棚からたちのぼってきた。そこで彼は悲運の父親から苛酷な一族の伝承を知らされたのだった。黒文字の背の本と青ざめた女を、彼はずっと知りたいと思っていた。

彼は頭巾のついた紫の外套の女を初めて見た時のことを思いおこした。

後ろにかすかな吐息がきこえた。近くはなく、とても調子が低かったので、眠る男を起こすほどではなかったが、とても奇妙な強度があり、緊迫感があった。

恐怖にさいなまれ、不意に立ち上がる父親の死体とその書斎への帰還のイメージをクロミスは抑えることができなかった。

彼は銘なき剣の柄頭をさぐった。探りあてると、できる限り不必要な動きをしないようにして、用心深く身体を回してうつ伏せになり、口を開いて静かに息をついだ。その行動のおかげで、先ほどは見えなかった空地の一部分が見えるようになった。彼は音がきこえてきた地点を観察した。湿地は静かで、不吉な気配がみちていた。闇の深い箇所はその入り口を示している。馬は息を、心霊体を吐きだしていた。一頭の馬が耳を前方につきだして警戒していた。

彼には小人の声は聞こえず、姿も見えなかった。

慎重に毛布をぬけだすと、鞘から十センチほどそっと剣をひきだした。条件反射で低く身をかがめて空地をかけぬけた。小人の遺骸に遭遇した時、彼は、父親が死んでからというもの、憂愁の装いの下に住まわせていた恐怖の一斑を認識させられた。

小さく縮こまったロトゴブは、はやくも湿った地面に少し沈みこんでいた。出血した様子もなく、手足も切りとられてはいなかった。長い錐刀を引きぬいてもいなかった。

切り取られた冷たい顎をつかむと、彼の皮膚には激しい怖気がはしった。小人は歯をむいていたが――商人とは異なり、死を前にしてもうろたえてはいなかったはずだ。しかし、指はすべて握りしめられていた。クロミスは頭を動かしてみたが、首は折れておらず、曲げるのがむつかしかった。つぎには、頭蓋骨。彼はおそるおそる手探りし、指をまるめて、手で頭を掴んだ。それから気をとりなおして、外套のふちで顔をぬぐった。

立ち上がり、苦いものをのみこんで、彼は身震いした。夜は静まりかえっていたが、遠くに眠ることのないとんぼの羽音がきこえた。死体の周囲の地面は踏みつけられてぬかるんでいた。形のはっきりしない大きな足跡がそこから沼地の外につづき、南にぬけていた。彼は右へ左へ揺れながら、カーン殿を目覚めさせることなく、その跡をたどった。

クロミスにとってこれは個人的な事件だった。

コバルトメアを離れると、燐光はかすかになっていった。彼はすばやく跡を追った。蒼白い光を発する結晶の塊がぼんやりと樹々を照らしている場所で、足跡は道をはずれた。安定しない赤い光をあびて彼は立ちどまり、耳をとぎすました。水音のほかに音はなかった。ふと気づくと彼は一人きりになっていた。地面は彼の足をすいこんだ。樹々は不気味で、その枝は凍りついた苦悶だった。

左側で、小枝が折れた。

クロミスは身をひるがえして下生えの中にとびこみ、銘なき剣を斬り入れた。歩くごとに堆肥の中に沈みこむ。小さな動物が慌てて逃げる。樹葉が手足をつつむ。

危険な池のある小さな空地で、激しく息をつく。一分後、何も音は聞こえなかった。二分後、もう何も。


「一人で来ていたならば、最初の遭遇で一巻の終わりとなっていただろう。さあ故郷へ帰れ、カーン。それともデュイリニッシュに行って、わたしを待つか」

彼らは夜明け前に小人を埋葬するため、コバルトメアの奇妙な光の下で作業した。ディソルーション・カーンは、死んだ友人の指を、短い剣でもなく長い錐刀でもない刀に握らせた。「おぬしはどんなところに陋巷《ろうこう》があるかを知ることはなかったし、これからもなかろう」その死に対してクロミスには何の恨みも抱いていないようだったが、黙々と、大地が要請する以上の努力をかたむけて、土を掘った。

「小人はよい戦士だった。やつは四人の王子を葬った――」それを、彼は心虚ろに、二度くりかえした。「――この任務をなしとげるまで、ついていくぞ」

気温は何時間も着実に低くなっていった。うつろいやすい雪のいくひらかが色とりどりの樹葉の隙間から、脈略もなく、落ちてきた。テジウス＝クロミス卿は外套の中で身をまるめ、掘りかえされた土に足で触れた。

彼はモウナー山脈の高所の峠越えのさい、雪にうまって息をつまらせたことを思い出した。

「カーン、おまえは理解していない。歴史はおまえに敵対している。〈第六宮〉は……責任はわたしにあるのだ。それを分かちあうことによって、一人ではなく、三人を死に追いやってしまった……」

カーンは唾をはいた。

「おれはついていくぞ」

後に、口髭についた食物のかすを吸いとりながら、彼は言った。「そなたはただ一度の挫折を重大に考えすぎておるぞ。焼豚を少しどうだ？　まだ二人、生きのこっておるではないか」

中洲と葦原から、鳥の啼き声がした。変化を感じとり、湖の表面の色鮮やかな漂流物の上に集結した。一万羽の小さなうら悲しい頭骨の中で、渡りの衝動はゆっくりとその高みに達した。

クロミスは鈍く笑った。

彼は白鑞の嗅ぎ箱を取りだして、それを見つめた。「雪だ、カーン」とつぶやく。「ひとひらの雪だ」彼は肩をすくめた。「あるいはふたひらか」彼は箱を開いた。

カーンは手をのばし、クロミスの手からそれを叩きおとした。

「役にはたたぬぞ」愉快そうに彼は言った。

半分だけがこぼれ、おそらくその半分は台無しになった。クロミスは残りをすくいあげ、慎重に箱を閉じた。彼はたちあがり、膝の汚れを払いおとした。

「おまえの母親は、雌豚だったぞ」と言って、彼はカーンに銘なき剣を五センチほど見せた。「そして男どもに病気をうつした」

「どうしてそんなことを知ったのか、おれには見当もつかん。さあ、クロミス卿、夜明けだ」

雪はしばらくのあいだ降ろうとはしなかった。

4

「誰一人ここには百年は来ていない」

〈湿原〉の北西の最果てのあたり、〈錆の砂漠〉から洗いだされる金属塩の集積度は低く、より正常な植物が地歩をきづいていた。柳が水路の上にしだれかかり、葦原はクリーム色と褐色で、冷たい風をうけてきしんでいた。しかし奇形のありようはもっと微妙でより不穏な種類のもので——木々の樹形、中間地帯の昆虫の体の比率にあらわれており——陰鬱の減じようは大きくはなかった。

「残念だ。この場所が地図に載っておれば、われらはまっすぐここに来て、救うことが——」

「——命をか？」

「厄介な事態をだ」

古代の丸い塔が樹々の上にそそりたっていた。いつの時代にか、大地がより堅固であった頃に淡い黄褐色の石で建てられた塔は、古い骨のように風化し、歪んでいた。枯れた蔦の条が表面を這いまわり、山査子や榛の木がその基礎を隠し、風雨にさらされたすももが上の窓から外に伸び、からからと音をたてる枝には、人目にとまらぬ小鳥が棲んでいた。

近づいていくと、塔の下の階は大地に埋もれているのが分かった。その湿った壁のまわりに一定の間隔をおいて開けている低い角形の入口は水没した窓だった。泥濘の一メートルほど上は、幅広く茸の帯に囲まれ、不健康な男の手足の回癖のようだった。

「父の書物に、沈める塔の存在が暗示されていたが、その場所は東方だった」

「おまえはその本を訂正することを生きがいにできる」

「おそらくはな」クロミスは馬を前方に駆りたて、剣をぬいた。小鳥が山査子から飛びだした。雪がまた降りはじめ、今度は雪のひとひらはやわらかく、大きかった。「これほど堂々と近づくとは、向こう見ずではなかろうか？」

カーンは背の高い葦毛の雌馬を降り、深く乱れた《バーン》の跡を精査した。折れた枝と押しつぶされた菅《すげ》の幅広い道の先に、踏みならされたわずかな区画があり、沈んだ窓のひとつに面していた。あたかも化物が、塒の安全性への気配りを失ったかのようだった。彼は頭を掻いた。

「その通りだ」

彼は塔を凝視して、数分のあいだ、一言も発しなかった。灰色の雪が、動きなく立ちつくす彼のまわりで渦巻き、しばらく髭にとどまった。外套は風にはためき音をたて、彼は広刃の剣の柄に不安げに指をはわせた。彼は暗い空き地にすこし近づいた。そしてそこから後ずさった。ようやくこう言った。

「入りこめないようだ。小さすぎる」

クロミスはうなづいた。

「監視をつづけろ」

「時がみちれば、戻ってこよう。一人でやるのは、余りに無謀だ」

クロミスは外套をぬいだ。

「すでにわれらのあいだには一つ、決着のついていないことがある。それにもう一つ付け加えるようなことはするな。おまえには何一つ責任はない。背後を見張ってくれ」

視界は十歩ほどに落ちていた。揺れる白い幕を通して見ると、カーンの顔には表情がなかったが、その眼は想いに沈み、傷ついていた。クロミスは震える馬の後ろ半身に外套を投げかけてやり、踵《きびす》をかえすと、すばやく沈める窓へ歩み寄った。雪はすでに横梁に積もっていた。彼は自分に向けられるカーンの視線を感じた。

「すぐに去れ！」彼は風に向かって叫んだ。「お前がいる必要はない！」

両手と両膝をついて伏せたまま、引きつづき銘なき剣を前方に向けつづけた。異臭の混じりあったにおいが隙間から顔に吹きかかった。腐りつつある廐肥《きゅうひ》の刺激臭、その上にかぶさる強烈で心地よい麝香《じゃこう》の香り。

彼は咳きこんだ。意に反して、身体がのけぞった。はるか遠くにカーンの叫び声が聞こえた。おのれを恥じて、彼は穴に頭を突っこみ、狂ったようにもがき、通りぬけた。

そこは暗く、何者にも出会わなかった。

彼は立ちあがろうとした。中腰になったところで、湿った天井に頭をうちつけた。小人のための扉だ、小人用の扉だと、彼は思った。冷たく汚れた液体が頭髪に滴り、頬をつたい落ちた。彼はかがみ、よろめきながら歩きだし、剣を突き出し、不快な挑戦を悔いた。足が柔らかく腐った表面で滑り、転んだ。剣は壁に当たって橙色の火花をちらした。

彼は背中に得体の知れぬ非常な恐怖を感じた。

彼は踊るように無情の一振りをくれた。

時はもぬけの空だった。

彼は剣を取り落とし、咽び泣いた。

「求めたのはこんなことじゃないぞ！」子供の頃の自分に告げたのだが、〈獣〉を倒す方策を考えぬいていた書斎の書架にさえぎられて、聴こえなくなった。「頼まれてもこんなところへは来るものか！」

彼は厩肥の中に倒れ、手探りした。剣の刀身をつかんでしまい、掌が深くきれた。彼は身もだえして窓を突き抜け、降りしきる雪の中に出た。

「カーン！　カーン！」と叫ぶ。

彼は剣を杖として立ち上がった。血が杖を伝い落ちた。覚束なく何歩か歩いて、馬を探した。馬は姿をけしていた。

彼は建物の土台の周囲を三度かけめぐり、叫んだ。雪にとざされて混乱してしまい――樹々に積もった雪は周囲と激しい明暗をうみ、それまで以上に風景を歪めていた――出発地点がどこだったのか、確かめるのが難かしくなっていた。剣の事故で指の三本が使い物にならなくなっていた。腱が切れたのだ。傷口に少々のコカインを擦りこみ、包帯をしたあと、カーンの探索に出立した。

灰色で汚れた半溶けの雪が地面にうっすらと層をなしていた。風雪に抗して前屈みになり、そこに見出した二組の蹄の跡は、コバルトメアへと戻っていた。

彼はいま一度、沈みゆく塔を振り返った。南面の高いところに並ぶ溶けてふちの定かでない窓は、彼を好意的に見おろしていた。雪は肩に積もり、彼は湿地や小川にはまった。足跡を見失い、再び見いだす。手の痛みは遙か彼方へと退いた。彼は〈獣〉の塒での経験を思い出してかすかに笑いをもらすようになった。

野鳥はコバルトメアを去っていた。彼は流れの速い紫の水路の脇に立ち、雪をすかして、打ち棄てられた長い砂堤や砂洲を捕らえた。彼は水際に降りた。彼の馬はそこに横たわっていた。頭は湖につかり、胴はふくらみ、彼の外套は今も後半身を覆い絡まっていた。血が口と肛門から滲みでていた。眼の血管は黄色だった。

風の音の中に、彼はかすかな消えゆく叫びをきいた。

5

ディソルーション・カーンは桃色の糟毛の雌馬にまたがり、水辺の暗鬱な空き地にいた。溶ける雪が華麗な鎖帷子についた〈湿原〉の穢れを洗い落とし、彼は剣を頭上高くにかかげた。雌馬の絹の馬飾りは閉所恐怖症をもよおしそうな背景幕にあらがってぎらりと輝いた。馬は首をそらし、優美な頭を振り、その息は白く条をつくった。カーンの髪は吹き流されて三角旗となり、彼は笑っていた。

テジウス＝クロミスが、突然変異した柳の林のなかを押し渡ると、樹々は必死で衣服を掴もうとして、まるで、空き地は彼らを内に入れることができないかのようだった。そこを突き抜けると、彼らは先触れとなり、無敵なものとなった。

そもそも〈第六宮の獣〉は彼には親しいものであったけれども、男と馬の上にぼんやりと現れた際には、その確かな姿形は捉えられなかった。

いらだたしげに羽毛をふるわせ、放屁し、鉤爪の足を持ち上げて、象のような厚い外革の化膿した箇所を引っ掻く。キチン質の鱗が枯れた葦のようにかさかさと音をたてる。吼え、冷笑的にさえずり、昆虫のような隻眼の重い瞼をしばたかせる。後ろ足で立ち上がり、性的欲望を示してぎこちなく踊り、身をよじらせとぐろを巻き愚劣な威嚇をする。

言葉を口にしようとした。

喜ばしそうに笑い、翼を持ち上げ、毛づくろいする。心地よい麝香臭が草原を満たした。長く脆い爪先の美しい馬に乗る、宿命づけられた男に手を伸ばす。

明瞭な声。

「小人であるのと同じくらい嘘つきなのだ」

熱い小便の水流を濡れた大地に放つ。

体つきが二倍ほどに脹らみ、つまづき、けたけた笑い、均衡をとりもどし、カーンに倒れかかった。

クロミスはまとわりつく柳を引きはずし、草原に駆けこみ、叫んだ。「走れ、カーン、走れ！」

血しぶきが糟毛の雌馬の馬飾りに吹きかかった。

ディソルーション・カーンは馬が反り返ったので、不意に嘔吐し、鞍にしがみついた。体勢をたてなおし、大きな弧をえがいて武器を振り回した。うめき、揺れた。〈獣〉の影がカーンを覆い隠した。彼は刺し貫いた。

獣は吼えた。

「やめろ！」とクロミスは嘆願した。

「やめよ！」と〈獣〉はうめいた。

〈獣〉は縮み始めた。

カーンは頭を垂れて湖に座りこんだ。剣を放り投げた。鎖帷子はずたずたで、そこここで切れ端が肉にめりこんでいた。

彼の前にいるのは、ヴィリコニウムの〈第六宮の獣〉、易変《えきへん》のラミアで、羽根や鱗をそぎ落とし、しなびていた。多面体の眼のあらゆる面が曇っていた。「どうか」と声をだす。むかつく臭気は風に吹きはらわれた。四肢とおぼしきものは萎《な》えて、疣《いぼ》のような塊を残すだけだった。玉虫色の体液は〈湿原〉の水と混じりあった。口はかちかちと力なく音をたてた。

ややあって、〈獣〉の身体が変身のすべての過程を逆行し、最終の縮みきった形態に達したとき、カーンは上を見た。彼の顔はふくらみ、何かを詰められたようだった。鞍から滑り降り、疲れきった手で雌馬の首を叩いた。雪は小ぶりとなり、止んだ。

カーンはクロミスを見つめた。これまで会ったことも見たこともないといった様子だった。彼は親指をむくろに突き立てた。

「おぬし、宿屋で女を殺しておくべきだったな」

カーンは後ろむきによろめいた。口があんぐりと開いた。視線を落として、下腹から突きだす銘なき剣に目をとめると、彼はもの悲しくうめいた。鋭く激しい震えが、彼を貫いた。血は太腿をつたってどくどくと落ちた。彼はゆっくり手をおとし、剣に手をかけた。

「なにゆえだ?」

「わたしでなければならぬのだ、カーン。〈獣〉はわたしが弑逆しなければならぬのだ。〈獣〉は死んだが、わたしは生き残っている。こんなことは予期していなかった。いったい、どうすればよいのだ？」

ディソルーション・カーンは剣を握ったまま、注意深く座りこんだ。咳きこみ、口をぬぐった。

「そのコカインを少しくれ。まだここを抜け出せるやもしれぬ」

突然、彼は笑った。

「おまえは騙《だま》されたのだ。おまえたちは皆。祖先の者どもも皆、騙されたのだ」クロミスは苦々しく言った。

「殺すのはたやすい。おぬしは悲嘆の生涯をおくるだろうが、それもたやすいことだ。どういう感じに効くのだ？　少し分けてくれ」

「これから何としよう？」とクロミスは小声でいった。

ディソルーション・カーンはくるりと廻り、ついに頭巾のついた紫の外套の女のむくろに対面した。彼は前のめりになり、銘なき剣の柄頭を女の肋骨に押し当て、身体もろとも押しこんだ。うめき声。

テジウス＝クロミス卿は夕刻まで草地に坐り、小さな白鑞の嗅ぎ箱を膝の上に置いていた。彼の眼は何も見ていなかった。ようやく彼はカーンの腹から銘なき剣を引き抜き、湖にほおった。

彼は毛の長い糟毛の雌馬にひらりとまたがり、死んだ男の外套に身をくるんだ。

空き地をぬける道すがら、彼は〈獣のラミア〉の最後の変身のことを黙想しつづけた。「旅籠でわたしを殺しておくべきでしたな」衝動的に彼は馬を降り、彼女の外套の留金をもぎとった。「そうするべきでしたよ、あなたは」

一晩中北に向けて馬を駆り、〈湿原〉の樹々の下から抜けだした時にも、彼は上を見ようとはしなかった。〈名称星〉が下界のなにやら甚大で超自然的な変化を反映していることをおそれたのである。

奇妙な大罪

STRANGE GREAT SINS

「この小さき者の罪は、俺がこれまで呑みこまざるを得なかったものに較べれば、何ほどのものでもない」と罪喰いは得意げに言った。浅黒く精力的な中年の中背の男で、いつも首を縦にふり、手をすりあわせ、右に左に身体を揺らし、遺族を安寧に導いているか気にかけている。「他と較べれば、ヴァニラか蜂蜜の味だ」

誰ひとり男に応接するものはおらず、男はそのことを躊躇なく受け入れているようだった——忘れてはならないが、彼はその人生にとてつもない悲哀を隠し持っているのだ。彼は窓の外に目をやった。潮は引いており、空気には海から吹きつける靄が立ちこめていた。ヘンリエッタ通りではどこでも、肉親を喪った家族への弔意から、扉も窓も開け放たれ、鏡には覆いがかけられ、火は消されていた。霜と靄、遠くの海岸の匂い。それらが男の心を動かすことはなかった。罪喰いは手で椀をつくると中に息を吹きこみ、突然咳きこみ、欠伸《あくび》をした。

「陸地から吹き抜けていく風が俺は好きだな」彼は言った。

罪喰いは歩き、幼い少女を見下ろした。少女は二時間前に、染みのない青と白の覆いのかかったベッドに寝かされ、か細い胸の上には塩の皿が置かれていた。つっと伸ばした指で彼はやさしくその皿のふちを叩き、頭を傾け、生成された澄んだ小さな音に耳をすませた。

「俺が昔いたところでは、亜麻布で花輪を造り、それに白い紙の薔薇を飾りつけておった。そしてその下に、幼子の年に応じてその年の数だけ白い手袋を吊り下げ、ぼろぼろになって落ちるまで教会に預けておくのだ」彼は頷いた。「子供の罪とはそのようなものだと思っている。教会に下げられている白い手袋だ」

その話を聴きながら、あるいは砂丘に隠れた奥行のある墓地や、二本の巨大な鯨の骨で形作られる奇妙な門を通りぬけることを想像しているのか、あるいは海柊《エリンジウム》や鴎、あらゆるものを覆い尽くす吹きつける砂のことを想像しているのか、少女の母は泣き始めた。家族の他の者はなすべもなく母を見つめた。そこにはもう一人、テーブルに拳を叩きつけ、火のない暖炉にナイフを投げこむ知的障害の娘がいた。父親は年嵩の男で、フィシュ・ロード・トゥ・イームやチャイルズ・アーコールのあたりで、時にはソウアー・ブリッジにまで足をのばして手押し車で鯖を配達しているが、物憂げに言った。「娘は昨日は見るからに楽しそうに駆けとった。いつも、見るからに楽しそうに駆けとった」父親は罪喰いが到着して以来、半時間もするとまたそれを繰り返した。娘の幸せに立ち会えたという純粋な喜びの中にいたけれども、どこかでなぜか娘の死を食い止める（あるいは少なくともそれを納得する）ことができたであろう重大な鍵を取り逃がしたのかもしれないというように、首を振った。妻は夫の袖に触れ、目をこすり、なんとか笑みをうかべようとした。

いつものことではあるが、長い通夜だった。朝方にかけて、罪喰いの耳には外の通りでの大騒ぎの音がくぐもって聴こえた。笑いは押しころされ、タンバリンの連打もたちまち静まり、木靴が湿った敷石にこすれる音がした。外を見ると、ぼやけた数人の人影が海霧の中で向こうにこちらに動くのが見えた。彼はまばたきした。目をほそめ、手のひらで窓ガラスをぬぐった。背後で子供の父が立ちあがり、深い溜息をつく音がした。振り返って部屋に入りなおすと、彼は言った。「彼らは遠いシフナルから馬を引きつれてきたのであろう。そうでもしなければ村では手には入らぬからな」

老人は罪喰いに目をみはり、はじめは訳が分からないようすだったが、次第に怒りをつのらせているうちに、外では合唱がはじまった。

マリ・ルイド
霜と火の馬
馬にして馬ならざるもの
慈悲深く見そなわしたまえ　われらの儀式を

マリの蒼白い頭蓋骨が棒の先に取りつけられ、上下に動いて下顎がエネルギッシュにかちかちと音をたてる様子がようやく目に入る頃、靄は風に吹かれて、リボンかぼろ布のように流れ、やがてまた視野は閉ざされて、シーツのように白く継ぎ目もなくなった。

「入れろ、入れろ、ビールなど飲ませろ」くぐもってはいるが嘲笑的な声が響いた。知的障害の姉が喜びの笑みをうかべ、食器棚かテーブルが話すのを聞いたかのように部屋の周囲を眺めまわし、首をかしげてつぶやいた。馬の蹄か木靴の音がしたが、あるいは手拍子にすぎなかったのかもしれない。マリの供奉人《ぐぶにん》たちはぼろをまとっている。靄と霜の中で彼らは踊り、その吐く息も靄そのものだった。彼らがつけている仮面は、細長く奇怪で悲しげな廃原の蝗《イナゴ》の頭、〈褐色の大廃原〉の吹きつける砂と絡みつく泥の中で棲息している巨大な昆虫の頭を表していた。

「ビールより良きものをやるぞ!」老人は大声をあげ、その顔は強列な挫折と悲嘆のために充血していた。「おまえたちが好まないものをやるぞ！」彼はシャツの袖を肘の上までたくしあげ、妻が止めるまもなく走り出すと、マリ少年団の中に割って入り、蹴ったり殴ったりした。少年たちは手際のよいホップとスキップで老人をかわし、笑いながら駆けだして靄の中に消えた。知的障害の姉はぶつぶつ言いながら爪を噛み、扉は風を受けて前後にばたばたとむなしく音をたてた。老人は詮方なく、恥ずかしそうな打ちのめされたような顔で家の中に戻った。

「放っておきなさい」妻が言った。「無駄なことよ。シフナルから来た連中はああしたものよ」

遠くでまだ歌う声がした。

マリ・ルイド
盛時《デイ》と衰時《アワー》のあわいに落ちる
馬にして馬ならざるもの
慈悲深く見そなわしたまえ　われらの饗宴を

罪喰いはまた窓のそばでくつろいでいた。彼は頭を掻いた。霧にけぶる通りにいる何かが、彼の記憶をかき立てた。「馬にして馬ならざるものか」と、夢見るようにつぶやいた。

そして笑みをうかべた。

「いや、まったく」彼は老人とその妻に言った。「そなたらの幼い娘の罪は色あざやかな蝶のようなものだろう——俺が味わってきたものに較べれば」そしてまた、「馬にして馬ならざるもの。

この言葉を耳にすると、俺の身には必ず震えがおこる。ヴィリコニウムに住んだことはあるか？　所帯道具をつめこんでイセ運河の崩れた波止場につけた平底船なぞに乗ったことはあるか？　冬の空に二つの雲が近づいてできる青い隙間を眺めて、そなたの中から何かが永遠に奪い去られるかのように感じたことはあるか？」

彼らが困惑したことを見てとって、罪喰いは笑った。

「そのようなことはなかろう。それでも……馬にして馬ならざるものは……」

人生の画期をなした出来事を思い起こすことは（彼は話を続けた）咲きほこる花もろとも苦い棘を抜くことだ。俺が伯父のプリンセップのことを考えるとき、まず思い起こすのは母のことで、彼のうるんだ青い目がでてくるのはそのあとだ。伯父のことを考えると、ワーグスの精神療養所の高い煉瓦の壁が見えてきて、アクアレート・ポンドあたりの打ち捨てられた私設救貧院からの遠く反響する叫びが聞こえてくる。

俺は生まれながらにこの商売をしているわけではない。子供のころは、ソウアー・ブリッジあたりの広い耕作地に住んでいた。暮らしは充分豊かで、親父が死んで都市に出なくてはならなくなったが、母は住んでいたところが気に入っていた。思うに母は在所の知人や、近所に住んでいる何人もの母の兄弟を頼りにしていたのだろう。今になってみると、母はゲートルを巻き、薄茶けたコートをまとい、穏やかで大きい農耕馬のように応接室にあふれかえらんばかりの赤ら顔の自作農《ヨーメン》たちにお茶を出し、季節がいつであっても、十一月の夜明けの感覚のすべて――刈りっぱなしの生垣にかかる靄、高い楡の木の上で啼く鴉、葉の落ちてぬれた山査子《サンザシ》が織りなすレース模様の向こうから昇る巨大な太陽——を皆に思い起こさせていた。母は陶器の飾り物のような女性で、いつも彼らの足元を気づかっていた。

プリンセップ伯父は母の継父の息子で、とても口数が少なく、やってきては長く滞在し、そのあいだ一言も口をきかなかった。何年も前、自分の母と諍いをおこし、家族を捨て、ヴィリコニウムに移り住んだ。今なら俺も、母が伯父の服装やマナーに対して抱いていた不満がどれほどのものだったか理解できる（彼は薄青のヴェルヴェットの上着を着て、黄色い靴をはいていたが、都市ではとうの昔に時代遅れとなっていたのではないかと俺は訝しんでいた。だが俺たちにとってはいつも愉快の源だった）。だがそれにもかかわらず、時折プリンセップ一族郎党をさげすむ様子を見せていたけれども、母は変わることなく彼に親切だった。お茶のテーブルに座る伯父は、口がたたず、脂肪が詰めこまれた頭蓋骨の大きな男で、四六時中、夢の中にいるような印象を与える。彼の頭の中は、その沈黙で俺たちにはわかるのだが、意思伝達を超えた、さらには理解を超えた哀愁に占められていて、それが時には彼の眼の隅に涙のように立ちあらわれるのだ。朝、風呂を浴びたあと、階段のところで彼が嘆いているのを耳にすることもあるだろう。彼は柔らかなタオルを当てて身体の水気をとっているだろう。

他の叔父たちは彼を嫌っていた。俺の姉妹たちは軽蔑の目で伯父を眺め、幼いころはエプロンの後ろを手でさわろうとするのよと文句を言った。だが俺にとっては彼はいつも変わらない喜びだった。というのも、注意を払っていないと自分がそんなことをしてしまうような例をたびたび演じてくれたからであり、また昔、こんな風に始まる本をくれたからでもあった。

「わたしはヴィリコニウムにいたことがある。あのころのわたしはかなり若い娘だった。恋人たちにとっては何とすてきな場所だろう！〈蝗の冬〉にはちぎれた昆虫の絨毯で通りが埋まり、隅に掃き寄せると吹き溜りは妙な臭いを発し、朝の短時間、金の山のような輝きを放つものの、やがて色褪せる……」

これを書いたのがプリンセップ伯父その人であることに気づいたときの驚き喜びを想像してもらいたい！ 母に伝えなくてはと居ても立ってもいられず、俺は母の元へ走ったものだ。

ある日の午後、春の雪解けが始まったばかり、俺が十八か十九の頃、思いがけず伯父がやってきて、亜鉛色の空の下でコートを震わせて入り口の階段に立っていた。彼は心ここにあらずのていだったが、お茶のテーブルにつくとようやく舌がゆるみ、旅のこと、気候のこと、都市の彼の部屋のことを語った。その部屋は水道が不通で隙間風が入り、手におえないのだという。母は彼の話を止められなかった。間があくと不意に、こんな話をする。「この前の五月には六件の葬儀に出たよ」俺たちは困惑して料理の皿を見つめることになった。あるいは「魂はあたりに漂って、中に入る肉体を選んでいるのだと思うかい？」俺の姉妹は口を手でおおい、咳きこんだが、俺は心が痛かった。

伯父は家族のことを存分には聞けなかったと言って、他の伯父たちのことを順に情け容赦なく母に問いつめるので、今度は母が当惑して皿を見つめることになった。ダンド・セフェリスはすきを見ては今も釣りに行っているのか？ あの——名前を忘れて、彼は指を鳴らした——パーネルだったな、やつの細君はどうしてる？　娘は今年何歳になる？　こうした追求が行き着くところまで行くと、彼はあたりを見回して楽しげに溜息をついた。「これはまたなんて素敵なケーキだな！」彼は大きな声で叫び、それがありきたりのクーヘン菓子であると知らされると、「どうして今まで食べたことがなかったのか、考えられない。昔から食べていたのか？　家に居るってのはいいことだな！」伯父に肘でつつかれ、俺はぞっとした。「こんなケーキはヴィリコニウムじゃありつけないぞ！」

その後、彼はピアノを弾いて歌った。

彼は俺の姉妹をひっぱりだしててダンスをしたが、昔ながらの田舎の踊りをするだけだった。この太った大男が、汗で顔をてかてか光らせ、『ロウンの貴族』や『ジョリー・レンの追跡』のまねをして、熊のようによろよろと歩くさまを見ると、家族一同さらに大きな軽蔑を覚えるのだった。俺たちがベッドに行く前に伯父は幽霊の話をした。俺が夕方からずっと注意深く彼の視線を避けていると、階段の隅に追い詰められ、緑の田舎風ウエストコートを渡された。薄紙にくるんだ硬貨が少しポケットに入れてあった。俺は自分の部屋に座ってそれを見つめ、伯父の理解力のなさに憤慨し、涙を流した。俺たちが眠りについても彼は母を寝かせず、深夜過ぎまで、彼らの父親とその政治的野心の話をした。

伯父は二日留まり、その間、母は彼を不安げに眺めていた。酒を呑んでいるのか？　病気なのか？　判断できなかった。ともあれ彼は三日目の朝、ヴィリコニウムに戻り、一週間後にそこで死んだ。言い逃れしようとするが世の慣習にも従うという性格をくずすことなく、母はそれに関する事情を何一つ教えてくれなかった。「ある人の家でのできごとだったのよ」と言いながら母は肩を震わせ、それを俺たちは保護するような検閲するようなものと認識した。そして以後、母は何も語ろうとはしなかった。

伯父は埋葬のために家に運ばれてきた。葬儀は冬に行われる多くの儀式と同様にみじめなものだった。低く灰色がかった白い空から断続的に雨が降り、参列者の造花や葬儀の馬の黒いたてがみをぐっしょり濡らした。他の叔父の幾人かがやってきて、帽子をぬいで墓石のそばに立っていると、雨の中、上空を鴉が旋回し、儀式の一部であるかのようにカーカーと啼いた。墓地はところによっては固く凍っているものの、他のところではもう融けかけていた。そしてその先の平坦な草地は一面の輝く水の膜の下にしずみ、わずかに黒い生垣と樹々が水の中から突きだしていた。俺の姉妹はドレスが水を吸ったと言って泣いたが、実のところ、他の人に嫌な思いをさせるつもりなどはなかった。母はとても蒼白になり、俺の腕に重く寄りかかった。俺は反発心から黄色い靴を履いていた。

「哀れなプリンセップ！」と母は言い、帰宅の途次、俺たち皆を抱きしめた。「伯父さんはあなたたちの祈りを受けるにふさわしい人よ」しかし、俺が彼の死の悲しい真実や、より悲しい人生の真実を学ぶのに、それからさほど時間はかからなかった。

そのころの俺の姿は、ソウアー・ブリッジの舗道カフェで、仲間とたむろしているところが人目にふれたかもしれない。俺たちがレッド・ハート・エスタミネットをひいきにしていたのは、安い食事と大胆な彩りのポスターのせいだけではなく、街の外れの小屋で水治療《ヴァッサークール》を受けにヴィリコニウムから来て逗留している画家、作家、ミュージック・ホールの芸術家などの行きつけの店だったからでもあった。胃腸の障害や淋病の治療のため氷のように冷たい水をあびている以外の時には、今にして思うと、俺たち若者の洗いおとした顔、田舎のロマンス、身体に合わない服などをからかうことが彼らの楽しみだったのだろう。

俺が初めてモーパッサン夫人に会ったのは、レッド・ハートだった。有名なコントラルトも、当時は、何か喉の病気におかされて衰弱した哀れな人で、声はひどく荒れて、彼女が話すのを聴くのは、苦痛であると同時に恐ろしくもあった。俺には彼女が舞台に立っている姿を想像できなかった――あの頃の俺は、都市での人気を保つために彼女がまだ夜ごと必死の努力を重ねてプロスペクト劇場で歌っていることを知らなかった。俺は彼女のことを威圧感があるものの、むしろ活気をなくした老婦人だと思っていた。ある種の色彩にとりつかれていて、テーブルから身を乗りだしては、自信たっぷりにこんなことを言いだす。「教会にいたとき、少女の頃よ、観察していると、蝿はステンドグラスからの紅藤色の光をよけて飛ぶことが分かったの。それにね、すべての寄生虫は様々な色合いのラヴェンダーの光をあびると死んでしまうらしいことも分かったのよ。医者は同じ療法をわたしにも使いたい気持ちになるわね」とか「正直な男の人は、一番スリリングな夢には菫色の靄がつきものだと言いはるでしょうね……どんな夢かは分かるかしら？」

俺には分かった。

ある日、驚いたことに、夫人はこんなことを言いだした。「するとあなたはバラディン・プリンセップの甥なのね。あの人のことはよく知っているけど、家族のことは聞いたことはなかったわ。彼の足跡など追わないことよ。長年、一人の女の足元にかしずいて、ほほえみを受けるのが関の山だった！　あなたにとっては我慢づよい人だったでしょうね」

そして彼女の特徴である鴉のような笑い声をたてた。

「僕にはわかりません。どんな女の人を？」

その答えがモーパッサン夫人をなおさら笑わせた。いま思うと、俺は最終的には夫人を納得させることになり、母が俺たちに隠してきたこと、ヴィリコニウムではとうに知られていたことを聞きだした。

「あなたの伯父さんは都市に来たとき、二十年前のことだけど、成功の極みにいた踊子、ヴェラ・ジレラのことを知ったのね。彼女はプロスペクトに一晩に二回、彼女のためにシェヴィーヌが振り付けしたバレエ『せむしの子馬』に出演していた。

公演が終わる度に、彼女は封蝋の棒のように赤や金で仕上げられた応接室で謁見を開いた。床には虎革の敷物が置かれていた。あの薄暗い黄色いランプ、真鍮の盆、曰く言い難い卑俗な小さい瑪瑙の箱で飾りたてられた三本足のテーブル、あなたは見たこともないでしょうね！　そこに皆がやってきて彼女を晩餐に招待するのに、彼女といったら皆を虎の革に座らせて芸術や政治を語ったの。パウリナス・ラックは興行主、慢性の病いで今ではやせ細って、白い幽霊ね。カランティデスの詩は、その年に初めて『黄色の雲』と題して一巻にまとめられて出版され、その成功は彼女のそれと較べて華々しさでは勝るとも劣らなかった。肖像画家のアシュリムもやってきて、興奮しきった驚嘆のまなざしで彼女を見つめると、また去っていった――オーズリイ・キングと結婚したけれど、始まる前と同じように終わりを迎えたわね。

あなたの伯父さんは当時、バレエのことを何一つ知らなかった。たまたまある日、窓から通りを見ていたときに、あのバレリーナを見かけたのよ。

彼は若く孤独だった。彼はワーグスの精神療養所の近くの部屋を借りていて、その療養所に月に一度、隠密裡に鳩灰色のクロークに身を包んで彼女が通っていたのよ。彼はすぐに最も熱心な崇拝者になって、応接室の扉の外の階段で、十四本の白い百合を緑の薄紙に包み、腋の下に手挟《たばさ》んで待っていた。しまいには彼女に受けいれられ、金張りの虎の爪のついた椅子に座るという恩恵にあずかった。それからはいつの夜も（ただ昼間に彼が何をしていたかは今も謎よ）、物悲しい表情で彼女を見つめる姿が見うけられたものの、彼の周囲の紳士方の会話の輪に加わることはなかったわね。彼女はそれ以上の好意を与えることはなく、自分の恋のかけひきに忙しかった。結局、彼はその人生と同じように無為無益のまま、そこで死んだのね——もちろんその時はずいぶん年をとっていたけれど」

俺はこの話をきいて心の底から動揺し、胸が痛んだが、それを外に見せないように苦心した。「たぶん伯父にとって巡り合わせがよかったのでしょう」俺は胸を張って言い、巡り合わせという言葉に本来はそれが持っていない重みを注ぎこもうとした。そして高名なコントラルトがぽかんとした眼でそれを受け止めた時、俺の試みは報われたのだ。「ところで伯父さんは都市についての本を書いていたわね、『変わることなき肖像《コンスタント・イマーゴ》』よ。わたしも一冊もらったわ」俺は声を高めて周りの友達を見た。「僕の意見ですが、伯父は大いなる芸術家で、純粋に芸術を愛していました」

モーパッサン夫人は肩をすくめた。

「本のことはわたしは何も知らないわ」と言って彼女は溜息をついた。「でも壁にそって召使いのように横に歩いて部屋に滑りこむという、仲良くなるためのアイディアは伯父さんのもの。見つかった時にはぶつぶつとこぼすのよ、こんな風に、『これまで決して神についてのそのような高邁な意見をもつ必要があるとは知らなかったもので……』。それから彼はあのうるんだ魚のような瞳で聴衆を眺めわたし、他人には理解不能の方法で威圧して皆を黙らせるのね。彼はわたしが知っている人の中ではもっとも役立たずの人だったわ」

それ以後、俺は夫人に会っていない。彼女はまもなく治療に疲れてヴィリコニウムに戻ったが、俺は伯父に対する最終判定を忘れることはできなかった。それからは少しでも伯父のことを思うと、混乱した同情といったものが湧いてくる——夜に、頭を垂れて、精神療養所の近くの雨の通りを、自分の本の二、三行だけを友として、歩いている姿が目に浮かぶ。狂人の叫びは彼の耳には遠くのエキゾチックな動物の叫びと聞こえるのだろう。あるいはぼんやりと窓の外の街灯の橙の輝きをながめ、バレリーナが通りかかるのを待っている——でも彼は月のうちのはずれの時期だということは分かっているのだ。俺は伯父にもらった田舎風ウエストコートを想いだした。なぜかそれは俺に徹底的な落胆をもたらしたのだが。それからまた別の冬がめぐり、ソウアー・ブリッジの舗道カフェが閉店し、俺は『変わることなき肖像』の作者のことを忘れてしまっていたが、数年後には母の死をむかえた。

母は切り花が、特に自分で育てた花の切り花が好きで、花がしおれて茶色になってもずっとそのままにしていることも多かった。その花はたくさんの喜びを与えてくれたのだからと言うのだった。いま想うと、母はいつも花一杯の部屋にいて、青と白の水差しで水をやっていた。最後の病気の時には、大きな白いマージェリート雛菊の花瓶のことでずっと看護婦と争っていた。看護婦は夜のベッドの側に花が残されているのを許すよりは、自分が解雇された方がましだと言った。健康に悪いのだと。母はすぐさま彼女を解雇した。ある日の午後、そのことを諫めるために奥行のある静かな部屋に入っていくと、母はそれを予想して身構えていた。

「あの人は辞めさせなければならなかったのよ」と母は暗い口調で言った。「わたしに毒をもろうとしたのだから！」そして、冷静に看護婦の主張を予想していて、「分かってるでしょうけど、一本でも二本でもそばに花がないとわたしは息をすることもできないの」

母は自分が間違っていることを承知していた。母はうっとりと嬉しそうに菫を、俺を見つめた。そして、不意に溜息をついた。

「あなたの伯父さんのプリンセップは愚かで弱い人間だったのよ」母は俺の腕をつかんだ。「約束しなさい、自分の家を持つのよ、あんなふうに他人の人生の周辺をうろついて生きるなんてだめよ」

俺は約束した。

「あれはあの人の母親のあやまちなのよ」母は先ほどよりも世間体を意識した声で続けた。「彼女は個性の際だった女性だった。そして知ってるように、人里離れた大きな家に住んでいた。召使いが意に背くと肉体的に攻撃するし、毎朝、別の村からポリッジを取りよせていた。その村の方が自分の好みに近いものができると言ってね。そうした態度が息子たちを一人、また一人と去らせることになった。プリンセップは一番若く、出て行くのも一番遅かった——苦労して母親を懐柔しようと努力したものの、結局彼も自分が出ていく方が容易だと悟ったのね」

母はまた溜息をついた。

「わたしはずっと、自分の子どもたちに同じことをしてしまうのではないかと恐れていたのだよ」

俺が母の謝りの言葉を看護婦に伝えるために出かけようとすると、母は言った。「おまえはこれを持っておくといい。これはプリンセップ伯父の部屋の鍵。おまえももうヴィリコニウムで生活できるほどに年を重ねた。なさねばならない時には、なさねばならないよ」母は俺の手首をとって、手のひらに鍵を置いた。小さい青銅の品で、さほど輝いてはいなかった。「ある日、お前が幼かった頃、風で立葵《たちあおい》の茎が折れたことがあった。草は壁に折り重なっても、美しい花はそっくりそのままだった。花が花である限り、昆虫は忙しく花に出入りするでしょう。わたしはそれは恥だと思ったのよ」

母はその夏の間中、涼しい部屋で命を長らえ、俺たちの生活は苦しいものになったが、母は気を休めることも出ていくこともさせなかった。その頃ずっと、折にふれて俺は母にもらった鍵を眺めていた。しかしその秋に母が死ぬまで、鍵を使うことはなかった。俺が都市に出ていってその鍵を回すことを母が望んでいないことは分かっていたからだ。

長い年月が経っていたというのに鍵はするりと回り、俺はプリンセップ伯父の人生と自分の人生の境目に立って、一瞬、混乱し、中に入ろうとしても入ることができなかった。俺はアクアレート・ポンドのあたりで、奇妙な音の反響と靄のせいで道に迷ったばかりだった。あそこに行った多くの人と同様、まだその時はヴィリコニウムの広がりや、その空虚さを実感していなかったのだ。しかしその部屋は、ようやく足を踏み入れてみると、ごくありきたりのものだった――うっすらと埃ののった素っ気ない灰色の台、棚には本が二、三冊、石灰塗料の壁には絵が一、二枚。小さな台所には食器棚、茶をいれるための道具が少々。俺は疲れていた。もう一つ部屋があったが、俺はそこを開けずに鉄のベッドの上に持ち物を置いた。箱も中のケースも、イセを通過するときに塩水でぬれていた。

ベッドの下には尿瓶が置かれていて、『変わることなき肖像』が二、三冊見つかった。

「わたしはヴィリコニウムにいたことがある。あのころのわたしはかなり若い娘だった。恋人たちにとっては何とすてきな場所だろう！〈蝗の冬〉にはちぎれた昆虫の絨毯で通りが埋まり、隅に掃き寄せると吹き溜りは妙な臭いを発し、朝の短時間、金の山のような輝きを放つものの、やがて色褪せる……」

もう一つの部屋に目を通し、持ち物を置くところを見つけると、俺は考えた。俺は眠りにつき、朝には楽しい気分で目覚めるのかもしれない。何はともあれ、俺は今ここにいるのだから。そこで、俺は本を脇によけて、また鍵を回して施錠した。

初めてヴェラ・ジレラとの恋に落ちたとき、伯父はこの部屋の壁を鈍く重々しい封蝋の赤に塗りかえたのだ。窓には同じ色の分厚いヴェルヴェットのカーテンがかかり、閉ざされていた。そこかしこにバレリーナの絵があった――壁に、テーブルに、マントルピースに――『牝猫』『この前の水曜日のロウスでの火災』『せむしの仔馬』などで彼女がまとった衣装でポーズをとり

――小さな顎先を手の甲に載せ、鉄柵の向こうの海を眺め、帽子の鍔の下から神秘的な笑みをみせる姿が描かれている。彼女自身なのか、黄色みをおびた蝋でつくられた彼女の人形《ひとがた》なのか、部屋の中央の棺桶台に横たわっている。奇妙でひきしまった踊子の身体は裸で、脚は開かれて性的にいざない、腕は哀願するように持ち上げられ、頭は皮をはがれ磨かれた茶色い馬の頭骸骨に置きかえられている。

この部屋でプリンセップ伯父は身を隠していたのだ――俺から、母から、モーパッサン夫人と彼女の取り巻きから、ついには踊子ヴェラ・ジレラ自身からも隠れ、その足元に伯父はずっと何年も座っていたのだ。俺は扉を閉じて窓のところに行った。カーテンを開いて外に目をやると、棘が埋めこまれ街灯の橙の光を浴びている精神療養所の高い煉瓦の壁が見えた。遠くから壁の向こうの狂人のものすごい叫び声が聞こえた。

夜が明けていた。マリ舞踊団は馬とともに早くにシフナルへ去り、陽光は敷石の隙間にこぼれたミルクさながらヘンリエッタ通りを這うように伸びていった。罪喰いは喉をつまらせ、咳払いし、欠伸した。

彼の活力は夜の間に失せてしまい、涙があふれ、眼は青みを帯びた白亜色に、海にそそりたつ崖の上の蝶々の色にかわっていた。彼は手をだらんと膝の上に落とし、炉端で口を開けて眠っている老人を見た。生き残っている娘が、じっとテーブルを見つめ、スプーンでテーブルをひっかいて模様を刻み、口の隅に舌を出しているのを見た。彼は老人の妻に気づいた――火床に新たな火をおこし、薬缶に水を満たし、魚とポテトの豪勢な食事の支度をしていて、後ほど、その日のうちに振る舞われるのだろう――彼女はふっきれた様子で罪喰いの言葉に耳を傾けながら、このすべてが物語の世界のことであって、罪喰いが存在することは苦い現実ではないかのように、仕事をつづけた。

「そのことがあって俺はヴィリコニウムを離れて、北部の砂漠に向かった。そして、二度と戻らなかった」と言って、彼は突然肩を震わせた。おそらくはもはやこれまでの出来事を事こまかに語っても彼女に強い印象を残せないらしいことにいらだち、自分でも話を続けることに耐えられなくなったのだろう。「言いおとしたことがあったか？　いや、そんなことはない。ソウアー・ブリッジのことも話した。閉ざされた応接室に集まる、泥を踏みつけて疲れはてた農民のことも」

霜、靄、遠くの海岸からの匂い。曙光はミルクのようにヘンリエッタ通りをなめて伸びていく。人々が火をおこし、鏡や鳥籠の覆いを外す音が聞こえた。娘の家族は両手を荒々しくこすりあわせながら、朝の戸外を見渡した。「後に風向きが変われば、良い日和《ひより》になりますよ」ようやく彼らは扉を閉じ、わずかながら暖を得た！　死んだ幼い少女は青と白の覆いをかけられて安置されており、残されたのは誰かが塩を口にすることだけだった。

「だが一つ奇妙なことがある。伯父の部屋に座って、俺をそこに導くことになった決断を振りかえっていた時、俺は死にかけた者と死んだ者とによって為されてきたあらゆる転機をまざまざと見たのだ。そして俺はすべてを置き去りにしようと心を決めた」

彼はしばらくの間、弁解するように女を見つめた。

「ご覧のように、そうはしなかった」

彼女はほほえんだ。彼女の幼子に危険はなかった。その魂もしっかり守られていた。彼女は満足していた。

「あそこで俺は初めて塩を口にした」彼は物悲しげに言った。「塩は彼女の胸の上に置かれていた。今あなたの亡くなった娘の上に置かれているように。伯父があそこに塩を置いて俺に発見させた理由は皆目わからない」

朝も遅く、陸風がおこって雨が窓を軽く叩いたが、すぐに風はやみ、よい日和となった。大盛りのポテトと魚は、食いすぎたのだろうが、心地よく胃におさまり、罪喰いは袋を持ち上げ、振り上げて肩に載せた。彼は金を受け取るとポケットに納めた。通りに設《しつら》えられた組立卓のところで、背後に笑い声、皿のふれあう音、音楽が始まるのを聞いた。彼は深く息を吸い、肩をすくめ、両手である仕草をした。それはすなわち、自由になったという感覚を自分に伝えるものでもあるかのようだった。

忘れてはならないが、彼はソウアー・ブリッジから来た少年ではなく、プリンセップ伯父でもなかった。中背のがっしりして精力的な男であり、口笛を吹いてヘンリエッタ通りを渡り、出来る限り遠くへと歩いていく心構えでいた。彼は内陸の方を、激しい雨にかすむ丘を見た。まもなく彼は丘の間を登っていき、吹きつける風が自分の中にある清廉な子供の小さい罪を吹き飛ばしてくれるのに身をまかせるのだろう。

混乱の祭主たち

LORDS OF MISRULE

「都市《ウロコニウム》からの援軍が今のわしらの唯一の望みだ」ユール・グリーヴはそう言って、遙かに、荒涼たる湿原《ムーアランド》と、木々の密生する狭い谷が縫うように走る荒れた牧草地を見渡した。

彼は背が高く、四〇がらみ、淡い青の瞳、からみあった薄い金髪の男で、難儀そうに口で息をついている。老いた女王の下で、館とそれに付随する牧草地を与えられ、戦士として名を馳せていた。せわしなく、自分がどこに居るかに気づいて驚いたといった様子で周囲に目を配り、都市の話をする際には下唇が震えた。

呼吸の乱れがおさまるまで時を与えるために、私は足を止め、振りかえって下方にある彼の館を見降ろした。館はどこの地のものとも知れぬいにしえの言語の象形文字のような奇妙な図形をえがいて建てられており、枝分かれしており、奇異だった。今ではその大部分は放擲《ほうてき》され、からみあう楡《にれ》や山査子《さんざし》や蔦《つた》に覆いつくされている。館から外側に飛びだしているのは、四本の石敷きの大通りで、どれも二キロほどの長さがあった。それを造ったのは何者で、何時のことだったのだろうと私は思案した。この僻地ではそれは無意味な営為だと思われた。

「わしは舗石の掘り起こしを強いられていた」彼は言った。「そこかしこで壁を叩き壊していた。だがそなたにはかつての姿がわかるだろう」

門のところにはぬかるんだ深い轍がきざまれ、石を積んだ荷車が出入りしていた。風は突風となって南から西から吹きつけ、雨もよいの匂いと遠くの羊の鳴き声を伝えていた。私たちの上方の斜面の矮小な樫《かし》は、落ち着かなげに枝を揺らし、昨冬の風雪にたえた褐色の樹葉の何枚かを散らしていた。湿原に棲息する小ぶりの灰色の長元坊《ちょうげんぼう》の一羽が、頭上の岩の一角から飛び立ち、下方に滑空し、ぎざぎざの翼の先端は足の速い白い雲を背景に際立っている。長元坊はしばらく滑空し、それから右回りに旋回し、下方の蕨《わらび》のようなものの中に石礫《いしつぶて》のように落下した。

「見てみろ！」私は言った。

ユール・グリーヴは立って顔を拭い、あいまいに頷いた。

「そなたに本心を明かすが、これほどの遠地にやつらが来るとは想定してはいなかった。ここに至る前にそなたが止めてくれるものと期待していたのだが」と彼は言った。

私は蕨の香りの中で息を吸った。「ここはまた何と美しい谷間だろう」

「まもなく全貌が見えるようになる」ユール・グリーヴは言った。斜面を登りはじめると、防塁のふちへの最後の登攀にかけて傾斜は急になり、その後は蕨の間を羊が踏みしめた柔らかな泥炭質の道が縫っていった。彼は慎重に足を置き、その足の前に難儀そうにまた足を置き、傾斜のきついところに差しかかるたびに悪態をついた。「かような道に連れだして申し訳ない。この種のことに慣れているようには見えないのに」

「疲れてはいない」と私は言った。

風邪をひいたとしても、そのようなことに彼が気づくおそれはなかった。彼は気を悪くしたようすもなく笑った。

「やつらはそなたに報告を求めるだろう。高地のここでは問題の広がりを評価することはたやすい。軍人として、そなたは自ら判断することを求め、喉切り魔といった古めかしい考えに頼ることはなかろう」

私たちは小さな裸岩への最後の数メートルを登り、頂上に立って私が振りかえると、春の太陽がちらりと顔を出し、私にはその陽光は顎の側面を垂れていく湿布剤のように感じられた。ユール・グリーヴの額からは汗がたれて、目に入った。彼は岩に片手をついて身体を安定させた。

「彼らはこの石を切り出して館を建てたのだ。遠い昔のことだが」

岩は青白く、肌理が粗く、細かい石英の粒が無数に散っていた。石切り区画の上の高いところには蔦のむしろが垂れていた。

「さあ、わしの言った意味が分かったかな」彼は言った。

私はむしろ、広く平坦な谷に何かのメタファのように佇んでいる彼の館に惹きつけられた。館は明るい子鹿色だった。そこから伸びる四本の広い石敷きの大通りは古代の沖積段丘を黒く、黒くよぎっていた。それが何を意味するのか、私には見当もつかなかった。それは過去が全く固有の言語で私たちに語りかける場所の一つで、私たちにはそれを理解できる望みは全くなかった。磨り減った舗装の水たまりは空を反射していた。壁には獣に咬みとられた跡のような隙間が見え、それはユール・グリーヴが堡塁のために石を抜きとったところだった。一列の急ごしらえの擁壁と塹壕が、谷をよぎって下の方に伸び、谷は南方に傾斜していた。

「信じがたい」私は言った。

彼は堡塁を越えた先の、南を指さした。

「これと同じような場所はかつて幾十もあった。海に向けて下る道のはしばしに。今ではどこも草木に覆われているが」

彼は怒っているような、つらそうな仕草をした。

「都市が助けてくれないとすれば、わしらごときが気に病むこともなかろう？　もはやわしらはこのあたりでは建設をしない。引き倒すだけだ」

「私も同じく合点がいかない」私は言った。

私は彼にその理由を質《ただ》そうという誘惑にかられていた。古い壁を壊したくないのか、石切場を再開して切りたての石を使うことを良しとしないのかと。だがこの時の彼の顔には煮えたぎる自己憎悪と自己憐憫のようなものが満ちており、こう言った。

「ところで話の要点は何だったかな？」

隠居した剣客は建築について知るところはなかった。都市がそのように男を育てたのだ。おそらく自分でもそれは分かっているだろう。

「すでにすべてを聞き及びだろうと推察する。ともあれそなたにも、やつらがいかに迫っているかは分かるだろう。まもなく河を渡り、わしらが助勢を得られないとすれば、一と月のうちには堡塁を越えるだろう。見よ、あそこか、それともあそこか？　やつらの露営に太陽がきらめくのが見えるだろう」

「出立の前に館を見せてはくれぬか？」私は尋ねた。

彼は驚いて私を見た。尋ねられて嬉しかったと私は見たが、彼はこう答えた。「いやはや、家《や》内《うち》は今や荒れ果てている。最善を尽くしたが、すべては塵と鼠だ」

彼はいま登ってきたばかりの丘を下ることに気が進まぬ様子だった。小ぶりの灰色鷹が滞空しては急降下し、滞空しては急降下し、太陽に暖められた蕨の斜面を昇り下りするのを眺めた。谷間を埋め、その中で二十年のあいだ暮らしてきて理解することのなかった、巨大な石のシンボルに最後の一瞥を向け、それからゆっくりと下りはじめた。踏みつけられた蕨の茎の間から、繊細にねじれている緑色の若枝が芽ぶこうとしているのを彼は観察した。芝生は先月の雪で押しつぶされ色を失っていたものの、また上を向きつつあった。

「あの空気！」彼は叫びながら、谷間から五月の花の香りをもたらす一陣の風を陶酔したように吸いこんだ。それから不意に歩みを止めて、言った。

「この頃の都市の様子はいかがかな？」

私は肩をすくめた。

「私たちもまたそちらと同様の問題をかかえている」私は彼に答えるおのれの声をうつろに聞いていた。「ただそれほど極端ではない。それどころか、かなり美しい。新しい建物が雨後の筍のようにそこかしこに建っている。栃の木が、マルガレーテ通り沿いに、また〈実現されない時の広場〉のあたりに花盛りだ」

私はあえて口にしなかった。政治を風刺する画が破れて錆びた鉄の柵にはためいていることも、大がかりな祭典を開いて非合理な要求をつのらせる動物仮面協会のことも。しかしながら、彼が思い出しているのは全く異なる都市だった——

「思うにそちらの界隈にはまだ店員や商店主などがあふれているのだろう？」彼が言った。「それにルー・オウルド・ネイルでそなたにふっかけてくる、あの素晴らしい遊び女《タルト》たちも？」

彼は笑った。

「われらはいつもウロコニウムに目を向けている」彼は感傷的な声をだして、引用した。「『帝国の女王、西方の海の岸辺の宝石』」

館を囲む壁はかよわい日光を浴びながらもすでに温まり、その熱の幾分かを、伸び放題の庭の楡や蔦に分け与えていた。山査子が二、三本あって、五月の香りで空中を満たし、閉ざされた空間では麻薬を吸いこむほどの危険が感じられた。壁に囲まれ外界から隔離され、かなり以前から茨の園へと堕していた小さな果樹園の果樹の茂みで、昆虫が軽やかな羽音を立てた。庭園の上には中央の建物の蜂蜜色の石壁がそそり立ち、匍匐植物や明るい黄色の地衣類に覆われていた。凮は複雑に組み合わさった屋根に荒れ狂った。

屋敷の中に入ると、彼は誰かにレモン・ジュネヴァの瓶を持ってこさせて、少し飲まないかと勧めた。

「まがいものだが、このあたりで手に入る最高級品だ」

私たちはしばらく黙って飲んだ。ユール・グリーヴはおのれの内に、彼なりの自棄と空虚さの感覚の内に沈んだようだった。「塵と鼠だ」と言うと、陰鬱な高い壁や、静まりかえり巨大で重苦しい古い家具を厭わしそうに眺め回した。「塵埃と溝鼠《どぶねずみ》。火を入れてきた部屋はここしかないのだ」ややあって彼は老いた女王の治世のことを語り始めた。宮廷の内部抗争や都市の暴力沙汰などのありふれた話だった。彼はシビルやアクソンビィ、さらにはステン・レヴェントロウとも懇意にしていた、と自分では言っていた。彼が関わった行動の多くは、もう少しで私に激しい怒りをもよおさせるような衝撃を与えるものだった。みずから助けることも困難な者たちが、血こそ法規であるという哲学で事に及んだのだった。そうした『小さな戦争』の記念品を上階のどこかの部屋に保管している。その中には珍奇なもの、頭を悩ませるようなものがある。関心があるなら、後ほど行って見ることもできる、と彼は言った。

「時間が許せばそうしたいところだ」私は言った。

「何と、時間はあるでしょう。多くは、衣類や武器など、連中の家でわしらが蒐集したものだ。毛の束や、彼らがいつも眺めているいかがわしい絵を見ても、煙にまかれるだろうが」

彼は都市で刃《やいば》を交えたことがあるかと私に尋ね、経験はないと答えた。沈黙があり、やがて彼は物思いにふけりながらつづけた。「女は最悪だぞ。女たちは戸口に身を隠し、そこを通りかかる者の顔や首に手を伸ばす。女たちは扉の内側に隠れているぞ。固形石鹸にガラス片を埋めこんで、分かるかな、首や目に切りかかるのだ」彼は、更に話したものかどうか迷っているように私を見た。「そのようなことを信じられるか？　女たちがそなたの目に切りつけようとしているのだと？」彼は首を振った。「わしはあのような界隈の階段をのぼりたくなかった。街灯はどれも消えている。食器棚の中に何があるか、分かったものではない。女か子供がそなたを見て泣き叫ぶ。そうでなければ、変なもの、猥褻なものを見せて、笑うだろう。老いた女王は決してそんな女たちを近くに置こうとはしなかった。高い代償を払ったのだろうが」

「そのように私も聞いている。今では問題は減じた」

彼はくつくつ笑った。

「わしのような年寄りが後世のために一掃したのだ。そのことをわしらは誇りにしていい。わしはフィーヴァーフュー・アンシュラスと行を共にしていたが、アンティク・ホーンの加入戦術派にずたずたにやられてしまった」

少しして彼の妻が入ってきた。その時には、彼は酒瓶をほぼ飲み干していた。酩酊して恨みのこもった目で妻を見つめた。

彼女は背が高く、けれどもおそらく彼ほどではなく、とても瘠せていて天空の霊気を思わせ、都市ではとうの昔に流行遅れとなった服を着ていた。私には全く現実の存在とは思えず、暮れ果てた母の部屋にかかっていた絵のようだった。老いた女王の女官のひとりだったのではないか、裏街道や酒場での抗争の際に彼が示した忠誠の見返りとして、館や谷間の土地と同じように与えられたのではないか、と私は推測した。髪は鮮やかな橙色で、長いために傷んで縮れていて、頬骨の張り出し、肌の白さ、顔の奇妙に窪んだ曲線などを強調していた。

片手にかけて運んでいるのは緻密な刺繍のほどこされた一枚布で、私はそれを「マスト・ホース」の儀式の一部をなすものと認識した。それは獣の顎をがちがちいわせる使い手の身を隠すために用いられるものなのだろう。私はこれほどの精緻な布が実用に供されているのを見たことがなかった。そのことを口にすると彼女は微笑して言った。

「これについてもっとお知りになりたいなら、リングマーにお尋ねになると良いでしょう。彼はこの近くで生まれ、彼の父親はオール・ハローズで馬を使っていましたから」

「リングマーの親父は頭のねじがゆるんでいたぞ」とユール・グリーヴは言い、欠伸をしてさらにレモン・ジンを注いだ。

彼女は夫の言を意に介さなかった。「クロミス卿、あなたのように若い方々は、都市の今のそのような物事に関心をお持ちではありませんよね？」彼女はそう尋ねた。瞳は緑だった。彼女はその布をほどき、木の葉の形をちりばめた複雑な文様を私に見せた。

「幾人《いくたり》かはいるでしょう」私は言った。

「それだからわたしは展示室すべてをこれで満たしたのです。リングマー――」

「南の大通りの瓦礫はもう移し終えたのか？」とユール・グリーヴが急に割りこんだ。

「わたしは知りませんよ」

「今日のうちにその瓦礫を取り除くことが肝要なのだ」とユール・グリーヴは言った「谷を遠く下ったところを埋めるのにそれを使いたいのだ。あそこは耳の高さまで土で埋めた。今朝方、リングマーに命じておいたのだが」

「誰も何をしようとしているのかわたしには言ってはくれませんね」と彼女は言った。

ユール・グリーヴは何事かをつぶやき、私にはほとんど聞き取れなかったが、彼はすばやくグラスを空けた。そして立ちあがり、外の庭園に、踏みつぶされた木苺《きいちご》の茎や苔に覆われた林檎の枝に目を向けた。そのため彼の妻と私は部屋の反対側で、刺繍の布だけを共有しながら取りのこされた。透きとおった青と橙の炎が乾燥しきっていない薪のあたりでわずかに揺れ動いた。

「リングマーはきっと馬の他のところも見せるでしょう。関心をよせていただいてとても嬉しいですわ」

彼女はまた布地をたたみ、影の中でもその瘠せた細長い手は白かった。「時には自分が纏っているように感じます」と言って彼女は笑い、布を持ち上げて肩に当てた。「とても荘厳でしょう！」

私は一瞬、老いた女王の宮廷にいたに違いない彼女の華やかな姿を見た——蠟のように静止しており、足元にまで垂れる浮き刺繍の施された固く灰色で重々しい衣装をまとい、鋼鉄の花瓶に活けられた花のようだった。そのあと、ユール・グリーヴがやってきて私たちの間に入り、鳶色の石の瓶に残っているものを澱《おり》もろともグラスに注いだ。彼はまた本人所有の丘を荒い息をついて歩いていた。

「先ほど話していたものを見たくはないですか？」彼は言った。

「留まれるのはあとわずかだ」と私は答えた。「部下が私を待っているだろう——」

「しかし今来たばかりではないですか！」

「私たちは明日の朝にはウロコニウムに戻らねばならぬのだ」

「馬をご覧になりたいのよ、その他のことは別にして」ユール・グリーヴの妻は言いきった。

「おお、そうなのか？　ではお前が行って見せてあげたほうがいいな」彼はそう言って、あたかも私が彼の期待にそむいたかのように私を見て、それから急に顔を背けて離れていった。彼が激しく暖炉を突ついたので、木片が一本外に落ちた。煙が室内にたちこめ、濃い雲となった。「臭くいまいましい煙突め！」と彼は叫んだ。

私たちは部屋を離れ、ユール・グリーヴは顔を赤らめ、目に涙をたたえて私たちを見送った。奥方の展示室が西翼の中二階の一室にあるのを私は見つけた。太陽はちょうどそこにまわりこみ、槍の穂先のように細長い窓を通して斜めに射しこんでいた。ユール・グリーヴの奥方は時々かげる黄色味をおびた温かい陽だまりの中に立って、不安げに手をからませていた。

「リングマー？　リングマー？」彼女は呼んだ。

私たちは立ちつくして外を吹き渡る風の音を聴いた。

しばらくして二十歳そこそこの青年が中二階の影から顔を出した。青年は彼女を目にして驚いたようだった。湿原の住人らしく脚も肩もがっしりしており、独特の柔らかい鳶色の髪は、赤剥けたように見える耳朶の上で一直線に切られていた。かかえているのは竿に載った馬の頭だった。

「あなたがマリの他の部分も持っていることは知っていますよ」彼女は笑みを浮かべて言った。

「クロミス卿にお見せできますか？　覆い布はわたしが戻しておきました」

それは驚くべき標本だった。よく見かけるのは、頭蓋を煮沸して荒っぽくニスをかけたものか、肉を取り除くため一年土に埋めたもので、ありあわせの針金で下顎をつなぎとめ、安物の緑の瓶の底を眼に埋めたものだ。ところがこれはかなり以前に、はるかに丁寧に造られたものだった。黒い漆をかけられ、顎は重厚な銀の鋲で留められ、どういう方法を使ったのか、柘榴《ざくろ》の実の内部が保存され、左右の眼窩の中ばまで押しこまれ、そのため柘榴の種は膨れて複眼の様を呈していた。操るものには途方もない重さだろう。頭蓋を載せている竿は褐色の骨で、一メートルほどの長さがあり、使いこまれて光っていた。

「これはたいしたものだ」私は言った。

青年はすぐさま刺繍をほどこされた布を手にして、振った。布の上部にそって取りつけられたホックのおかげで、布は馬の頭の下で重なり、垂れて、しっかりした襞の中に竿を隠した。素早い機敏な動きで青年はその下に滑りこみ、膝をついた。マリは息をふきこまれ、背は曲がって、前足が着かないうちに後ろ足で跳びはね、顎をかたかたいわせた。それはユール・グリーヴばかりではなく、彼の館よりも時代をさかのぼるものだった。時間は私たちの足下で穴のように口を開き、ユール・グリーヴの奥方は突然後ずさりした。

「『扉を開けよ、われらのために』」青年が唄った。

「『外は寒く、葦毛《はいいろ》の雌馬は
踵《かかと》を凍らせんばかり』」

「あなたの尽力は認めよう、この身をかけても」と私は言った。ユール・グリーヴの妻は笑った。

その後、私はこの館に属するいくつかの文書の調査に向かった。文書が保管されていたのは、中二階の反対の端だった。振り返ると、ユール・グリーヴの妻は支柱に載せられた馬の隣に立っていた。馬の眼はぎらぎら輝き、下顎は垂れ下がっていた。彼女の手はその背に、本物の動物の首に置かれるのと同じように置かれ、低い声で何事かを語りかけていた。私はいったい何事がおこっているのか分からなかった。そのとき、ユール・グリーヴが息を切らし、喘ぎながら展示室に入ってきて、足をぶつけたのか、ひきずりながら、叫んだからだ。

「もうよかろう、さあ、充分見ただろう」

マリはほんの一瞬首をもたげ、白い歯をむきだすと、影の中に引っこんだ。青年リングマーはおそらくはその中にいたのだろう。

ユール・グリーヴの隠れ部屋につながる階段の入り口で、私は彼の妻に別れを告げた。彼女の言うように、二度と会えなくなるかもしれなかった。

「わたしたちがよその人に会うことはめったにありません」彼女は言った。

「急いでくれ」とユール・グリーヴは急《せ》き立てた。「きつい登りだ」

階段はとても狭く、先にたって登る彼の肩は壁をこすり、湿気た黄色の漆喰の破片を盛大にこそぎおとした。肥えた梨型の腰が光をさえぎった。建物の最上階にはまさしく正方形の小部屋があった。細い窓からは、遠くに伸びる一本の石敷の大通り、細長く区切られ褐色をおびた丘、石がごろごろ転がる浅い川の湾曲などが見える。風が私たちの周囲で唸りを上げ、湿原の羊の鳴き声をきわめて鮮明に伝えた。

ユール・グリーヴは天井の引き扉をこじ開けようと苦心し、ようやく屋根裏に出た。そこは平らだった。ボルトは錆びついていて回らなかったが、何度も突き上げたり不平を鳴らしたりしながらも、彼が諦めることはなかった。

「とんと理解できぬ。残念だが」と彼は言った。

彼は一本のボルトを何度もハンマーで叩き、ついには手のつけ根を切ってしまい、目には涙が溜まり、泣きはじめた。彼は私から目を背け、丘を眺め渡しているようなふりをした。丘には羊が点在し、灰色の岩のようだった。「もしわしらが負けたなら、未来が下す判定はとても厳しいものとなるだろう」彼は鼻をすすり、まばたきした。そして手の切創を見て、その手で眼をこすり、そこには血のにじみが残された。「さあ、わしのしてきたことを見てくれ。無念だが」

私は何一つ言うべきことを思いつかなかった。

塔には彼が放置していた古い本の臭いがこもっていた。本は乱雑な山をつくり腐食していたのだ。私は『オイル・ヴォレ』と『ロウン伯爵の死と復活』を拾いあげた。私は彼に記念品を見せてくれないかと頼んだが、彼は興味を失ってしまったようだった。記念品は木の箱にしまわれていた、女性の髪を使った二、三体の人形と鏡のかけら。いくつかの料理道具、変わったデザインのナイフ。湿気があらゆるものにとりつき、それらを無価値なものに変えていた。「それはわしらが総員で拾い集めたものだ。中のどこかには仮面があると思う」

「『地域の男たちは午後になると繰り出して』」私は引用した。「『華々しく行進し、探索した後、低木の繁みに身を隠しているつもりのロウン伯爵を見つけだす』」

「その『オイル・ヴォレ』は気にいったら持っていってください」

私たちが館から外に伸びている太古の大通りを見降ろすと、水たまりの表面は白い空を映していた。彼の妻は大通りをゆっくり歩きながら、青年リングマーを伴って姿を現した。彼らが笑い、話すさまは、幽霊のようだった。ユール・グリーヴは悲しげに彼らを眺めていて、ようやく私は出立しなければならないと口にだした。

「せめてわしらと食事でも」彼は言った。

「明け方までには都市に戻らなければならないのだ。残念だが」私は言った。

私たちは外に出て、私はぬかるんだ門のところで馬に乗った。出立し、長い大通りを下りながら、私は彼がこう言うのを聞いたように思った。「都市の者たちにわしらがいまだ忠誠を保っていると伝えてくれ」

大通りは荒廃しており、果てしなかった。太陽はすでに沈み、部下を率いて壁の崩れたところを抜ける頃には、また雨が降り出した。そして吹きすさぶ春の冷たい風を背にして、私たちは北に折れて登り、防塁のふちに道を探った。

ユール・グリーヴが放擲した石切場の近くまで登ると、私は立ち止って今一度、館を眺めた。館は静まりかえり、住まう者もいないようだった。その時、私は石を積んだ手押し車がゆっくり谷を下り、堡塁に向かうのを見た。煙突の一つから煙が昇っていた。私の上で小ぶりの灰色鷲が風に乗ってくいと沈み、斜めにそれていった。私の部下は私の捕らわれている関心を察知して、石切場の奥に集まって、水を吸った外套に身をくるみ、声をひそめて話していた。私は湿原の、湿った羊の毛の、馬の吐く息の匂いを嗅いだ。まもなく谷間の大部分は靄と降りしきる雨にぼやけたが、私にはその先に一直線にのびる堡塁が見え、その先には、雨にかすむはかない太陽が今も輝いている海の方で、待機する露営軍に光が反射していた。

もし私にあの鷲の眼があれば、眼下に、私たちに向かって移動してくるものが何かを知ることができただろう。

部下の一人が堡塁の方を指差し、こう言った。

「あの壁は長くはもたないが、充分に防いでくれるでしょう」

気がつくと、私はその男を長く見つめていて、応答するのを忘れていた。それから私は言った。「彼らはすでに防衛線を突破した。下方のあそこは混乱をきわめている」

私たちが眺めているまさにその時、ユール・グリーヴと奥方と三人の子供は青年リングマーとともに館の外に出てきて、伸び放題の庭で円を描いて踊り始めた。私の耳には調べにのった子供たちのかすかな声が、靄と雨とともに丘を吹き上がってくるのが聞こえた。

「王様が家に帰るのは何時?
午後の一時だよ
王様が手にしているのは何?
ひと束の蔦だよ」

私の背後から誰かが言った。「本を落とされましたよ」

「そのままでいい」

米国版短篇集『ヴィリコニウムの夜』に付された著者ノート

ヴィリコニウムの物語を書き続けるうちに、私は次第にその時間軸的な統一性よりも、そのテーマを好むようになっていった。

ヴィリコニウムにおいては同じ場所が二度と同じものとして登場しないように意図した。新しい王が現れては去り、夜があけると新しい哲学が立ちあがる。通りの名前さえも物語ごとに遷移する。地球が年老い、リアリティの手触りがかつてそうであったであろうと想定されていたものを忘れるにつれて、残されたものはと言えば、持続性のささやきでしかない。慣れ親しんでいたように思われる地名、以前耳にしたように思える登場人物、あれこれの重要な出来事の不完全な繰り返し。都市の名前さえも変転する。世界は混乱した老婦人であり、不測の事態や不条理な宇宙に直面して行動の無益さに心が奪われている。彼女にとって昨日は明らかだったものを、今日思い出すさいには、もう一度作り直すほかはない……

かくしてここに示された都市は容易に、前兆として、また『パステル都市』や『翼の嵐』や『ヴィリコニウムにて』で描かれたものの遺物として受けとられることだろう。

パステル都市

THE PASTEL CITY

序章

ヴィリコニウム帝国について

〈地球の中世期〉には注目に値する帝国が十七ほど興った。それが〈午後の文明〉である。ただしこの物語にとって重要な帝国は一つしかなく、他についてはさほど語りおくこともなかろう。いずれも千年を下まわることはなかったし、一万年を越えたものもなかったとだけ述べておく。いずれも自然の摂理（そしてまた宇宙の摂理）が許しただけの神秘をときあかし、安寧を手にした。そしていずれも混乱のうちに衰退し、滅亡し、〈宇宙〉から姿を消していったのである。

これらの帝国のうち最後の帝国が星々にその名を印し残したが、後にそれを読みとりえた者はでなかった。おそらくより重要なのは、勢力を弱めつつあったにもかかわらず、たゆむことなく建設をつづけ——善悪はともあれ、一千年をゆうに越えて長らく操作可能であった種々の技術製品を遺したことであろう。そしてまた更に重要なのは、その帝国こそ最後の〈午後の文明〉だったことであり、そののち〈たそがれの文明〉、そして、ヴィリコニウムが興ることになったのである。

〈中世期〉の最後の帝国が崩壊したあとも、五百年以上にわたって、ヴィリコニウム（当時はまだこの名称ではなかった）は西と南を海に、東を人跡未踏の陸地に、北を〈褐色の大廃原〉に囲まれた原始的な共同体の寄りあつまりでしかなかった。

人々の富はもっぱら廃棄物の発掘によっていた。彼らは科学を保有してはおらず、もともとは最後の〈午後の文明〉の産業地帯であった錆の砂漠を掘りかえすのみであった。金属と機械と古代の武器の最大の供給地は〈褐色の大廃原〉の中にあり、北方部族がそれを掌握した。北部のゆるやかな帝国には双子の中心地、グレンルーチェとドランモアがあり、荒涼とひろがるその街区では、機能の知られていない美しく精妙な機械が粗雑にも剣に改鋳され、部族の長《おさ》たちは砂漠から掘りだされるおそるべき《バーン》の帰属をめぐって何かに酔ったように抗争をつづけた。

北部族は残忍で嫉妬ぶかかった。南部人に対する支配は思いやりがなく、ついには、耐え難いものとなった。

この前ヴィリコニウム文明を崩壊させ、北部族からの権力奪取を遂行したのは、モナー山地の遊牧民の息子、ボリング＝ナ＝レクトであった。この男は南部人を糾合し、田舎くさいけれども力づよい弁舌で彼らの気概を高め、わずか七日のうちにドランモアとグレンルーチェを二つながら陥落させたのである。

彼は英雄だった。生涯をかけて彼は諸部族を統一し、北部族をグレンルーチェのかなたの山脈やツンドラに追いやり、〈金属塩の湿原〉のふちに、要塞都市デュイリニッシュを築いた。そのあたりでは〈褐色の大廃原〉から雨水にながされた錆や化学薬品が集まって湿地や瘴気たちのぼる沼をつくり、海にはきだされていた。かくしてボリングは北方政権の残党たちをリーデイル低山地からしめだし、ソウブリッジやレンドルフットなど南部族の都市の発展を保護したのである。

ただしボリングの最大の功績は最後の〈午後の文明〉の中心地、ヴィリコニウムを刷新したことにあり、そこを首都に定めた——必要なところには工事をほどこし、長い年月のあいだに埋もれた水路を再開し、錆の砂漠の人工製品や芸術作品を更に集め、五百年前の都市の栄華をほぼ復興するまでになった。それゆえ、帝国はこの都市の名で呼ばれるようになった。ボリングは英雄であった。

そののちメスヴェンの代に至るまで英雄は現われなかった。ボリング薨去のあとも、幾世紀かのあいだはヴィリコニウムの結束もかたく、領域をひろげ豊かになり、関心は富と域内交易と些細な政争にそそがれた。幸先よかったものごとも、炎と血と勝利の中で活気を失っていった。

四百年のあいだ帝国は平穏であったが、そのあいだも北部人たちは傷口をなめ、怨念を養っていた。南部人たちが再び気骨を失なうとともに、散発的に消耗戦がはじまり、北部人たちは厳しく寒い環境の中で残忍さを鍛えていった。ヴィリコニウムは安定と詩と酒の商売をあがめ、狼の従姉は復讐だけをあがめたのだ。しかし、一世紀にわたるゆっくりとした蚕食《さんしょく》ののち、狼たちは、部族はちがうかもしれないが、自分たちの生きる道を理解する者と出会うこととなった……

メスヴェン・ニアンはヴィリコニウムの玉座につくや、金属や〈古代機械〉の補給が減少しつつあることを知った。彼は〈暗黒時代〉が近づいているとみてとって、おのれの治める帝国が発掘人の帝国を超えるものであってほしいと望んだ。彼はそのことを理解し、北方からの脅威を憂慮する若者たちを身辺に集めた。彼らは王のためにデュイリニッシュ以遠の土地を再三にわたって襲撃し、〈北部族殺裁隊〉、〈メスヴェン騎士団〉、また単に〈メスヴェン団〉として知られるようになった。

若者たちの数は多数にのぼり、多くの者が死んでいった。団員たちは容赦なく冷静に力量を発揮して戦った。彼らが選ばれたのはそれぞれの特殊な技倆のゆえであった。すなわち、ノルヴィン・トリノアは戦略家であり、小人のトゥームは機械やエネルギー兵器の技術があり、ラバート・テインは北部族の慣習に通じており、ベネディクト・ポースマンリーは飛行術に秀れており、テジウス＝クロミスは王国中に並ぶものなき剣士であった。

在位期間中、メスヴェン・ニアンは衰退をくいとめていた。彼は北部族に恐怖をうえつけ、〈古代技術〉から独立していく科学の端緒をひらき、残されていた技術を保護したのである。彼もしかし一つの誤ちをおかした。それは嘆かわしい誤ちであった。

〈北方部族〉の一部との束の間の同盟関係をかためようとして、彼は愛していた弟メスヴェルを説きふせ、北部族の女王バルクハイダーとの婚姻をまとめたのである。誤ちの盟約の二年ののち、この狼女は、みずからの血の池におぼれ、装身具の留金で眼をえぐられたメスヴェルを部屋に残し、娘のカンナ・モイダートを連れて逃亡した。彼女はその幼児に連合帝国の王冠を戴くべき将来を、メスヴェンの死に際してはヴィリコニウムの玉座を要求すべきことを教えこんだ。

不平をつのらせる北部で養育されたモイダートは年齢に似ず老成し、北部と南部の双方に秘密裡に不満の火種を送りこんだ。

そのようなわけで、メスヴェンが薨じた時――メスヴェルが最期を迎えた時からつづく悲しみの一端を語るものもあった――玉座を要求する女王は二人いた。カンナ・モイダートと、幼名のジェーンで知られるメスヴェンの唯一人の後継ぎ、メスヴェトである。そして、〈メスヴェン騎士団〉の騎士たちは強大な帝国には自分たちの獰猛な能力の必要がほとんどないとみて、王の死にとりみだし、悲しみに打ちのめされ、ちりぢりに散っていった。

カンナ・モイダートは十年待ち、それからはじめて短剣をひねり投げた……

一

テジウス＝クロミスは、かつてはヴィリコニウム、パステル都市の戦士であり博識家であったが、今はただひとり海辺の塔に住み、自分には剣士よりも詩人のほうが似つかわしいと思いなしていた。朝はやく彼は高い住居と波打際の灰色の条との間によこたわる砂丘に立った。切り裂かれたぼろ布のようにすばやく、黒い鴎がうつむいた彼の頭上をとびかい、争っていた。塔の外へと彼を駆りたてたのは、夜中に最上階の居室で目撃した破局のごとき光景だった。

沖にむかって吹く風の中に焦げくさい臭いがあった。遠く、かすかに、鈍く重い爆発音がきこえた。それは足もとの砂丘をゆるがせる力強い海のうねりとは異なっていた。

クロミスは背が高く、やせていて、幽鬼のようだった。このところほとんど睡眠をとっておらず、緑の眼は高くはりだした頬骨の上の落ちくぼんだ暗い空洞の奥で疲れきっていた。

身にまとう暗緑色のビロードの外套は風にふかれて、繭のように巻きついていた。イリジウムの飾鋲のうたれた古式ゆたかな革の陣羽織、その下には白い山羊革《キッド》のシャツ。細くしまった深藍のビロードのズボン、淡い青のなめし革の柔らかな長靴。重い外套の下で、細く、見かけだけは繊細な手は固く拳をつくっており、この時代の慣習として、複雑な謎文字や楔文字の彫りこまれた非鉄金属の重い指輪をはめていた。右の拳がおかれているのは簡素な長剣の柄頭で、この時代の流儀に反して、そこに刀匠銘はなかった。血の気のない薄い唇をもつクロミスは、その銘よりも事物の本質的な価値に重きをおく男であり、人々が与える名称よりも〈現実〉そのものに関心をもつ男であった。

たとえていえば、彼は夜のうちに崩壊した都市がヴィリコニウム、パステル都市であったことよりも、その都市の美しさが失われたことに身をよじったのである。彼は市民たちが呼び習わした名前、〈いにしえのヴィリコン〉とか〈道の交わる広場〉とかよりも、舗装された淡い青の大通りや、舗装されていない路地そのものを愛していたのである。

クロミスは愛好していた音楽にも、そして今、桃色の砂にも慰めを見いだしてはいなかった。しばらくのあいだ渚を歩き、波に打ちあげられたものを調べた。ここではなめらかな小石に、あちらでは透き通った巻貝に格別の関心をはらい、外套と同じ色の壜をひろいあげ、海の水で漂白されて奇妙にえぐられた木の枝を投げやった。黒い鴎を眺めたが、その啼き声は彼の気持ちを暗鬱にさせた。塔の周囲のなかまどの森の冷たい風の音に耳をすまし、身をふるわせた。打ちよせる高波の音よりも大きく、ヴィリコニウムが崩壊する鈍い衝撃音が聴こえた。波打際に立って、頬につき刺さる酸の鋭い痛みを感じ、轟く音響に耳を閉ざされているときにも、パステル色の道路での騒動や、王党の攻争や、若き女王や年上の女王を求める叫びが聴きとれるように思っていた。

クロミスは両側が巻きあがった広い鍔の朽葉色の帽子をさらに目深にかぶり、足場のおぼつかない砂に足をすべらせながら砂丘を越え、ななかまどの森をぬけて塔に通じる白い石の道をみいだした。その塔にも名称はなかった。だが塔の立っている長い海岸線にちなむ名前で呼ぶ者もあった。すなわち、バルマカラである。クロミスはおのれの心がどこにあり、剣がどこにあるかを知っていた——しかしすべては終ったのだと考えて、この海辺での穏やかな暮しを心待ちにしてきたのだった。

避難民の最初の一団が到来した時、どちらが都市で勝利をおさめたのかが判った。残されたのが都市の抜殻であることも。しかし、知りえた状況は彼を心地よくするものではなかった。

刻限は正午前、まだ何をなすべきか断を下してはいなかった。

彼は最上階の居室に座り（円形の小さな部屋で、壁面には革がはられ、書物の棚が並び、音楽や科学関係の器具、天体観測儀《アストロラーベ》やリュートが掛布のかかった石の卓の上にある。ここで彼は唄をつくるのだ）、しばらく以前に東方で奇妙な成りゆきに巻きこまれた際に入手した楽器をつまびいた。弦は荒れていて、張りはきつく、指先が痛んだ。音調は高く、不快で、感傷的だったが、それは彼の気分にふさわしかった。その旋律は多くの者が忘れてしまい、砂漠の音楽家の一部と彼しか憶えていないものだったが、彼の思いは音楽の中にはなかった。

その部屋の湾曲した窓からは、ななかまどと節くれだった茨の先に、不運な都市から北東のデュイリニッシュへとつづく街道が見えた。ヴィリコニウムの姿は東の地平線上で煙霧にかすみ、塔の基盤は不気味に震えていた。その霞の中から飛行艇が姿をみせた。目の錯覚かとも思える染みだった。

都市の路地裏でも遠隔の地でもよく知られていることだが、テジウス＝クロミスが神経質になったり心の中で議論を闘わせている時、彼の右手はつねに銘なき剣の柄頭をまさぐるのだった。今は決して攻撃の時ではない、もう闘いはないはずだ。彼自身、一度も闘いの気配を感じたことはなかった。彼は楽器をおろして窓に近づいた。

飛行艇は高度をあげてゆるやかに旋回し、クロミスが目を皿にして見つめていると、少し北方に飛び、それからまっすぐにバルマカラに向かいはじめた。しばらくのあいだそれは静止しているように見え、塔に近づいてきてもほとんど大きくならなかった。

細部まで見わけられるほど近づいてきた時、切子結晶の胴体が炎をあびて黒ずみ、右舷いっぱいに大きな亀裂が走っていることをクロミスは見てとった。その動力装置（その機密は他の多くのものと同じく、ヴィリコニウムの興隆の一千年も昔に失われており、クロミスや同時代の者たちは古代科学のしかばねの上で生を営み、死滅した種族の不朽の遺物に頼っているのだ）は昆虫のようなものうい唸りをあげて、静寂であるべき場所を飛んでいた。セント・エルモの火の青白い光暈が、舳《へさき》から艫《とも》にかけてはぜる音をたて、きらめいている。操縦席の割れたガラスの奥をクロミスがうかがうも、操縦士は見えず、艇は航路も定まらず、目的もなく横に縦にゆれ、静かな流れにうかぶ水鳥のようだった。

クロミスの指のつけ根が汗に黒ずんだ剣の柄の革と対照的に白く際だつようになる頃、飛行艇は急下降し、激しく回転し、一秒とたたぬうちに三十メートル以上も高度を失っていた。ななかまどの梢の先をかすめ、死に瀕した動物のように震え、先の望みもなくわずかに貴重な高度をかせいだ。そして森に突っこみ、大きな火花を発すると、発動機が悲しげにうめいた。オゾンの臭いが空中に拡がった。

機体の残骸が地面に突きあたるよりも早く、クロミスは高い居室を出て、外套をひるがえしながら、塔の中心にある螺旋階段を駆け下っていた。

最初、彼は森全体が火につつまれているのかと思った。

異様な、微動だにしない炎の柱が、赤と金、そして赤銅色になって目の前に立ちのぼった。彼は思った。「われらはあのような古代機械の慈悲にすがるばかりで、駆動する力についてほとんど何も知らないのか」彼は熱気をさけるために腕をあげ、顔を守った。

そして、炎とみたものの大部分が秋の木の葉にすぎず、一年の黄昏にある自然な色彩であることを知った。実際に燃えていたのはなかなかまどの樹の二、三本にすぎなかった。濃い白煙をあげ、不快とはいえない臭いをはなっていた。炎にはこれほど多くの異なる色あいがあるのだろうか、と彼は思った。そして白い石の小道を駆けながら、おろかなやつだと自分をののしった。

われ知らず、クロミスは剣をぬきはなっていた。

ななかまどの林をぬける短い小道を破壊して、飛行艇は樹から落ちた巨大な果実のように横たわり、最初にみえた舷側の裂け目は黒い穴となって口を開き、その奥には奇妙なきらめく光が認められた。艇の長さは塔の高さに匹敵するほどだった。艇自体が発する火花の被害はこうむっていないらしく、結晶船体を格子状に組みあわせる力場は、熱とは異なった原理、冷たいけれども全く強力な何か別の原理によるもののようだった。エネルギーは漏洩して、火花も少なくなっていった。裂開した胴体の内側で光が踊り、位置を変え、まるで常ならざる色彩の螢のようだった。

このありさまでは誰も生き残ってはいないだろう、とクロミスは考えた。ななかまどの煙で喉がつまった。

哀れをおぼえて引き返しはじめた時、残骸の中から人がよろめき出て、ふらつきながら近づいてきた。

その生残りは黒こげのぼろ服をまとい、顔は髭と垢で黒ずんでいた。蔭になった窪みの底で、驚くほど白い眼が輝き、右の腕は血にまみれ、まるで包帯を巻いた切株だった。男は周囲に目をむけ、燃えあがるななかまどを恐れと恍惚の表情で眺めた。この男もまた、森全体を溶鉱炉とみているようだった。男はまっすぐクロミスを見た。

「助けてくれ!」と男は叫んだ。「助けて!」

男は身をふるわせ、つまずき、倒れた。燃えあがる樹から枝が一本おちた。炎が動きのない男の身体をなめた。

クロミスは身を投げるように駆けだし、燃える樹葉を剣でなぎはらいながら道をきりひらいた。灰が外套にふりかかり、空気は熱かった。ぴくりとも動かない身体にたどりつくと、剣を鞘におさめ、天秤棒のように肩に男をかつぎあげ、破損した艇からはなれた。不気味な、むきだしの昂奮が脳裏のどこかでうごめいていた。ようやく百メートルほど進み、呼吸が乱れて、不慣れな運動が激しすぎると警告をだしはじめた時、飛行艇は爆発した。音もなく壮大に噴きだす白く冷たい炎。廃《すた》れてしまった技術によって艇の中心に封じこめられていたものが、密封されて一千年ののちに純粋な光となって放出されたのである。

炎は彼に被害を与えなかった。それとも認識できなかったのだろうか。

バルマカラの門に達した時、男のかぎ裂きの服の中から何かが離れて、地面におちた。なめされた山羊革の紐締めの袋で、硬貨でふくれていた。おそらくは、夢の中かなにかで、陥落した都市でかせいだ財産が落ちる重い音と、硬貨のたてる軽い音をきいたのだろう。男は身じろぎしてうめいた。金属の入った袋は少なくとももう一つあり、男が動くと鈍い音をたてた。テジウス＝クロミスは上唇を巻きあげた。なぜこの男はこんなに重いのだろう、といぶかしく思った。


ひとたび塔の中に入ると、男はたちまち気力を回復した。クロミスは下階の一室を分けさずけ、気つけ薬を与え、切断された腕の血で固まった包帯をとりかえた。傷口の焼灼がおざなりだったのか、澄んだ不健康な液体がにじみはじめていた。昔の軍事作戦の際の武器や骨董品が飾られているその部屋に、焦げた布と劇薬の匂いがひろがりはじめた。

生残りの男は起きあがり、クロミスを見てたじろぐと、無事なほうの手で自分が横たわっている壁際寝台の刺繍をほどこされた青い絹の掛布に爪をたてた。骨太で中背のこの男は、酒か、はたまた女の行商をする下層の商人階級らしかった。黒い眼の瞳孔はひらき、白眼の部分は大きく、赤く血管がういていた。男は少し気がおちついたようだった。クロミスは男の肩をつかみ、できる限りやさしく上体を倒してやった。

「休むがよい。おまえがいるこの塔はテジウス＝クロミスのもので、バルマカラと呼ぶ者もいる。話をするのであれば、おまえの名を知らねばならぬ」

黒い目は警戒し、しばたいて周囲の壁をみた。その視線は一瞬、リヴァーマウス戦役でのミングレー海戦ののちに友人の小人のトゥームから譲りうけた活力をもつ戦闘斧にとまった。それからソリスマン・カールメーカーの金と緑の華麗な軍旗に移った――このすばらしい悪漢とは仲違いしたわけではなく、哀惜を覚えながらも――モナドリアス山脈においてクロミスが独力で撃ち負かしたのだった。そして最後に、触れることあたわぬ刃をもつ《バーン》、はからずもクロミスの妹ガレンを刺し殺してしまった剣の柄にとまった。男はその剣からクロミスに目をむけた。

「わたしはロノアン・モル、商人だ」その眼、その声にはあからさまな疑念がこもっていた。彼は衣服の下でもぞもぞと手を動かした。「妙なご趣味ですな」と言って、彼は壁にかけられている記念物にむけて顎をしゃくった。クロミスは震えている手に気づき、ほほえんだ。

「硬貨はおぬしを飛行艇から運んでくる途中で落ちたのだ、ロノアン・モル」彼は象嵌卓の上に置いてある三つの財布を指さした。「中味もすべてそこにあるはずだ。どういう情勢かな、パステル都市は？」

ロノアン・モルが気にかけていたのは金銭ではなかったのだろう、警戒心は彼の顔を去らなかった。それは驚くべきことだった。モルは白い歯を見せた。

「きびしいものだ」とつぶやいて、斬りとられた腕をにがにがしげに見やった。彼は喉の奥でせきをして、容器があったら外に吐いていたことだろう。「若い牡犬はよくもちこたえており、われらは潰走《かいそう》した。だが――」

男の眼には狂信者の翳りというものがあり、クロミスの手はひとりでに銘なき剣の柄頭をなではじめた。若き女王を侮辱したモルに対し、怒りよりむしろ当惑をおぼえた。一般に（どんなものであれ）物品の値引きや安楽な隠居生活を夢みがちなはずの男が、これほどまでに政治的信念への打ちこみようを示せるとすれば、この国の情勢は本当にたががはずれているのだろう。一瞬にして、彼はもの思いに沈んだ。クロミスよ、事のありようをふわけするべきではないのか？　パステル・タワーが一夜にして震え倒れたというだけでは足りないのか？　さらに証拠が必要なのか？

しかし彼はほほえんでモルの言葉をさえぎり、おだやかに言った。「さほどきびしくはないのだろうな？」

しばらくのあいだ生残りはクロミスの声がきこえなかったかのように話しつづけた。「――だがカンナ・モイダートの北方連合が都市に残っている愛国者と結んだ暁には、長くはもちますまい――」

彼の口ぶりには熱狂的で唄うような調子があり、信条をくりかえしているかのようだった。汗が眉にふきだし、唾が唇にあふれた。「さよう、その時われらは女王をとらえるのだ、確実に！そして二本の刃《やいば》で挟《はさ》み撃ちに――」

モルは口をつぐみ、近寄ってクロミスを観察し、目を細めた。クロミスは視線を下げずにみつめかえし、その情報に接してこうむった動揺の多寡《たか》を見せないよう腐心した。モルは腕をつきたてて座る姿勢をとり、その労力のために身を震わせた。

「立場をあきらかにするほうが賢明ですぞ、テジウス＝クロミス！」突然、モルが叫んだ。群れなす村人の中から一人の男をえらびだす雄弁家のようだった。「そなたが忠誠をささげるのはどちらなのだ？」

「無駄にいきりたつこともあるまい」とクロミスはつぶやいた。「わたしには些かもかかわりのないことだ」彼は嘘をついた。「見ての通り、わたしは世捨人だ。しかし確かにわたしにも年上の女王と北方の親戚の話には興味がある。彼女には従う者が多いと言うのだな？」

それに答えるように、ロノアン・モルの無傷の手は再び衣服の下でうごめいた。そして今回は、三十センチほどの銀色のものをひきだした。きらめく緑の光をはなち、はぜるような音をたてている。《バーン》であった。

モルは唇をひきむすび、その古代の武器をしっかと前に構え（人は誰でも、その持主でさえ恐れをなすのである）、とげとげしく言った。「そなたにもふさわしいほどに大きなものだ。御承知のように――」彼は横目で壁の戦利品を見た。「――他にもエネルギー剣を持っている者はいるだろう。北部人たちの話をきくと、このような剣を多数もっているとか。そなたはどちらの側に忠誠をささげるのだ、テジウス＝クロミス？」彼がぐいと《バーン》をひきぬくと、剣は火花をまきちらした。「さあ言え！　言いのがれでは腹がおさまらぬ――」

クロミスは腋の下に汗がしたたるのを感じた。臆病ではなかったが、暴力沙汰から遠ざかって久しかったのである《バーン》の状態は劣悪で、刃を形成するエネルギーは底をつきかけていたが、それでも鋼鉄を薄切りにし、骨や肉を手玉にとるくらいはできるだろう。

「ロノアン・モルよ、思いおこさせてやろう」クロミスは穏やかに言った。「おまえは身体を痛めている。その腕だ。熱のために気がせいているのだ。わたしは助太刀してやったのだぞ――」

「これがその助太刀への礼だ！」と叫んで、モルは唾をはいた。「言ってもらおうか、さもなくば松葉杖から鎖骨まで切り開いてやる」

《バーン》はきらめき、電気じかけの蛇のようだった。

「愚かだな、ロノアン・モルよ。厚遇をうけた相手の屋根の下でその男の女王を侮辱するとは、愚かものにしか為せぬ技だ」

モルは頭をのけぞらせ、けもののように吠えた。

彼は猪突猛進した。

クロミスが身をひるがえすと、手や《バーン》に外套がからみついた。刀で切りひらいて自由になると、かがみこみ、ころがり、方向を変え、再びころがり、その身体の動きは石をしきつめた床の上でぼやけて見えた。銘なき剣は鞘からひきぬかれ、彼は再び北部族殺戮隊のテジウス＝クロミス、メスヴェン騎士団の勲爵士にしてカールメーカー謀殺隊の仇敵に戻っていた。

混乱したモルは寝台の頭のほうにひきさがり、目を細め、身をかがめた剣士を見すえた。息づかいは荒かった。

「忘れろ、モル！　おぬしの弁明をききとどけてやろう。負傷して疲れているのだ。このような愚かなことをしてもわたしには何の益もない。メスヴェン団員が商人をむごたらしく殺すことはないのだ」

モルはエネルギー剣をクロミスに投げつけた。

二度と闘うことはあるまいと思っていたテジウス＝クロミスは哄笑した。

《バーン》が記念品を飾る壁に突きささると、彼は前にとびだし、そのため彼の長躯は全身で銘なき剣の軌跡を追った。

息がつまったような叫びをあげて、ロノアン・モルは絶命した。

戦士よりも詩人のほうが似つかわしいと夢想しているテジウス＝クロミスは、死骸の上に立ちはだかり、青い絹の寝台の上の血だまりを悲しげにみつめ、慈悲を欠いたおのれを呪った。

「商人よ、わたしはジェーン女王の側に組みしているのだ。彼女の父の側についた男だからな。単純な仕儀なのだ」

彼は銘なき剣の刃をぬぐい、パステル都市へ向かう旅のための仕度にかかった。もはや平穏な生活という夢に耽《ひた》っていることはできなかった。

出立の前にまた別の出来事がおこった。歓迎すべきことだった。

クロミスは二度と再びおのれの塔を見ることはあるまいと観念していた。彼の頭の中には、一つの予兆があった。カンナ・モイダートと彼女の真の眷族《けんぞく》らが狂暴な眼と古代の武器をもつ貪婪《どんらん》な北部人の焼きうちにあい、百年このかた彼女たちを排斥してきた都市と帝国に復讐心をつのらせていくという予兆だった。野蛮な血が流れているのは確かだ。カンナ・モイダートはメスヴェンの弟メスヴェルの娘であり、メスヴェンの血統に連なっているとはいえ、彼女の母バルクハイダーの側から受けついだ血が長年の抗争を続けさせてきたのだった。そして伯父の死に際しては王権を譲られるものと期待していたのである。ヴィリコニウムが豊かになり商業が栄えるにつれて、メスヴェンは老いてゆき、モイダートは王国と都市に対する不満を発酵させていった。そして北方の狼たちも不平を訴える牙をといでいたのである。

彼は二度と再びバルマカラを見ることはあるまいと諦観した。そこで最上階の居室に立ち、携行する楽器をえらんだ。この国が死と無秩序におちこんでおり、銘なき剣のテジウス＝クロミスがその渦中にあるとはいえ、終焉をむかえる前にはいくばくかの詩が吟じられなければならないだろう。

ななかまどの森の火災はおさまっていた。結晶の船はあとかたもなかったが、五十アールばかりの黒焦げの空地がのこされていた。街道はまがりくねってヴィリコニウムへとつづいている。ある程度は秩序がたもたれているらしく、くすぶる煙は地平線から消え、塔の基盤ももはや揺ぎはしなかった。ジェーン女王がいまも優位をたもっており、この静寂が都市が衰えたためではないことを、死期をむかえてはいないことを、彼は熱烈に望んだ。

街道に灰色の砂塵をまきおこしながら、馬に乗った三、四十人の男が、バルマカラめざして駆けてきた。

軍旗は見えなかったが、クロミスは瓢箪の形をした東方伝来の楽器を下において、出迎えにいった。言葉によるものとなるか剣によるものとなるかには、ほとんど拘泥していなかった。

彼は先に門についた。まだ人馬の姿はみえず、道はななかまどの森に入り鋭く折れて視界から消えていた。黒い鳥が一羽、樹葉をかすめて飛びながら警戒の啼き声をあげた。枝にとまると、玉のような老人の眼で疑りぶかげに彼を見つめる。蹄の音が近づいてきた。

ゆうに二メートルはあろうかという桃色糟毛《かすげ》の雌馬に、明るい黄色の馬飾りをかけて乗っている先頭の騎手が視野にはいってきた。

それは体格のよい男で、肩の肉は厚く、腰回りはさらに厚く、細く長い金色の髪が二重顎の髭面に乱れかかっていた。男は橙色のズボンを牛の血の色の長靴におしこんでおり、菫色のシャツ、その袖には切れ目が入り、波うっていた。

頭にはやわらかな鍔のついた質朴な暗褐色の羅紗《らしゃ》の帽子をかぶっており、風はたえずそれをおとそうとしていた。

男はデュイリニッシュのバラッドを朗々と唄っていた。それは女郎屋の内で鳴らされる時刻を数える唄だった。

クロミスが歓迎の叫びをあげると、黒い鳥ははるか彼方へと飛び去った。

彼は駆けだし、剣を鞘におさめて叫んだ。「グリフ！　グリフ！」

彼は糟毛の雌馬の轡《くつわ》の下の手綱をたぐり寄せ、吠え声をあげて馬を止め、牛の血の色の長靴をたなごころで叩いた。

「グリフ、おぬしにまた会えるとは思いもよらなかった！　仲間が一人でも残っているとは思いもよらなかったぞ！」

二

「それはちがうぞ、クロミス、少数だが残っている。そなたが妹ガレンの事故の後で行方をくらまし、隠密裡にこのひとけのない場所に潜んでいなければ、メスヴェンが騎士団のために備えをおこたってはいなかったことを知ったろう。王はおのれの死とともに団が消滅することなど望んではいなかった。少数だが残っている。だが本当にわずかで、しかも散りぢりになっている」

二人は高い部屋に座していた。バーキン・グリフは蒸溜酒の盃をもって足をなげだし、長靴を高価極まりない瑪瑙の卓にのせ、クロミスはうわの空で東方の瓢箪をつまびいたり、気ぜわしく床を歩きまわった。金属と金属がぶつかる音がはるか下方の中庭からかすかにきこえてくる。グリフの部下たちはそこで食事の支度をし、馬に水をやっていた。午後も遅く、風はなぎ、ななかまどの森は静かだった。

「ではノルヴィン・トリノアや小人のトゥームの消息を知っているのか?」とクロミスは尋ねた。

「まさか!　時代が今ほど錯綜していなくとも、トゥームのことを知る者はいないだろうよ。あいつは錆の砂漠で古い機械を探しまわっているのだ、間違いない。あいつが生きていることは確信しているし、そのうち、不吉な予兆のように姿をみせるだろう。トリノアについては、そなたが知っているものと期待していた。ヴィリコニウムがずっとあいつの街だったし、そなたとは住まいも近かったからな」

クロミスは大男の視線を避けた。

「ガレンとメスヴェンが死んでからというもの、わたしは誰とも会っていない。わたしは……わたしはずっと独りだったし、これからもそうありたいと望んでいた。もっと酒をどうだ」

彼はグリフの盃をみたした。

「そなたは考えに考えて卵をあたためる男だが、いつの日か殻をやぶる時も来るだろう」グリフは笑った。彼は酒にむせた。「この状況をどう値踏みしておるのだ？」

ガレンへの想いから醒めたクロミスは、地面が固くなり現実に戻ったことを感じた。

「都市では暴動がおこっており、女王がカンナ・モイダート側の反乱分子に抗して一歩もひいていないことは知っておるだろうな？」

「いかにも。おれは不満分子の頭領どもを打ちやぶるつもりだ。そのために移動していたところ、そなたの塔のあたりの煙に気づいたのだ。もちろんわれらに加わってくれるだろうな？」

クロミスは首を振った。

「頭で殻を割ろうとしている者にとっては心温まる招きだが、他にも考えておきたいことがある。わたしは今朝がた、北からモイダートがのりだしてくるという情報をえた。種まきをおえて、収穫にかかろうとしている。あやつは北部族の軍隊をひきつれて、先頭に母親の親族をすえており、知ってのとおり、あの一族はボリングに追いたてられ、土地をヴィリコンに奪われて以来、怒りをたぎらせている。おそらくは行軍の途上で加勢を集めることになろう」

バーキン・グリフはゆったりと椅子から立ちあがった。足をふみならして窓際にむかい、部下たちを見おろし、荒い息をつく。そしてクロミスを振りかえった。その顔は憂いにしずみ、暗かった。

「ではわれらは馬に乗り、すみやかに参ろう。ひどいことになった。モイダートが進軍しているのはどのあたりだろう？　若き女王は軍を結集しているのだろうか？」

クロミスは肩をすくめた。

「忘れたのか、友よ。わたしは世を捨て、王宮や剣よりも詩を選んだのだ。その……情報を伝えた者は……いま言った以上のことは語らなかった。そのすぐ後で死んでしまったのだ。そなたの見た煙に対する責任の半ばはその男にある」彼は自分で酒盃を満たし、話しつづけた。

「わたしの忠告はこうだ。そなたは部下をひきいて北へ、最速の経路を軽装備で行け。女王は軍を整えているはずだが、重大な対決にいたる前にそなたが戦列をたてなおせることは疑いない。いまだメスヴェン団員が軍を統轄していなければ、そなたが統率力を発揮しなければならない(発揮するだけだぞ。臣民は忘れているだろうが、われらにはもはや王の後ろだてはないのだ)。

「もし軍が集められていないか、メスヴェン団の指揮官がいなければ、その時はそなたが部下をひきいて攻撃部隊となり、モイダート軍の位置をつきとめて側面に急ぐのだ」

グリフは笑った。「なるほど、脇をつくわけだな。それくらいの技倆はもちあわせておる。よろしい。部下たちにも問題はない」彼は真顔になった。「だがそれには時間がかかる。モイダート軍を指呼の間にとらえるまで、おそらく数週間。あやつが先に手を出していなければよいが」

「その心配はあるまい。どれほど時間がかかろうと、そなたの径路に間違いはなかろう。抜けめのない経路をとれば、モイダートの進捗の知らせはたっぷり三週間は先んじて届くだろう。軍は丘の道はとれないからな。そなたの速さをもってすれば、彼女がヴィリコニウムに達するかなり前に戦いを交えることが期待できよう」

「そなたはどうする。われらが麦粒のようにちりぢりになっているその数週のあいだ」

「今日、わたしはパステル都市にむけて出発する。そこで、ジェーン女王を支えるため、メスヴェン団の代わりになるものを組織し、トリノアを探索する。彼がおおいに力になるだろう。軍隊が送りだされていたならば（わたしには女王の情報がわたしと同じほどに乏しいとは考えられない。一軍団は出ているはずだ）、わたしはそなたと合流しよう。おそらくはデュイリニッシュで。できうる限り助勢をつれてゆこう」

「よかろう、クロミス。穏やかならざる都市に行くのだ、部下の一人二人必要だろう。おれが選んでやろう――」

クロミスは手をあげた。

「グリフ、わたしはひとり馬で行く。厳しく拍車をかけてゆくことが、この際は有効だろう。わたしは戦いとは縁のない育ちなのだ」

「常に考えに考えるのだな」グリフは窓際にもどり、下の中庭にむかってどなった。「役たたずども、眠れ！　三時間のちに、北へむけて出立だ！」

グリフは変っていなかった。彼にも生活はあったはずだが、存分に生きてきたのだ。クロミスは窓際のグリフの脇に立ち、彼の肉厚の肩を叩いた。

「教えてくれ、グリフ。これまでの年月、何を生業《なりわい》にしてきたのだ？」

グリフは腹をかかえて笑い、それは彼の部下にも感染したようだった。中庭にたむろした男たちも笑っていたが、彼らにクロミスの問いが聞こえたはずはなかった。

「平和な時のメスヴェン団員にふさわしいのは、考えに考える者よ、あれのほかになかろう。そなたも察しておろうが、いかなる時であれメスヴェン団員にふさわしい生業などありはしない。わしは恐るべき低質の蒸溜酒をクラディック湿原の農民どもに売りさばいておったのだ。かの地の宗教は飲酒を禁じておるでな……」

クロミスはみすぼらしい身なりのグリフの部下たちが力強い足どりで闇の中に消えていくのを眺めた。外套は後方にはためいていた。彼は色あざやかな出で立ちのグリフに一度手を振ると、馬にむきなおった。馬の吐く息は夜の冷気で霧に変じていた。彼は腹帯と鞍嚢《あんのう》を点検し、東方の楽器を背負った。そして迅速な騎馬行のために鐙《あぶみ》を縮めた。

闇がせまるとともに、バルマカラには風が戻ってきた。なかまどは絶えず揺れてきしみ、乾いた音をたてた。肩にまでかかるクロミスの黒髪は顔にみだれかかった。振りかえると、塔の大きな影が藍色《コバルト》の空を背景に暗く沈んでいた。さらに遠くでは波が吠えていた。奇妙な感傷から、彼は上階の燈火をともしたまま去ることにしたのだった。

だが、妹を刺し殺したあの《バーン》は絶縁鞘におさめて、肌につけていた。二度と戻ることはあるまいと思いさだめていたからである。そしてクロミスは争いをはなれて光の中へ、朝のバルマカラへと乗りだしていった。

避難民がヴィリコニウム街道にあふれ、地獄の廻廊の下のほうをゆく松明の行列のようだった。クロミスは臆病な馬をあやつり、すばやくその列を駆けぬけた。老人たちはがたごと音をたてる家財道具をつんだ荷車を押し、何列にも並んだ女たちは物をかかえ、あるいは年端もいかない子供の手をひいていた。犬猫は荷車の車輪をぬって小走りに駆けた。

通りすがりに見えた顔はこわばりおびえていて、揺れうごき定まらない松明のあかりに照らされると、ひときわ輝いた。中には顔をそむけて、ひそかに宗教的な身ぶり（神とみなす者もいるボリングのための短い指のひねり、コルピーに祈る複雑な頭の動き）を行なう者もあった。それをどう考えればよいのか彼は戸惑った。その人々は臆病で政治にかかわりのない都市の住民で、両王党の衝突をおそれ、どちらの側も信じられずに逃げだしてきたのだと考えた。

クロミスは十二番門、ナイッグの門から都市に入った。門衛はおらず慣習の形ばかりの誰何《すいか》さえ受けなかった。

生来のふさいだ気分が憂鬱へと移り変るころ、彼は豪壮な放射状の道路、プロトン・サーキットに入った。弾力性のある古代の素材で舗装されたその道路は、馬の蹄の音を吸いとった。

周囲にそびえたつパステル・タワーは高く優美で、数学曲線をえがき、淡い青や明るい紅紫や鳩の灰色にそまっている。塔は高さ数十メートルにも達し、奇抜で複雑な紋様が刻みこまれていて、比類なき芸術の至高点であると言う者もあれば、〈時〉の幾何学を現実に表現していると考える者もあった。

いくつかの塔にはひびが入り、炎で黒くこげていた。あるものは内部をえぐられ、崩れていた。たぐいまれな美しさのものがこのように地におちているのを見て、クロミスは変化が事物の核心にまで達しており、二度と旧には復しないことを悟った。

プロトン・サーキットは螺旋をえがき、折れそうなほどに細い黒石の柱に支えられて宙空に三十メートルも昇っていた。螺旋の頂上にしつらえられているのは若き女王の宮殿で、そこはかつてはメスヴェンの大広間であった。都市の多くの建物にくらべれば小さく、形は金銀細工をほどこした貝殻そっくりで、振動して歌声をだす純粋な白色金属ですべてが造られていた。輝く高い弓形門《アーチ》の前には消炭色の制服を着た護衛が立っていて、クロミスの身分と用向きをあかすべく厳しい質問をあびせた。

護衛兵は彼がメスヴェン団員であることを容易に信じようとせず（記憶は実にあいまいになっており、クロミスの要請を拒む主たる事由は、儀礼や委細をわきまえずにおとずれたことにあった）、さらにしばらく入宮を押しとどめた。その慎重さには彼も脱帽せざるをえなかった。

クロミスは都市の護衛兵だけが知っている若干の合い言葉を思いだした。

蒼白い光のまたたく回廊を進み、珍しい貴重な物のわきを通りすぎた。それはデュイリニッシュの彼方の〈錆の砂漠〉の都市の廃墟から発掘されたもので、動く彫刻あるいは機械であったのだろう。

ジェーン女王の待つ部屋は天井が高く、床は辰砂が条をなす結晶でできていて、王国のどこにも見られない風景をうつす五つのだまし窓があった。

光の幕とすばらしい仕上げの家具の中でゆっくりとうごめいていたのは、南方の森に棲む巨大な白子の大懶獣《メガテリア》だった。樹懶《なまけもの》に似た巨獣で、（稀だが）直立すると四メートルにもなり、おそろしく鋭い爪をもっているものの、草食性でおとなしい。女王の獣はイリジウムの首輪をつけ、爪は厚く透明な樹脂の鞘《さや》に入っていた。クロミスを見ると、のろのろと眠たげに近よって、近視のような眼で凝視した。光の模様が輝く毛皮をよぎった。

「離れなさい、ユシーン」かすかな、音楽のような声がした。

クロミスは大懶獣《メガテリウム》から目をそらし、部屋の南端の壇を見た。

ヴィリコニウムのジェーン女王、メスヴェト・ニアンは、最後にメスヴェンの宮廷で会った時にはまだ幼かったが、今や芳紀十七歳になっていた。飾りけのない玉座に座り、菫色の眼でクロミスをみすえていた。背は高く優美で、朽葉色のビロードのうちかけをはおり、肌に彩色はなく、宝石もつけていなかった。同じ形の十個のニープの指輪が、細長い手指に輝いていた。その髪はバルマカラの秋のなかまどの色を思いおこさせ、ゆるやかな波となって腰のあたりまで達し、胸元では渦を巻いていた。

「ジェーン女王」といって、クロミスは礼をした。

彼女は大懶獣の密な毛の中に指を埋め、囁きかけていた。だまし窓には不思議な景色がちらついていた。彼女は視線をあげた。

「ほんとうにあなたなのですね、クロミス卿？」と言う彼女の青白い三角形の顔には、奇妙な表情がよぎった。

「さように変りましたか、陛下？」

「それほどでもありませんよ、クロミス卿。あなたは固苦しく重苦しい人でしたよ、歌う時でも。今もそのようにかしこまっていますね。でも、あなたと最後に会った頃のわたくしは若すぎました――」

不意に女王は笑って玉座をたち、優華な身のこなしで降りると、彼の手をとった。クロミスは女王の眼がうるんでいるのを見た。

「――それにあの頃わたくしは小人のトゥームのほうを好んでいたようです。あの人はお気に入りの廃墟からとても素敵なものを持ってきてくれましたから。そしてたぶん、グリフもです。本当かどうかわからないような話をして、とても笑わせてくれました――」

女王は彼の手をひき、移り変る光の彫刻の間をぬって壇のところに行き、そこに彼を座らせた。大嬾獣がやってきて、茶色のすみきった眼でさかしげにクロミスを見た。メスヴェト・ニアンは飾りのない玉座に座った。笑みは消えた。

「ああ、クロミス、どうしてあなたたちは誰一人来てくれなかったのです？　この十年、わたくしにはあなたたちの支えが必要だったというのに。何人くらい生き残っていますか？――父上が亡くなってからどなたにも会っていないのです」

「グリフは生きております、陛下。ご安心ください。数時間前、わたしの要請にこたえて北へ出立しました。彼はトゥームやトリノアも生きていると信じています。他の者については、わたしの耳には何も届いておりません。このたびは参上するのが遅くなりましたが、悪く思わないでいただきたい。こちらに来て、われらの到来が遅きに失したことを知ったのです。これまでどのような手をお打ちになりましたか？」

女王は思いにふけるように頭をゆらし、おかげで彼女の明るい髪は光をとらえて炎のように動いた。

「二つのことだけです、クロミス。わたくしはこの都市を守りました。被害をこうむってしまいましたけれども。そしてウォーターベック卿に——教養はあるのですが、ノルヴィン・トリノアほどの戦略家ではありません——四個連隊をつけて派遣しました。わたくしの従姉が〈錆の砂漠〉に達する以前に戦闘を交えるものと期待しています」

「ウォーターベックが発ってどれほどになりますか？」

「ようやく一週間です。飛行兵の告げるところによれば、翌々週の中ころには遭遇するとのこと。これはモイダートの旅程が驚くほど速いためです。幾人かが先ほど戻ってきました。その報告では、飛行中の艇がエネルギー兵器で破壊され、搭乗員は全滅したということです。

「通信系統はとだえがちになっているのです、クロミス。暗黒の時代になるのでしょうか、われらの最後の一艇までついえてしまえば」

再び女王は彼の手をとり、黙したまま活力をひきだそうとした。このような責任の重さをひきうけるには若令の身は華奢すぎることを彼は知った。クロミスはおのれを責めた。それが彼の流儀だった。

「クロミス、あなたに何かできることがありますか？」

「すぐに着手します」そう言って笑おうとして、必要とされる筋肉が、使っていなかったために固く動かないことに気づいた。彼はうやうやしく女王の手をはずした。その冷たい感触に心を乱されていたのだ。

「まず、トリノアの居場所を突きとめねばなりません。都市のどこかにいることでしょう。とはいえもしそうだとすると、なぜ今まで陛下のもとに駆けつけなかったのか、判りかねるところです。そのあと程なくグリフに追いつけるでしょう。騎馬一頭しか通れないような道をゆくことができますから。

「陛下からいただかなければならないのは、認許の証しです。トリノアかグリフ、あるいはどちらかが欠けた場合にはわたしも、モイダート軍と相まみえた際には軍の指揮をとらねばなりません――そのウォーターベックは、察するに、平時の将で、メスヴェン団員としての経験もないのでしょう。

「陛下が過度に恐れることがあってはなりません。われらが指揮をとることになれば、全力を尽くし、ついには勝利をたぐりよせましょう。この地の秩序とメスヴェン王の遺した信念をとりもどしましょう。われらと陛下との縁《えにし》は深くはありませんでしたが」

女王はほほえみ、そのほほえみは陰鬱な魂の中に彼自身、存在するとは思ってもみなかった隔壁を通りぬけた。女王は鋼鉄のニープの指輪を一つはずし、彼女の指とほとんど太さの変らないクロミスの左の人差指にはめて、こう言った。

「これがあなたの認許の証しとなるでしょう。これは由緒ぶかいものです。飛行艇をつかいますか？　そのほうが迅速――」

クロミスは立ちあがって辞去しようとして、立ちさりがたいものを感じた。

「飛行艇は無用です、陛下。われらが敗れることも想定して、用心深く、温存してください。それにわたしは馬のほうがよいのです」

五つの窓のある部屋の扉のところで、移りかわる形と光の幕を通して女王を振り返ると、迷子になった美しい子供を見ているようにクロミスには思われた。女王が死んだ妹ガレンを思いおこさせても、彼は驚かなかった。彼を驚かせたのは、その日の朝には力をもっていた記憶が、なぜかその力を失ってしまったことだった。クロミスは多くの遁世者《とんせい》がそうであるように、おのれを知っていると思いながら、そのくせおのれを知らない男だった。

大きな白いなまけものはまるで人間のような眼で彼を見つめ、大きく背をのばして立ちあがり、琥珀色の爪をきらめかせた。


クロミスはその夜から翌日までこの都市にとどまった。街は静まりかえり、通りに人影はなく、気絶しているようだった。ちらと耳にした噂では、日没後にはモイダート支持派の残党が狭い路地にひそみ、都市を警護する集団と小ぜりあいを演じているという。彼はその噂に斟酌をくわえず、銘なき剣から手をはなさなかった　そしてアーチスト・クォーター旧市街のどこかでトリノアに出会えるものと期待していた。

クロミスはそこの数軒の宿屋にあたってみたが、情報はえられなかった。次第に焦燥にかられ、諦めかけていたところ、ビストロ・カリフォルニウムで出会った世捨人の詩人からこの地区でもさらに貧しいブレッド・ストリートの住所を教えられ、尋ねてみてはどうかとすすめられた。それはかつて盲目のクリストデュロスが屋根裏の工房を借りていたという場所だった。

ブレッド・ストリートについたのは黄昏時だった。王宮やパステル・タワーから遠くはなれ、年経た醜怪な家々がならぶ、その見すぼらしい陋巷《ろうこう》には、厳しい風が吹きぬけていた。ぎざぎざの屋根の上では、空が赤く血をながした。身ぶるいしてモイダートのことを考えていると、風の音はさらに差し迫ったものになった。彼は外套を身体にまきつけ、剣の柄で雨風にさらされた扉を叩いた。

扉をあけた女が誰なのか彼には判らなかった。おそらく光線の具合が悪かったのだろう。女は背が高く、彫像にも似て、気品があった。細面の顔には艱難のためとも、そうではないともとれる落ちつきと矜持を思わせるものがあった。だが青いうちかけは色褪せ、とてもかけはなれた色の布地でところどころつぎがあてられており、眼は疲れて皺のよった皮膚にくまどられていた。儀礼的に彼は身をかがめた。

「わたしはノルヴィン・トリノアを探している。消息でもよいのだが」

女は眼がかすんでいるのか、彼の顔をのぞきこみ、何も言わなかった。そして脇によると、招じ入れる仕種をした。クロミスは女のひきしまった口もとに穏やかで悲しげな笑みがうかんでいるように思った。

家の内側は埃っぽく、暗く、家具は荒けずりの樅板で作られていた。女は人工的に色をつけた安酒を供した。彼らは向きあって卓につき、沈黙した。クロミスは色のおちた女の手の爪から窓の蜘蛛の巣に視線を移して、言った。

「わたしはあなたを存知あげない。よろしければ——」

疲れたような女の眼と目をあわせたが、それでも彼には誰だかわからなかった。女はゆっくり立ちあがって、吊るされた大ぶりのランプに火をともした。

「ごめんなさい、テジウス＝クロミス。こんなふうにあなたを戸惑わせるべきではありませんでしたね。ノルヴィンはここには居りません。わたくしは——」

ランプの光の中に立っていたのはノルヴィン・トリノアの妻、カロン・バンだった。十二年前のカールメーカーの盗賊団との闘いのあと、彼らは結婚したのだった。時は彼女にさからって進み、実際の年齢よりもはるかにふけこんでいた。

クロミスが急に立ちあがると、椅子は倒れ、音をたてて床にころがった。彼に衝撃をあたえたのは、彼女の変りようではなく、その原因となった貧困だった。

「カロン！　カロン！　わからなかった。ここで何がおこったのだ？」

彼女はほほえんだ。風のように厳しいほほえみだった。

「ノルヴィン・トリノアがいなくなって、もう一年にもなります。夫のことはお気になさらないで下さい。座ってお酒をのんでください」

カロンは彼の凝視をさけて離れてゆき、ブレッド・ストリートの闇をのぞきこんだ。色褪せたうちかけの下で、彼女の肩はふるえていた。クロミスは彼女に近よって、その腕に手をおいた。

「話してもらわねばなりません」彼は穏やかに言った。

「来て話して下さい」

しかし彼女はその手をふりはらった。

「何も話すことばありません、クロミス卿。夫は一言も言いのこしませんでした。この都市にもわたくしにもいらだちをつのらせていたようです――」

「しかしトリノアはなまなかなことであなたを棄てるような男ではない！　こんなことを言っては酷だが――」

彼女はクロミスに顔をむけた。その眼には怒りがこもっていた。

「残酷なのはそのようなことをしたトリノアです、クロミス卿。一年のあいだ何の知らせもないのです。そしてもう――もうあの人のことは何も聞きたくありません。すべては終ったのです。メスヴェン王とともに終ってしまった多くのことと同じように」

彼女は扉に歩みよった。

「そっとしておいてくだされば、ありがたいのです。あなたに逆らっているのでないことはわかって下さい、クロミス。こんな仕打ちをするべきではないのでしょう。でもあなたはわたくしが認めたくない記憶を思いださせるのです」

「待って下さい、わたしは――」

「行って下さい」

その声には、その肩のそらせ方には、おそろしいほどの艱難《かんなん》がおし隠されていた。彼女はこのような仕打ちにあい、それが将来もつづくことだけを知ったのである。クロミスは無礙《むげ》に否定できなかった。彼女の状態は彼ら二人にとって苦痛にみちたものだった。メスヴェン団員ともあろう者が、このような悲惨をひきおこすとは許容しがたかった——しかもそれがノルヴィン・トリノアであろうとは、信じられないことだった。クロミスは扉のところで立ちどまった。

「もし助けてほしいことがあれば——わたしにも金銭のよゆうはあり——また女王陛下も——」

彼女は荒々しく頭を振った。

「わたくしは南の家族のもとへ旅立ちます。この都市にも、帝国にも、何も求めはいたしません」彼女の目がなごんだ。「ごめんなさい、テジウス＝クロミス。御厚意で言っていただいたのに。わたくしにいえるのは、北をお探しなさいということです。あの人は北にむかいました。

「ただ、このことはお忘れにならないように。ノルヴィンはあなたの知っているかつての友ではありません。メスヴェン王の死後、何かがあの人を変えたのです。あの人はあなたの知っていた男ではないのです」

「もし彼を見つけだせたら——」

「伝言などおたのみはいたしません。さようなら」

彼女が扉をしめると、クロミスはその貧しい路地に一人、風とともにのこされた。すでに夜のとばりは降りていた。

三

その夜、銘なき剣のクロミスは三人の女性と暗澹たる未来にとりつかれ、戦士よりも詩人のほうが自分には似つかわしいと思いながら、北の門の一つからパステル都市をあとにした。古代の舗石にあたる蹄の音は静かだった。誰も妨害するものはいなかった。

仕度をととのえて旅立った彼ではあったが、鎖かたびらを除いて武具はまとわず、短い外套や皮のズボンと同じように、黒く漆がぬられていた。それがメスヴェン団の多くの者の流儀であり、武具を余計なものとみなし、エネルギー剣に対して何の防護策もほどこさないのである。クロミスは兜もつけておらず、黒い髪は風に流されていた。《バーン》は彼の帯に、珍しい東方の楽器は彼の背にあった。

日のあるうちに、彼はヴィリコニウムとデュイリニッシュの間にある荒涼としたモナーの丘に達した。風は言葉で表すこともできないほどの深甚な悲しみの挽歌を激しく奏でていた。彼はふるえながら頁岩《けつがん》の斜面にへばりつく高い小道をすすみ、空ろな窪みにある冷たく静かな池の間をぬけていった。そこには鳥は棲んでいなかった。一度だけ、結晶飛行艇が頭上を舞い、船体から黒い煙をふきだしているのが見えた。クロミスはノルヴィン・トリノアの奇異な行動について様々に考えをめぐらせたが、どのような結論にも達しなかった。

このようにして三日すすみ、クラアチャン山陵の頂きを縦走していたときに、ある事態が発生した。

クロミスが山陵の三番目の積石道標《ケルン》に達した時、霧がおりてきた。道の前方の安全ならざる様々の箇所のことを思い、また、地衣類におおわれたもろい岩に馬の足が渋りがちになっていることを配慮して、彼は歩みを止めた。風がおさまると、静寂の中で特異な鈴の音が耳に残った。高地は心やすまるもののない異邦であり、雪の時節には低地の谷と同様、通行できなくなる。彼はモイダートのあせりを理解した。

その道程標は、足もとの岩とは全く異なる灰色の岩で造られた、古い四面の塔の崩れた跡であることが判った。残されているのは三面の壁と、天井の一部だった。窓はなかった。建てられた目的も、この山の石が使われなかった理由も、見当がつかなかった。塔はおのが瓦礫、風化した平岩の中に謎めいて建っており、その岩をこのような高さにまで運びあげるために要した労力に思いをはせた。

内側には、霧に閉じこめられた他のクラアチャンの旅人たちの痕跡がいくつかあった。かなり以前に消えた火の跡、小動物の白骨。

クロミスは震えはじめた馬の手綱をつなぎ、餌を与え、冷えこみから守るために後半身に軽い毛布をなげかけた。細々とした火をおこし、食事の仕度をしたあとは、霧がはれるのを待つために腰をおろし、東方の瓢箪をとりあげて、不気味で金属的な音調にあわせて詠唱される哀歌を作った。霧は彼の周囲で渦をまき、冷たい探るようなその指を貧弱な避難所に送りこんだ。哀悼の詞は、底知れぬ深淵におちてゆく小石のように静寂の中にすいこまれていった。

『鮮やかな幻影。虚ろなる時代のこの地の鮮やかな幻影がわたしには見える……はるか下方では松の木がゆらいでいる……太古の岬に激しく燃えあがる小妖精のなかまどの森をあとにして、油をうったような夕暮の海の中にゆっくりと浸ってゆく……荒廃した丘陵の頂きで、われらはきつい靴に足をおさめるように、荒廃をわれらの細い骨の中に休める……この地の物語、山陵の砕けた稜線のほかには、悲しい風と沈黙しかありはしない……積石道標の上にわたしはもう一つ石を重ねる……わたしを支配するのは、〈時〉……』

彼はおのれの声の響きにいたたまれず、楽器を脇に押しやった。馬はおちつきなく足をうつしかえていた。霧は突然のかすかな風の息吹にとらえられて、あえかな形を編みだした。

「テジウス=クロミス、テジウス=クロミス」すぐ近くで笛のような声がした。

彼はとびはねた。《バーン》は左手の中ではぜるような音をたてて、きらめき、銘なき剣は鈍色の鞘からするりとひきだされた。足の開きは用心深く、殺気が漂っていた。

「そなたに伝言がある」

何も見えなかった。見えるのは霧ばかりだった。馬は足を踏みならし、後足をはねあげ、鼻をならした。エネルギー剣は湿った大気の中でしゅーと音をたてた。

「出てこい！」と彼が叫ぶと、クラアチャン山陵は、出てこい！　こい！　こい！　と山彦をかえした。

「伝言がある」声がくりかえした。

彼はもろくなった壁に背を押しあて、慎重に頭を半回転させた。姿を捜す。息づかいが荒くなった。灰色の不穏な霞の中で、焚火は赤くもえあがった。

前方の瓦礫の上にとまり、意地悪そうな頭と折れまがった首が炎のとぼしい明かりに照らされているのは、髭をはやした禿鷲——低い山麓に棲む大きな捕食性の髭鷲の一種だった。暗がりの中にいるその鷲は、猫背の執念ぶかい老人を思わせた。広い翼をひろげてはすぼめて焚火に風を送り、嘴で下羽を整えた。その羽毛には異様なつややかさがあり、光に映えるさまは鳥の羽根にはあるまじきものだった。

鷲は深紅の小さな眼をクロミスにむけた。「伝言は次のようなものである」両の翼に力をこめて音高くはばたき、風をおこして荒れはてた部屋をよぎり、彼の頭の脇の壁にとまった。馬は黒く力強い翼をみると神経質に横踏みし、自由になろうと綱をひっぱり、白目をぐりぐりと回転させた。

クロミスは気を配りながら後ずさり、剣をかまえた。髭鷲は力が強く、モナーのこちらの羊飼いたちによれば、子羊よりも人間の子供を好むという。

「よろしいかな。

「ヴィリコニウムのテジウス=クロミスよ、与えられた人相特徴にどこからどこまでよく合致しておるから、そなただと判断するわけだが、ただちにセルルの塔にむけて出発せよ」ここで鷲は冷たい灰色の石に残虐な爪をつきたて、頭をそりかえらせ、羽根を逆だてた。「彼は南のガーヴァン濟、レンドルフットのわずかに東に見出されるであろう。さらに――」

クロミスには現実とは感じられなかった。霧が渦をまき、髭鷲が言葉を話し、それに魅了されているとは。クラアチャン山陵で〈時〉の外にでてしまい、道に迷ったのか。だが彼は事物の核心に強い関心をいだき、剣を構えつづけた。鳥に尋問したいところだったが、鳥はなおも話しつづけた。

「――さらに、どれほど差し迫っているように思えようとも、この旅の妨げとなる何ものにも屈しないよう忠告する。なぜなら、事態は精妙な均衡状態にあってどちらに転ぶかしれず、小さな帝国の運命をこえるのものが危殆にひんしておるからだ。

「このことをガーヴァンのセルルは伝える。これが伝言である」

ガーヴァンのセルルとは何者なのか、ヴィリコニウムの崩壊をも影薄くするどのような情報をもっているのか（また、会うことさえできなかった人物を鷲に見分けさせるとは、実にどのような教え方をしたのか）クロミスには見当もつかなかった。彼は時期を待つことにし、馬の首に手をあてて落ち着かせた。

「万が一そなたが別の経路をとるべきだと感じた場合、事態の緊急性を強調し、そなたがレンドルフットとガーヴァンへと旅することを決意するそのような時まで同行せよと指示を受けている。状況によってないがしろにされる場合には、時をおいて、この伝言をくりかえすことになるだろう。

「その間、尋ねたきことがあるやもしれぬ。そこで彪大な語彙を蓄えておる」

長い足爪で、鷲は頭の後ろの羽根を掻いており、もうクロミスには関心をはらっていないようだった。彼は脅威のないことを見てとり、剣を鞘におさめた。馬もおちついてきたので、焚火のほうに戻った　髭鷲はその後につづいた。クロミスは鷲のきらめく目をのぞきこんだ。

「おまえは何者なのだ？」と彼は問うた。

「セルルの伝達吏である」

「セルルとは？」

「セルルについて説明するよう指示されてはいない」

「その男の目的は？」

「それについても説明するよう指示されてはいない」

「その男が受けとめた脅威とは正確にはどのようなものなのだ？」

「セルルは《ゲテイト・ケモジット》を恐れている」

日がおちて夜になっても霧は晴れなかった。その間、クロミスは鳥に質問することに大半の時間をついやしたが、知りえたことはわずかだった。鷲の答えはとらえどころがなく、聞きぐるしい名前のほかは何一つ得るところはなかった。

朝のおとずれは灰色の雲が低く垂れこめて、風は強く湿気が多く、濡れそぼっていた。クラアチャン山の副陵は東西に巨大な獣の肋骨のようにのびている。クロミスと鷲はともに三番目の道程標を後にした。鳥は山脈の荒れる気流にのって高い空で輪をえがき渦をまき、あるいは降りてきてクロミスの鞍頭のせりだしにとまった。彼は馬を狼狽させないため、降りてこないよう警告せざるをえなかった。

太陽が顔をだした時、クロミスはその鷲が金属の鳥であることを知った。巨大な広さをほこる翼の長い先細の羽先から、すぼめた肩の和毛にいたるまで、すべての羽根は紙のように薄いイリジウムを押しつぶしたか、叩きだしたものだった。羽根は輝き、ごくかすかな擦音を発した。彼はしだいに鳥に慣れ、本筋を離れた様々の事柄についても話ができることを知った。

パステル都市をでて五日日、彼はデュイリニッシュと〈錆の砂漠〉を目にすることになった。

クロミスは嶮《けわ》しいラガック高原を下り、リーデイル高山地にあるミンフォリン河の水源、丘陵に六百メートルわけいった肥沃な谷に達した。岩に囲まれた小さな泉の水をのみながら、背の高い葦の葉に吹きつける風のささやきに耳をすました後、谷からマム・ソドヘイルの山麓を下って都市へと至る曲りくねる細道を探った。道をゆく彼の横でミンフォリン河はさらさらと音をたて、滝や早瀬をこえるたびにその音は大きくなっていった。

ソドヘイルの最後の数十メートルを下ると、リーデイル低山地が眼前にひらけた。紫と茶と緑の一面のひろがりが灰色の石壁で四分され、そこここに羊飼いの小農場が点在し、黄色の燈火がともりはじめていた。その中を水量をましたミンフォリン河が暗くゆったりと流れ、鉛の河のように谷の北端の都市をぬけ、〈錆の砂漠〉の外縁の〈金属塩の湿原〉に入ると拡散して姿を消し、そこから西の方ににじみでて海に注いでいる。

暗鬱なデュイリニッシュは荒れはてた丘陵と〈褐色の大廃原〉にはさまれてあり、両者に共通する性質をそなえていた。荒涼さである。

燧石と黒御影の壁にかこまれた都市は、二十世代前に北方部族の脅威に対抗するため、曲折する河の中洲に築かれたものであり、舗石の敷かれた道は地に伏すような建物の間を激しく折れまがって中央の要塞、都市の中の城、アルヴスに達する。〈錆の砂漠〉に面する壁は六十メートルほど垂直に切りたち、それから外にむけてせりだしていた。デュイリニッシュでは北部人は歓迎されない。クロミスがリーデイル低山地に着くと、大きな〈夕鐘〉が北壁の警護兵の七度目の交替を告げた。薄い霧が河の水面にまとわりつき、流れくだりながら壁をなでた。

都市の二キロほど南、ミンフォリン河にかかる石橋の傍に露営をはっていたのは、バーキン・グリフの密造団だった。

篝火は黄昏の中に燃えあがり、男たちが横ぎるたびにまたたいた。笑い声と、調理器具のふれあう非音楽的な音がした。橋の中央には歩哨がおかれていた。渡ろうとする前に、クロミスは鵟を呼びよせた。夕闇の中からはばたき現われた鵟は、灰色を背景に浮きあがる黒い十字架のような影だった。

「ここにとまれ」と言って、彼は鷹匠のしぐさで前腕をのばした。「決して急な動きはするなよ」

馬は蹄の音も高く橋を渡り、蹄鉄が燧石を打って火花をちらした。鳥は彼の腕には重く、金属の羽毛は東の空の夕ばえを受けて輝いた。警備兵は目を見開いて鳥を見つめたが、問いただすことなく彼をグリフのもとへ導いた。グリフは焚火の光の中でくつろぎ、内輪の冗談か何かに笑い、生の仔牛の臓物、彼の好物を食べていた。

「その種の鳥は喰らうには不味かろう。それには目に見える以上のものがあるに違いないな」

クロミスは鞍を降り、護衛に馬の世話をまかせた。手足は高原の旅のためにこわばっており、露営地の料理の匂いで空腹に気づかされた。

「見かけ以上だぞ」と彼は言って、腕から飛びたたせようとするかのように髭鷲をもちあげた。「伝言をくりかえせ」と彼は命じた。バーキン・グリフは眉をつりあげた。

「ヴィリコニウムのテジウス＝クロミスよ」笛のような声で鳥は語りはじめた。「ただちにセルの塔にむけて出発せよ、塔は――」

「もうよい」とクロミスは言った。「どうだな。グリフ？」

「そうした類のものが何羽も空高く円をえがきながら、二日にわたってわれらをつけていた。一羽を射おとしたが、金属でできているようにみえたので、河に投げすてたよ。奇怪な代物だ。食べながら詳しく話してくれるだろうな」

クロミスはうなずいた。「ふたたび鳥がそなたたちをわずらわすことはなかろう。奴らの目的は、明らかに、満たされたからな」

クロミスは髭鷲を腕から飛びたたせ、釣爪がつかんでいた箇所をもみほぐしながらグリフの横に座った。蒸溜酒の盃を受けとり、酒が喉を焼くにまかせた。露営が静まるにつれて、モナーの山陵や峯をふきこえる風の悲痛な嘆きが聞こえるようになった。ミンフォリン河は橋脚のところで低く唸っていた。焚火の熱と酒が浸みとおるにつれて、クロミスは心がなごむのを感じるようになっていった。

「しかし、鳥がまた現われたとしても、もう二度と撃たないようにそなたの部下に忠告しなければならない。そのセルルという男、報復の思いもかけない方策をもちあわせているかもしれないぞ」

焚火の横で、髭鷲が頭を傾け、虚ろな赤い眼をむけていた。

「ではトリノアは見つけられなかったのだな?」とグリフは言った。「するとこのようなものでそなたの気をそそることができるかどうか」

「そなたがどれほど気をそそこねたかを忘れていたよ、グリフ。やはりそなたが最初に事に当らなければだめだな」

そののち、彼はニープの指輪をグリフに見せて、メスヴェト・ニアンがそれを与えた次第を語り、ブレッド・ストリートでの出来事や、不思議にも見棄てられたカロン・バンについて話し、クラアチャンの霧の中での髭鷲との遭遇について物語った。

「それで、この鳥に従ってゆく意志はないのだな?」とグリフは問うた。

「レンドルフットのセルルが何を考えているのかは知らないが、ヴィリコンがおちれば、それにつづいて他のすべてもおちるだろう。モイダートを打ち負かすことが最優先だ」

「事態は暗い方にむかい、ばらばらになっている」もの思いにふけりながらグリフが言った。「われらははめ絵のこまをすべて手にしているわけではない。われらの解決が遅れて、その策が何の役にも立たなくなってしまうことが心配だ」

「それでも、われらはモイダートに抗して立ちあがらねばならない。いかに準備が足りなくとも、たとえ全体が見通せないように思えようとも」

「言うまでもない」とグリフ。「しかしクロミスよ、考えてもみよ。もしヴィリコニウムの崩壊が一つのあらわれにすぎないとすれば、全体の形状と規模はどれほどのものなのだろう？　おれは無数の古代の軍勢が闇の中をゆく夢をみて、恐れを抱きはじめたのだ」

髭鷲は焚火をはなれてゆらゆらと前に進み、その翼をわずかにひろげて二人の男を見つめた。

「恐れよ、《ゲテイト・ケモジット》を。ヴィリコニウムのテジウス＝クロミスよ、ただちにセルルの塔にむけて出発せよ、塔は——」

「鳥よ、よそへ行っておのれの羽根をつついておれ」とグリフは言った。「鋼鉄の虱《しらみ》がみつかるかもしれないぞ」クロミスに対してはこう提案した。「満腹になったならば、街に入ろう。宿屋をさがしておれば、トリノアについて光明がもたらされるやもしれぬ」

彼らはミンフォリン河の堤にそってデュイリニッシュまでの短い行程を、それぞれの想いにとりつかれながら歩いた。低くかかる白い霧は胸の高さほどもなく、リーデイルを覆っていたが、空は澄み、冷厳だった。〈名称星〉は寒々とした鮮緑の炎を発して燃えていた。何千年ものあいだ星はそこにかかり、忘れられた言語で二つの語を綴っていた。今では、その意味について思いをめぐらすのは不寝番の羊飼いくらいのものだろう。

鋼鉄の門のところで彼らの行手をはばんだのは、鎖かたびらをまとい、低い円錐形の兜をかぶった衛兵だった。衛兵たちはグリフの派手な服装とクロミスの腕にとまる大きな鳥を不審げに見た。上官が進み出て、こう言った。

「日没後には何ぴとといえど都市に入ることまかりならぬ」男の顔は責任感に裏うちされており、その声は素っ気なかった。「われらは四六時中、北部人や間者になやまされておる。朝まで待つがよい」彼はしげしげとグリフを見た。「それも、合法的な商いをしておればの話だが」

バーキン・グリフは無愛想に男を見つめ、それから黒く大きな壁の曲面をゆっくりと見あげた。はるか上方から、石を打つかすかな足音が聞こえてきた。

「さて、このあたりを登るか、それとも高慢なおぬしの鼻をへし折るか。へし折るほうがやさしそうだな」グリフは手を折りまげてほのめかした。「さあ、われらを中に入れろ、愚か者め」

「控えろ、グリフ」と言って、クロミスは彼を制止した。「賢明なる警告だ。この者たちはただただ職務をはたしているだけだ」彼は銘なき剣の柄から充分に手を遠ざけ、前にでた。そして指からニープの指輪をぬき、差しだして上官に検分させた。「これはわたしの認許の証しだ。門を開けることについての責任は、いかなる疑義が生じようとも、わたしが負おう。わたしは女王の命をうけているのだ」

クロミスはかえされた指輪をうけとると、上官の短い敬礼に返礼し、おもむろに〈石の都市〉に入った。

街の中の道路は狭く、門が破られたり、外壁が破壊されるような場合にそなえて、防御しやすくなっていた。闇にしずむ花崗岩の建物——おおくは兵舎、武器庫、貯蔵庫など——が軒をつきあわせ、二階は通路の上にせりだして、侵入してきた者の頭上から炎をあびせかけるようになっている。窓は陰気な隙間だった。金属や毛皮を商う店がたちならぶ商業中心地でも、建物には陰鬱な警戒の気配があった　デュイリニッシュはかつて一度も、歓楽の街であったためしはなかった。

「軍隊は数日前にここを通過したはずだ」とグリフは言った。「彼らはしこたま憂鬱な時をすごしたにちがいない」

「それより重大なのは」とクロミス。「彼らはもう瓦解したグレンルーチェへの道をかなり進んでいるにちがいないことだ。海岸ぞいの旧街道を通ったにしてもそうなる」

「北に直行して追いつくとしよう。〈湿原〉を突っきり、〈錆の砂漠〉を迅速に軽快によぎるのだ。楽しい旅とはゆかぬが、速いぞ」

「もしモイダート軍がグレンルーチェの手前の街道でわが軍をとらえていたならば、われらが見つける前に戦闘は終っていることだろう」とクロミスはつぶやいて、その可能性について考えこんだ。

二人は一時間をかけて渦巻をえがいてアルヴスにのぼる狭い道を逍遥し、二軒ある宿屋に足をとめた。そこにノルヴィン・トリノアの足跡は認められず、常客たちはクロミスと鳥を避けようとした。しかし、商業地域の一画にあるブルー・メタル・ディスカヴァリーで、もう一人のメスヴェン団員と出会うことになった。

実入りの多い商人階級の者たちの便宜をはかって建てられた三階建の宿屋ブルー・メタル・ディ

スカヴァリーは、アルヴスから二キロと離れていないレプリカ広場の一角を占有していた　正面は、何年も前に〈錆の砂漠〉から掘りだされた高価でやわらかい青の照明に照らされ、窓は町なかの多くのものよりも不気味さは少なく、装飾のほどこされた白い鎧戸には、南方の暖かな地方の住居に見られる鎧戸を思わせるものがあった。

レプリカ広場に着くころ、バーキン・グリフは道の舗石に平らに足をおろすことに難儀をおぼえているようだった。とても用心深く歩きながら、感傷的なクラディックの哀歌の歌詞のようなものをたえず大声で歌っていた。クロミスにさえ、状況の暗鬱さが少しうすれたように思われた。鳥には雰囲気の変化は認められなかった。

宿屋の扉は大きく開かれ、青い光の中には黄色の光が、静かな広場へは大きな騒ぎ声がもれていた。客が一人二人、そこから急ぎ足で現われ、おどおどと後ろを振りかえりながら歩み去った。家具の動かされる音にまじって叫び声が聞こえた。バーキン・グリフは歌いやめ、身体の揺れをおさえて、極端に静かになった。かすかな思いだし笑いが、顎のはった顔面をよぎった。

「あれは喧嘩だぞ」と言って彼は駆けだした。その足どりはにわかに安定し着実になっていた。

グリフが半ば広場をよぎるころ、クロミスは彼に追いついた。二人は開けはなたれた扉からもれる光を浴びて立ち、奥行のある室内をのぞきこんだ。

手前の端では、何卓もの組立卓が横倒しになり、その後ろには給仕が二人と、蒼ざめた顔つきの数名の客がよりあつまり、おが屑やこぼれおちた食物が散乱する中をびくびくしながらすり足で歩を進めた。太って赤ら顔で汗かきの宿の亭主は、配膳口から部屋の中へ頭を突きだし、重い金属の盃をくりかえし框《かまち》にたたきつけながら、部屋の中央の重々しい石の暖炉に群がる人々に罵詈雑言をあびせていた。

そこには七名の者がいた。五人は針金のような黒髪と髭をもち、茶色の革の脚絆をつけ、金属採掘人の外套をはおった屈強な体格の男。一人はお仕着せの青い筒服をきた給仕女（この女は煙突の横腹に叩きつけられ、口に手をあて、汚れた顔に恐怖をうかべている）。そして最後は、詰め物が入った朽葉色のビロードの畝織りのぶあつい上衣を着た老人。

男六人はいずれも剣をひきぬいており、口もとの髭を酒でよごした灰色髭の男は、ねじくれた切株のような割れた壜をも握りしめていた。その男はどなりちらし、他の者たちはその男に近づいていた。

「テオメリス・グリン！」とグリフが声をはりあげた。金属採掘人たちは自信にみちた前進をやめて振りむき、用心深くグリフを見つめた。宿の亭主はののしるのをやめて、眼をむいた。

「まぬけの老いぼれの色狂い！　老い先短い年月を、お上品な瞑想ですごすべきところ、悪所の女を巡っての諍《いさか》いか――」

テオメリス・グリンはわずかに動揺したようだった。「お、無沙汰だな」灰色の眼が、赤く血管のういた鉤鼻の上で狡猾そうに輝いた。彼は目をこらしてグリフを見た。「軍に追いつこうとしておるのだ」彼は弱々しい声で弁明した。「置き去りにされてしもうてな」顔は赤くほてり、白く太い眉はぴんと上に向かい、からんだ髪につながっている。「へっ、へっ、ここに来て虱《しらみ》どもを踏みつけにしてやらぬか、え、グリフ？　おぬし今ここに来たのか？」

グリンはかかと哄笑し、突然割れた墁で近くの敵を牽制した。息づかいは荒く、足はおが屑の中ですばやく動いた。年をとっているかもしれないが、彼はまだ鎖蛇のように俊敏だった。グリンの剣が鮮やかなひと振りをあびせたところには鮮血がはしり、男は毒づきながら踊るように退いた。

その男の仲間が近寄ってきた。

グリフは上品さなどかなぐりすてて駆けだし、床をよぎり、先回りして剣をひきぬいた。しかしクロミスは押しとどまり、髭鷲をどうしたものかと思案した。鷲は玉のような眼でクロミスを見た。

「そなたの身の安全を守るため、直ちにここを離れることをすすめる。ささいなこぜりあいのために危険に身をさらすのは賢明ではない。セルルはそなたを必要としている」

そこまで言うと鷲はクロミスの腕をとびたち、啼きながら巨大な翼をはばたかせ、さながら地獄からの来訪者のようだった。仰天して見つめる中、鷲の十センチ近い鉤爪は叫び声をあげる蒼白な顔を切り裂いた（太った宿の亭主はこれには耐えきれず、犠牲者が引き裂かれるあいだ恐怖の叫びをあげつづけ、配膳口を激しく閉じて逃げ去った）。クロミスは剣をぬきはなって、相手を警戒した。グリフが右に左にきりつけながら割って入ってくるのが目に入ったが、それを眺めている時間はなかった。切っ先に刻み目の入ったなまくら刀が、彼の頭めがけて上段からふりおろされたのだ。

クロミスは首をすくめて屈みこみ、飛びかかってきた男の股間に両手で剣を突きあげた。恐るべき叫び声をあげて男は武器をおとし、急所をつかんで後ろむきに倒れた。

クロミスがのたうつ男の身体をとびこえると、発掘人の二番手がわめきながら後ろから襲ってきた。曲芸師のように屈みこんで着地し、転げて離れる。室内は混乱のるつぼと化し、ありとあらゆる絶叫と大きな翼の羽ばたく音があふれた。

(暖炉のところでは、テオメリス・グリンが敵の頭を炎に突っこんでいる。手口のどぎつい老人だ。五人目の採掘人は配繕口を背にして立ち、顔には血をしたたらせて、鋭い啼き声をあげる髭鷲をむなしく押しかえそうとしている。とうに最初の男を斬りたおしたグリフは、獲物から鳥を引きはがそうとしているようだ。あざやかな一太刀を入れるためだ)

……クロミスは荒々しく振りまわされる剣の裏をやすやすと動いた。「やめろ、今ならば傷を負わずに去れるぞ」荒い息で言った。しかし相手は唾をはきつけ、銘なき剣と刃をまじえた。

「刺し貫いてやる!」

クロミスの鉄剣は男の刃をつつっとすべり、柄と柄が組みあった。クロミスの自由なほうの手は外套にかくれて見えなくなった。とその時、組みあった剣の圧力を故意にぬいて、前方に倒れこんだ。一瞬、互いの身体が触れあった。クロミスは採掘人の心臓に《バーン》を刺しこみ、その身体が崩れるにまかせた。

クロミスの指の関節に切り傷と打撲を与えて、剣は離れた。彼は茫然としたまま指を舐め、死体を見つめた。鋼鉄の徽章《メダリオン》が喉もとに見えていた。クロミスは肩に触れるものを感じた。

「最後の一太刀はなかなかに汚い手際だったな」グリフが緊張した奇妙な笑みをうかべて言った。「いつか教えてもらわねば」

「そなたの学びの歩みは遅かろう。それより歌を教えよう。これを見ろ――」

クロミスは剣の先で採掘人の徽章を突ついた。明るい光の中できらりと輝いた。それは硬貨だったが、ヴィリコニウムのものではなかった。高浮彫りのカンナ・モイダートの紋章だった。三つの塔の下に狼の頭。

「はやくも統治の準備をすすめているのか。奴らは北部人だったのだな。われらは曙光《しょこう》がさすころには出発しなければならないぞ。到着が遅きに失するのではないかと心配だ」

クロミスが話していたとき、背後で再び叫び声と騒動がまきおこった。


暖炉のところで、歴戦の老兵、サウブリッジのテオメリス・グリンが給仕女ともみあっていた。青い胴衣をずりあげられたものの、女はグリンの左頬に四つのみみず腫れをつけた。女は汚れた小さな拳でグリンを叩いた。

「女王のいくさで生きのこることかなわぬ男だ、優しい心などちっともいらぬわい！」彼はたけだけしく叫んだ。「くそっ！」

その後ろには宿の主人が立ち、惨状を前に油にまみれた手をもみあわせ、忘れられがちな自分の骨折りに対する弁済を求めていた。

バーキン・グリフは苦しい息をつきながらもくすくす笑った。クロミスは疲れきったかすかな笑みをうかべることしかできなかった。また一人見出したことに気づいて、心乱されていたのだった。

「行って老いぼれ道化を女からひき離してくれ、グリフ、われらに加えることにしよう。グリンは少なくとももう一度、活躍を見せてくれるだろう。益をもたらすかどうかは判らぬが」

しばらくして、デュイリニッシュの門をくぐる一行の後ろには、ふらつく足どりの泥酔した老グリンがつきしたがっていた。グリフは言った。

「モイダートは統治のために着々と手を打っている。そなたの言う通りだ。彼女の自信は測りがたい。五十人たらずの山賊と、詩人と、老いぼれの好色漢をもって、そのような意志をくじくことができるだろうか?」

四

翌朝、夜明けのほのしらむ光の中、グリフの一行は〈石の都市〉の警戒厳重な黒い壁をめぐり、北部に入った。川霧は細い塔や柱となって太陽の方に昇り、薄れていった。デュイリニッシュは静まりかえっていたが、高い城壁の上の警備兵の足音だけはきこえてきた。朽ちかけた丸太にとまる一羽の鷺が、ミンフォリン河の北の曲りくねる浅瀬を押し渡る少数の軍勢を見守っていた。好奇心をもっていたかどうかは知らず、それらしい兆候もみせてはいなかったが、跑足《だくあし》の馬の蹄がはねちらす白い飛沫がかかると、鷺は重い羽音をたてて飛びたっていった。

彼らは裂けて雨風にいたんだきらびやかな服をすて、間にあわせの戦闘服に着がえていた。そこここに鎖かたびらの輪がきらめき、幾人かは不揃いの板鎧をまとっていたが、ほとんどは鋼鉄の飾鋲を打った革の鎧だった。彼らは容赦をしらぬ荒くれであり、顔は風焼けをおこし、頭布の下の眼はきつかった。話し声はしわがれ、笑い声には凄みがあったが、武器は手入れがよく光っており、馬の背の皮は強靭な筋肉を健康な輝きでおおっていた。

バーキン・グリフは屈折した誇りをもって先頭にたっていた。

がっしりとした体躯は紺青の漆をぬった鎖かたびらにつつまれ、その上に雌馬の馬衣と同じ山吹色の絹の陣羽織をはおっていた。質朴な帽子はぬぎすてられ、ふさふさした金髪がそよ風に吹かれてたなびいていた。腰には銀冠の柄をもつ大ぶりの幅広の剣がさがり、鞍弓に吊るされた鞘の中には、馬を離れなければならない場合に手にするための長い斧がおさめられていた。糟毛の雌馬はたくましい首を弓形にそらし、大きな美しい頭を振った。馬勒は柔らかな赤い革でできており、ごく細い銅線がうめこまれていた。

その隣で、寒さに背をまるめて漆黒の去勢馬に乗り、羽根の生えそろった渡り鴉のように黒い外套にくるまっているクロミスにとって、グリフとその馬はためらう朝の光を押しもどし、闘いをいどんでいるように思われた。一瞬、彼らは軍使となり、無敵なものとなり、旅路のゆきつく果ては、美しく推測しがたいものとなった。しかしその感情はすぐに去り、彼には鬱屈がもどった。

バーキン・グリフの左側では、見すぼらしい荷馬に鞍が定まらず、唯一の武具である鋼鉄内張りの革のふちなし帽をかぶったテオメリス・グリンが、冷気と時刻の早さに文句をつけ、都市の娘たちの石の心を呪っていた。そしてこの三人のメスヴェン団員につづくグリフの部下たちは、意味の忘れさられた調子のよいリヴァーマウスの歌『死んだ船荷の葬送歌』を唱和しはじめた。

燃やしつくして　深く埋めよ
　さあ　掘ってたたきこめ
ひどい天気だ　フリートのあたり
　さあ　掘ってたたきこめ

まとめてみんな　掘ってたたきこめ
　さあ　深く埋めよ
風はきびしく　足どりは重い
　さあ　掘ってたたきこめ！

　この唄はクロミスに催眠的な効果を与えた。歌詞がすすむにつれて、気がつくと死と略奪の夢想の中に沈みこみ、崩れおちたヴィリコニウムの灰色の透きとおった幻像にとりつかれていった。眼前にあらわれたメスヴェト・ニアンの顔は、深いけれども説明しがたい悲しみにとらえられていた。女王のもとに行けないことが彼にはわかっていた。セルルの金属鳥が馬の歩みにあわせて上空を旋回し、滑空していることに気づいた。名づけることもできない脅威を体現するものだった。

　クロミスが麻薬の夢にひたる男のように深く沈みこんでいった時、グリフは雌馬の手綱をひいて部下たちに停止の号令を発した。

「ここで旧北街道をはずれる。あれがわれらの道だ。近道だが快適とはいかないぞ」

　前方で道は急に西に折れ、リーデイル低山地の末端の最後の黒い山塊にかくれて見えなくなった。そこから道は海岸へとむかい、北部への長い旅がはじまるのである。

　しかし谷の入口の羊歯やまばらな草の正面には、細い道が通っていた。街道を五十メートルもはなれると、ヒースの群生はとだえ、地面は褐色にかわり、かすかに玉虫色をおびた沼には紫やつややかな黄色の薄膜が縞をつくった。その先には、奇妙な形をした木の茂みがあらわれた。河はその間をぬって広くゆるやかに流れ、川辺には明るい黄土色の濃密な葦原があった。風が北から吹きつけ、苦い金属の臭いを運んだ。

「〈金属塩の湿原〉だな」とグリフはつぶやき、ミンフォリン河の両岸の葦原を指さした。「冬でも色はおぞましい。夏には、頭をもうろうとさせるのだ。あそこでは、鳥も昆虫も奇態を示す」

「美しいとみる者もいるかもしれないぞ」とクロミスは言った。彼はそうみていた。

テオメリス・グリンは鼻をならした。そして尖った鼻をつまむ。「臭うぞ。来なければよかったな。わしは老いぼれだし、そのほうがよかったぞ」

グリフはほほえんだ。

「ようやくふちの外に達したばかりだぞ、灰色髭。奥地に、水没林に着くまで待ってから言え」

谷の羊歯が徐々に消えて尽きたところに排水渠《きょ》が沈められ、リーデイル低山地の放牧畜が迷って沼にはまるのをふせいでいた。沼は深く、淵は急傾斜で、臭気の強い水をたたえ、色の変化する浮きかすが薄い膜をなしていた。一行が関門のついた木橋を渡ると、馬の蹄は虚ろな音をたてた。上空のセルルの髭鷲は、雲のない淡い青の空に浮かぶ黒いしみだった。

水没した茂みの中で、小道は激しくうねり、赤褐色の鉄の沼、アルミニウムやマグネシウム酸化物の白味をおびた流砂、酸化銅の青や過マンガン酸の藤色の小池の間をぬけていた。ゆるやかで氷のような小川が流れこみ、銀色の葦と丈の高い黒い草が周りを囲んでいる。ねじれた樹のなめらかな幹は、明るい黄土色と焦げた橙色で、濃密に重なった樹葉を通して、重苦しい色味をおびた光がもれおちていた　樹の根もとには半透明の多面体の結晶の大きな塊が、異邦の茸のように生えていた。

薄緑の目をもつ消炭色の蛙の鳴き声をあびながら、縦列の一行は池と池の間をよろめき歩いた。油の浮いた水面の下では、種名もわからない爬虫類がゆっくりくねくねと動いていた。広げると三十センチ以上にもなる翅翼をもつとんぼが軽やかな音をたてて菅《すげ》の間を飛び、細長く奇怪な胴はけばけばしい緑と群青にきらめいた。とんぼは飛んでいる獲物をとらえ、四月の青や、シボレーの桜色のはかなく哀れっぽい蚊やばたつく蛾を噛みくだく際には、傍にきこえるほど顎の音をたてた。

すべてのものの上に、錆びる金属の重苦しくのしかかるような異臭がたれこめていた。一時間もすると、クロミスの口には苦い鉱滓がまとわりつき、酸味をあじわった。気がつくと、話すことも難しくなっていた。鞍の下で馬がよろめきすべるのをよそに、彼は驚異の念であたりをながめ、頭の中では、古代の腐蝕物をはこぶ暗くゆるやかな流れの上を舞う宝石をちりばめた夜鷹のようにすばやく、詩句がとびかった。

グリフはこの湿原を三日で縦断しようともくろみ、部下たちを厳しくせきたてた。だが彼らの馬は紺青の水の流れと、なまなましい桃色の崩れおちそうな空におそれをなし、足はすくみがちだった。幾頭かは足をつっぱり震えて動こうとしないので、拍車をかけざるをえなかった。馬のぎょろつく白い眼をむけられて、騎手たちは悪態をつき、長靴の上まで泥につかって刺激臭の強い気体《ガス》の大きな泡をわきたたせた。

彼らがごく短時間、林の中をぬけだしたのは正午ちかくで、その時クロミスは、実際には空は高速で移動しており、灰色の雲は風にひきさかれていることに気づいた。そして、南国風の色彩とは裏腹に、〈金属塩の湿原〉は寒かった。

三日目の夕刻、一行は湿原の北端のコバルトメアの浅い水辺にたどりついた。二人の部下と一頭の馬を流砂で失い、あざむくように透きとおった池の水を飲んだ三人目の男は、後に手足がふくれあがり銀灰色に変って苦しみながら死んでいった。彼らは疲れはて汚れきっていたが、進捗の速さには満足していた。

彼らは水はけの悪い沼の周辺を半ばめぐって、まずまず乾いている空地に露営をはった。かなたの水面には、鮮黄色の条の入った仔鹿色の土塁があり、光沢のない植物の浮島の上では水鳥がさんざめき、鮮青色の羽根を逆だてていた。陽がかげるにつれて色はくすんでいったが、日没の葬送の光をうけて、コバルトメアの水面には一キロ以上もの長さの臙脂《えんじ》色と深藍の条がよみがえった。

クロミスは夜明けの何時間か前に目覚め、寒さのせいかと思った。かすかな悩ましい燐光がひんぴんと色を変えつつ、沼とその周辺にただよっていた。そのあたりの水の不思議な性質のために、斑《むら》はないけれども青白い光が発せられていたのだった。影はなかった。水滴をしたたらせる樹々が空地の境界にぼんやりと浮かんでいた。

再び寝つくのがむつかしくなったことがわかって、クロミスは消えた焚火の燠に近づいた。ぎこちなくそこに横になると、毛布と外套にくるまり、頭の下で指を組みあわせ、かすかな〈名称星〉を見上げた。

周囲に盛りあがっている灰色のものは眠る男たちだった。馬は後ろで眠たげに足を移している。大きな黒曜石の玉を眼のかわりにした夜行性の夜鷹が、獲物を求めて浅瀬の上を、軽いうなりをたてて飛び、噛みくだいていた。クロミスはしばらくそれを眺め、魅せられた。テオメリス・グリンのいびきや、葦の群生をぬけてはきだされる水の低い音がきこえた。グリフは空地に歩哨をたてていた。その男がゆっくりと端をめぐり、クロミスの視界をはずれていった。男は椀型をつくった両手に温かい息をはきかけ、足は湿った地面にやわらかな音をたてて沈みこんだ。

クロミスは目を閉じて、翌日の夕暮までにこの湿原をぬけだせるだろうかと、憂鬱な思いにふけった。そして、モイダートの軍勢と出会うであろう様々な領域にふさわしい戦略について検討した。そしてまた最後に謁見《えっけん》した時のメスヴェト・ニアンを想った。部屋には五つの窓があり、そこには王国のどこにもみられない風景が映しだされていた。

クロミスが美しくひきしまった女王の口もとを思いだしていた時、後ろにかすかな吐息がきこえた。近くはなく、とても調子が低かったので、眠る男を起こすほどではなかったが、とても奇妙な強度があり、緊迫感があった。

心をしずめて恐怖の時が去るのを待ちながら、クロミスは銘なき剣の柄頭に手をのばした。探りあてると、できる限り不必要な動きをしないようにして、用心深く身体を回してうつ伏せになり、口を開いて静かに息をついだ。その行動のおかげで、先ほどは見えなかった半円形の空地が見えるようになった。石のように動かずに、吐息がきこえてきた地点を観察した。

ひねこびた樹々のおぼろげな輪郭の他には、見分けがつくものはほとんどなかった。闇の深い箇所は湿地への入口を示している。だがそこには脅威を与えるものは何もないようだ。馬は静かな黒い影で、白い霧の息を吐いている。一頭か、二頭の馬が耳を前方につきだして警戒していた。

周辺を警護する兵が見えず、音もきこえないことに気づいた。

慎重に毛布をぬけだすと、鞘から十センチほどそっと剣をひきだした。条件反射で低く身をかがめて空地をかけぬけ、弓やエネルギー兵器で狙われている場合にそなえて何度か方向を変えた。危険に身をさらしていると感じたが、実際には恐怖はなく、それを感じたのは警備兵の死体に遭遇してからだった。

それは樹林のきれめに近いところに横たわっていた。背を丸めたぶざまな身体ははやくも湿った地面に少し沈みこんでいた。さらに近づいて観察すると、男は武器をぬいてさえいないことが判った。出血した様子もなく、手足も切りとられてはいなかった。

ひざまずいて髭の生えた冷たい顎をつかむ。皮膚には激しい怖気が走った。首が折れていないかどうか確かめるために頭を動かしてみる。折れてはいなかった　つぎには、頭蓋骨。クロミスは及び腰でさぐった。かみしめた歯の間からしゅっと息がもれ、彼はあわてて飛びあがった。

男の頭の頂きが、耳のうえ三センチほどのところからすっぱりと切りとられ、なくなっていた。

クロミスは指の汚れを柔らかな草の葉でぬぐい、苦いものをのみこんだ。怒りと恐れがこみあげてきて、かすかに身震いした。夜は静まりかえっていたが、遠くに眠気をさそうとんぼの羽音がきこえた。死体の周囲の地面は踏みつけられてぬかるんでいた。形のはっきりしない大きな足跡がそこから沼地の外につづき、南にぬけていた。どのようなものがその跡を残したのか、見当がつかなかった。彼はそのあとをたどりはじめた。

露営の他の者に警告することは念頭になかった。この汚ない場所での、人目にふれることのない哀れな死の怨みをはらしたかったのである。クロミスにとってこれは個人的な事件だった。

コバルトメアを離れると、燐光はしだいにかすかになっていった。だがクロミスの夜目はよくきき、足跡をおってすばやく進んだ。蒼白い光を発する結晶の塊がぼんやりと樹々を照らしている場所で、足跡は道をはずれた。安定しない赤い光をあびて彼は立ちどまり、耳をとぎすました。水音のほかに音はなかった。不意に一人きりになったことに気づいた。地面は足を吸いこみ、樹々は不気味で、その枝は身をよじる動きを凍りつかせていた。左側で、小枝が折れた。

クロミスは身をひるがえして下生えの中にとびこみ、剣を斬り入れた。樹葉に手足がつつまれ、歩くごとに堆肥の中に沈みこむ。小さな動物が慌てて逃げだし、見えなくなった。鼻をつく臭いの水たまりのある小さな空地で足をとめ、激しく息をついた。何もきこえなかった。しばらくすると、さそいだされて道をはずれたことに思い至った。闇の中を物音をたてずに動くものがいたとすれば、彼は全身をさらしており、有利な立場を失っていた。皮膚におぞけがはしった。

クロミスを救ったのは特異な防御技術、ただそれだけだった。後方で不吉なきしる音がした。とっさに膝を折ると、冷たい緑の剣が頭上の空をなぎはらった。まげた左足で平衡をとって独楽のように回転し、攻撃手の膝もとをねらって半円をえがく剣で斬りつけた。その一太刀が届かなかったことを知って、彼はとびすざった。

目の前に、大きな黒い影、二メートルから二メートル半の高さのものが姿を現わした。手足は太く頑丈で、頭はつぶれた卵型、鼻も口もなかったが、黄色く輝く三つの点が二等辺三角形に並んでいた。きしる音をたてつづけ、動きはなめらかで力強く抑制がきいており、足もとの泥の中に形のはっきりしないあの奇妙な足跡を残していた。周りには異様な寒気があった。落ちついた緻密な知性体の周りには。

巨大な《バーン》、彼があえて並の鉄剣を交えようとは思いもよらない剣が、二度目の円弧をえがいて斬りかかった。踊るように退くと、冷えた脂に爪をたてるように刃は彼の鎖かたびらを切り裂いた。浅い傷からの血が胸をあたためる。その図体にもかかわらず、この怪物はおそろしいほど身のこなしが軽かった。クロミスは振りだされた剣の後ろに回り、首が肩につながる箇所に上段から斬りこんだ。だが怪物は身をよじって離れ、両者は再び正面きって相対した。クロミスは相手の速度をはかり、位負けしているのではないかと危《あやぶ》んだ。

挨拶がわりの手あわせはそれで終った。異臭をはなつ池の横の暗い場所で本番がはじまり、《バーン》と鋼鉄が火花をちらし、すきまじい剣劇が演じられた。そしてクロミスは剣をかわしつづけながら、一瞬のすきを待った。だが影のすばやさは彼に勝るとも劣らず、疲れを知らずに闘った。クロミスはじりじりと池のふちにおいつめられ、目の前には霧がかかった。彼は何箇所も傷を負った。鎖かたびらは細い帯となって垂れ下がっていた。

かかとが水に触れたその一瞬、クロミスの剣は《バーン》と交わってしまった。火花がとびちる中、銘なき剣の先端は切りはなされた。もう突き刺すことはできず、刀身だけを使うしかなかった。恐怖がクロミスの心にしのびこみ、とぐろを巻いた。巨人が、蒼く虚ろなそのいくつもの眼が、ぬっと彼の上に現われ、刃をふるい、跳びあがり、まるで自動機械のようだった。不意にクロミスは危険な対処法をみいだした。

衣服の下に、妹をあやめることになった小さな《バーン》の柄があるのを右の手が探りあてたのだ。クロミスはそれをつかみ、負傷したふりをして反撃を遅らせ、失地回復の道をさぐった。策略に期待してもほとんど無駄だと彼は感じた。しかし巨人が見ているのは空地だった。武器が引きもどされ、振りおろされる間に、クロミスは手ばやくエネルギー短剣をぬきはなち、殺戮の太刀に対抗した。

おそるべき閃光を発して二ふりの《バーン》が刃を交え、たちまち電光はつきた。クロミスは古代のエネルギーの激しい震動によって身体ごと池の中に放りだされ、片腕は麻痺した。刀は活力を失って役にたたなくなり、巨人は酔ったように空地の周囲をよろめき歩き、不吉なきしみをたてた。

クロミスは水の中から這いだした。苦痛で腕には感覚がなかった。口に入った液体にむせて吐きだしながら、彼は新たな攻撃に移り、疾風のような最後の交刃《こうじん》の際に、銘なき剣が刀身の半ばまで下ったところできれいに真二つに折られてしまったことを知った。口汚なくののしりながら、彼は切株のような剣で激しく斬りつけた。しかし巨人は背をむけ、ぎごちない動きで林の中に駆けこみ、水煙をかきたてて池を突っきっていった。

何ものをも殺さずにはおかないという自信は消散し、典雅さを失い、巨人は敗北を喫した。だがクロミスはぬかるんだ地面に身をなげだし、苦痛と挫折にまみれて涙をながした。

鋭い声が近くから発せられた。灰色の翼のセルルの髭鷲が、樹葉を突きぬけ、悪魔のようにはばたいて空地をよぎり、啼きながら、逃げさる影をすばやく追いかけた。クロミスは身体が持ちあげられるのを感じた。

「グリフ」と彼はつぶやいた。「剣が折れてしまった。あれは人間ではない。トゥームの得意技で傷を負わせはしたが。ここには古代の技術がうごめいている——

「モイダート軍はわれらの手におえない何かを目覚めさせたのだ。あやうくやられるところだった」

新たな恐怖が氷のようにクロミスの骨髄に座をしめた。絶望的に左手の指をつかんだ。「グリフ、わたしには殺せなかった！

「そのうえ十個目のニープの指輪をなくしたのだ」

絶望に運ばれてクロミスは闇の中におちていった。


夜明けの光は不吉な前兆のようにコバルトメアを黄と黒にそめあげ、そこに孤立した夜霧の渦はさざ波さえない暗い水面にとどまっていた。中洲と葦原から、甲高い鳥の声がした。冬が迫ってくるのをおぼろげに感じて集まってきた鳥たちは、湖の表面の大きな色とりどりの漂流体となり、渡りの衝動がゆっくりとふくらんで最高潮に至ると、うら悲しい小さな鳥の数は一万羽にも達した。

「この分では今年は人死もでかねない気候になりそうだ」とつぶやいて、テジウス＝クロミスは焚火の上にかがみこみ、騒々しい鳥の群れをながめた。彼の剣は三つに折れて脇におかれており、ずたずたに裂けた鎖かたびらは動くたびに音をたてた。数限りない切り傷や打撲には手当がなされていたが、彼の思考状態にはほどこすすべはなかった。彼は冬の鉄の地面と、北の大地や獲物を追う狼の眼の中の災いの色と同一視して、身ぶるいした。

クロミスが短い眠りから覚めて、口中に失敗の苦い味を感じていると、グリフの部下たちが二人また三人と意気消沈して戻ってきた。クロミスが黒い巨人と出くわした林間の空地を探索していたのだ。その報告によれば、十番目のニープの指輪は消えうせて手がかりもなく、踏みつけられてぬかるんだ泥の中に深く埋れたか、あるいは、悪臭のする池に沈んでしまったのだろうということだった。金属鳥も、水没林の中で獲物を見失い、戻ってきていた。そして今、彼の横に座るテオメリス・グリンは、あらゆる混沌をくぐりぬけてきた酔漢のように鼻をならした。

「ただ一度の挫折ではないか、深刻になるな」と老人は言って、頬ひげについた食物のかけらを吸いとった。短剣の先に肉の一きれを刺して炎にかざしている。「よい経験にはなるじゃろう――」陰靡に笑い、年とともに重ねてきた敗北をおもい、頭をうなずかせた。「しかし、奇妙ではある。「パステル都市の南では、こう言いならわされてきた。もしテジウス＝クロミスと銘なき剣をもってしても殺せなかったとすれば、それはその前に死んでいたからだとな。奇妙じゃ。焼豚をもう少しどうだ？」

クロミスは気弱に笑った。「おぬしがいるというのは僅かな慰めだ。年寄りは肉を噛みながら説教をするものだからな。女王陛下の認許なくして、われらは何をすればよいのだろう？　何ができるというのだろう？」

バーキン・グリフが焚火で手を温めるためにやってきた。彼は太った猟犬のように焼けた肉の臭いをかぎ、クロミスと老人の間に慎重に大きな図体を割りこませた。

「われらの行動があったからこそ、現状が保たれてきたのだ。産業が破滅にむかっているのはそなたの頭の中だけで、そんなことでは気が狂ってしまうぞ。現実は逆戻りしない。それにまた、予測することもできないのだ」

「だが軍の指揮をとるということは――」クロミスは絶望的に話しはじめた。

グリフは気乗りしないようすで長靴にこびりついた汚れをおとした。「詩人よ、以前からおれはそなたの指揮を見てきた。あの頃のおれの目には、そなたがそなた自身の力で行なっているようにみえた。あれは張子の力ではなかったぞ」

「その通り」老グリンが判定するように言って、軟骨のようなものを吐きだした。「昔日《せきじつ》はそのようにしてわしらは指揮をとっておった。グリフ、それはまた、おそろしく高価な長靴だな。湿気をとるには革用の石鹸を使わねばなるまい。いまだかつてわしは、はした女の尻より他のものの指揮をとった試《ため》しはないが」

グリフはクロミスの肩をつかみ、そっと揺すった。「くよくよ考える者よ、あれはそなたの落度ではないぞ」

クロミスは肩をすくめた。その慰めも彼の気分を好転させるものではなかった。「歩哨は葬ったのか?」話題を変えようと望んで、問うた。

グリフのほほえみは消えた。彼はうなずいた。「さよう、そしてはめ絵パズルのかけらがもう一つ見つかったのだ。斬痕の鮮やかさはほれぼれするほどだった。もっと近づいて調べようとして見つけたのだ――」彼は口ごもり、長靴で焚火を踏みつけ、たちのぼる火の粉を眺めた。「クロミス、われらが葬ったのはあの男の一部分でしかなかった。残りの部分はそなたが飛びたたせたあの生きものが持ち去っていたのだ。

「脳髄が盗みとられていた」

沈黙があった。色あざやかな樹々から滴《しずく》がたれた。テオメリス・グリンが派手な音をたてて噛みはじめた。クロミスが手をのばして剣の破片に触れようとすると、気持ちの悪い死体の幻影が頭の中にうごめいた。泥に埋まりちぢこまった手足、傷のふちでかたまった漿液。

クロミスは言った。「モイダートは〈古代科学〉の何かを目覚めさせたのだ。あの男は気の毒に思う。あの男の中に、われら一人ひとりの運命を見るからだ――」彼は銘なき剣の破片を一つずつ鞘におとしこんだ。「グリフ、われらはみな死んでいるのだ」立ちあがると、長い夜をすごしたために筋肉が痛んだ。「わたしは馬の仕度をする。進みつづけるのが最善らしい」

頭上にはりだした淡い碧青色の樹皮をもつ枝にとまった金属の髭鷲は、黙って彼を見すえていた。

「ほんとうに豚は食べぬのか――?」テオメリス・グリンが差しだした。

一行はそれ以上に人員を失うことなく湿原の北の境界にたどりついた。四日目の午後には、けばけばしい樹葉もかなりまばらになり、雲に覆われた空もかいまみえたが、雲はあまり異和感のない色彩だった。進行の速度は、足もとが固くなるにつれて着実に速くなった。沼は幅が広く平坦な人工の堤に区切られて不揃いの小さな池に分かれ、北に進むにつれて錆の色をおびるようになった。冷たい風が彼らの外套をはためかせ、クロミスの裂けた鎖かたびらを押しながし、霧雨は馬の革の色をくすませた。

東に西に大きくゆるやかな曲線をえがいて〈褐色の大廃原〉の終端の荒野がひろがり、彼らの行手をはばんだ。焦茶色の砂丘が幾重にも重なりあって低い断崖をつくり、その表面は大きな浸蝕峡谷にえぐられ、溝をきざんでいた。

「ここに来たのが冬で幸運だったな」と言って、バーキン・グリフは鞍の上で身をよじり、一列縦隊の仲間たちを率いて、極寒の黒い流れに浸蝕されたなだらかな傾斜の裂け目を登った。湿った朽葉色の堆積土の壁が両側にそびえ、生命の気配はなかった。「風は強くなっていくが、土をとめる湿り気をはこんでくる。〈廃原〉は真の意味の砂漠ではないのだ」

クロミスはものうげにうなずいた。リーデイル低山地はまだ秋だったが、ここにいるとそれは信じがたかった。彼は渓谷の淵の先にみえる細い帯状の空に眼をすえて、一年がもっと楽しく終りを告げるバルマカラを恋しく思った。

「あそこなら地面がくずれる危険もすこしは減るし、それに、雲のような土埃もないだろう。夏ならば、このふちのあたりでも、息をつまらせて死んでしまうかもしれない」

不穏な空から視線をうつして、クロミスは後方に一列に並んだ男たちを見た。彼らは霧雨の中、道にまよい、おぼろな姿は肩をすぼめて、疲れた馬の上で無言だった。

雨にえぐられた峡谷の頂上で全部隊は停止し、暗黙の了解により、砂丘の稜線にそって扇形に展開した。戦士たちはみな、前方にひろがる荒涼とした展望を目のあたりにして孤独と内省にひたった。

〈廃原〉はうねりながら北にのびていた――赤褐色と黄土色で、生命はなく、果てもない。垂直の深い堤をもつ水流が縦横に走り、大地に意味のわからない象形文字を深く刻んでいる。遠方には、有機体と見まがうばかりに歪められた金属の梁が、虚ろな空を咎めるように突きだしており、〈錆の砂漠〉がそこを千年の苦悩の源泉と定めているかのようだった。グリフ麾下《きか》の密造団員たちはつぶやきをもらし、目を細めれば、幾重にも重なる曲線のおりなす風景の中にも明確だがゆるやかな動きが認められるかもしれないと気づいた。

しかしテジウス=クロミスは馬を回して荒れはてた土地から顔をそむけ、湿原の位置を示す藤色の霞をかえりみた。彼の心を奪っているのはあの巨人のことだった。

五

「われらは〈午後の文明〉の模倣をすることにあまり懸命になるべきではないのだ」とグリフが言った。「おかげで産業なるものがこの土地を台なしにし、大蜥蜴に譲りわたしてしまった。すべてとは言わないが、一面では土地を疲弊させたために文明は滅びたのだ。たとえば、われらはかつて彼らが使っていた金属を掘りだしているわけだが、これは大地にはもう鉱脈がないからだ。「そして、すべてを使いはたすことによって、われらの達成するものは彼らのものとは異なる特質をもたねばならないと指し示していたわけだ――」

「今後〈名称星〉がふえることもないだろうな」とクロミスはつぶやき、剣の破片から視線をもたげた。黄昏は廃原に褐色のとばりをおろし、砂丘の風景の特異な茫洋さを強調していた。寒かった。これまでのところ蜥蜴を目にとめることはなかったが、はっきりしないのろい動きが砂丘のあたりにうかがわれ、その存在を暗示していた。

「そして、これも、なくなってしまうのか」とグリフは滅入りそうな声で言った。

彼らはただ一つ残った大きな屋根のない廃屋の中に露営をはった。建てられた目的は不明で、間取りは複雑だった。建物の九割ははるかな昔に苦い大地の下に沈んでいたけれども、残された部分が周囲の薄暮の中に二十メートルほどそそりたっていた。〈廃原〉からふきこむ弱い風がかすかな音をたて、はっきりとは見分けられない丘の頂きを越えて悲しい音を発した。砂丘の中をまがりくねる薄汚れた酸性の水流には、〈時〉にすりみがかれた石がつまっていた。

焚火が二つ三つ、崩れた支え壁の風下で燃えていた。グリフの部下たちは黙々と火の番をしていた。〈廃原〉の荒涼さにおそれをなして、彼らは馬を寄せあつめて杭につなぎ、周辺の歩哨も主部隊の視野の中にとどめた。

「しばらくは何事も起こるまい」とテオメリス・グリンが言った。「モイダート軍といい、〈午後の文明〉とはいっても――いずれも〈時〉の別の名にすぎぬ。おぬしらは感傷主義者よ、全体を正しく見る感覚が欠けておる。おぬしらがわしの年齢になるころには――」

「退屈し、世をすねて、デュイリニッシュのいかがわしい女どもと悪ふざけするのだろうよ。そんな時がくれば、すばらしいがな」

「そこまではおぬしには出来まいよ、バーキン・グリフ」老人は暗鬱に言った。

〈金属塩の湿原〉でクロミスが闘ってからというもの、セルルの機械じかけの禿鷲はほとんど空中にあって、大きくゆるやかな輪をえがいて〈廃原〉の上を舞っていた。鳥はその有利な位置で見たことを報告しようとはしなかった。今、鳥は焚火の光の輪のすぐ外にとまって言った。

「いわゆる〈午後の文明〉がもたらした産業消滅《ポスト・インダストリアル》の衝撃はその及ぶ範囲が限定されたものだった。しかしながら、西方には、〈褐色の大廃原〉と同じ程度に荒廃した大きな大陸が存在するという確かな証拠がある。

「地球全体を見わたせば、老人が正しいのかもしれない。われらは〈時〉の外へと駆けているのであろう」

明瞭で笛のようなその声は、夜の冷えこみをさらにきびしくした。そのあとには沈黙がおとずれ、風はおとろえ、没する太陽は時計じかけの太陽儀のように沈んでいった。バーキン・グリフは落ちつきのない笑い声をあげ、かすかな谺《こだま》がいくつか、部下の中から戻ってきた。

「鳥よ、おまえの面目をほどこすようなものはなく、証明されない仮説をかかえたまま、錆となって果てるほかないのだぞ。仮にわれらが〈時〉の果てにいるとして、何をもってそれを明らかにするのだ？　おまえはもしや、肉なるものの悲哀を体験できないことを羨《ねた》んでいるのではないのか？　つまりそれは、おまえが鸚鵡がえしでしか言えない破滅というものを親しく感じとり、しかも希望をいだいて死にのぞむということだが？」

鳥はよろよろと前に進み、そのすぼめた翼には焚火の光がふりかかった。

「そのようなものは与えられていない。もしこの戦争の蔭にかくされている真の任務に失敗すれば、そなたにも与えられないだろう。恐れよ、《ゲテイト・ケモジット》を。ただちにセルルの塔にむけて出発せよ、そこでそなたは――」

恐ろしく気が滅入り、胸をつまらせたクロミスは、剣の破片をおとして、焚火をはなれた。鞍嚢から珍しい東方の楽器をとりだす。唇をかみしめ、哨戒線と周辺の歩哨のところをゆっくり通りすぎる。頭の中に死をかかえこんで、石の上に座った。前方には、砂に磨かれた梁が大きな弧をえがき、砂丘に埋っては突きだして、金属の芋虫のようだった。あれは凍っているのだ、と彼は考えた。忘れられた宇宙の果ての異邦の惑星へ行く奇妙な旅の途上で捕えられてしまったのだ。ふるえながら、クロミスは詩文をものした。

錆がわれらの眼に……まれにしかみられぬ北の大地で、金属の眺望がわれらをさまたげる……われらは腐蝕した人間に他ならず……風はわれらの眼に白き氷のおおいをかける……われらは金属屑を食らう者……その嗜癖《しへき》におぼれてわれらは固くなり　酸味をあじわう……ここではほとんど夢みることはない、われらの幻想は鉄、氷のような骨の阱……錆がわれらの眼に、かつては柔らかな顔をもっていたわれらの眼に。

「錆がわれらの眼に——」またもう一度、ガーヴァン風の節まわしでくりかえす心づもりでいたが、露営で大きな叫び声がして、その考えは頭の中から追いはらわれた。彼ははねるように立ちあがった。

見ると、金属の鳥が爆発したように空中にかけのぼり、火薬推進の火矢のように光をふりまき、翼がうなりをあげていた。男たちは露営地のまわりを駆け、古代の壁に熱をもつ影を投げかけていた。クロミスは不憫《ふびん》にも空《から》の鞘をつかむ動きをみせて、騒動のほうに駆けていった。とびかう声の中から突然、グリフのどなる声がきこえた。

「放っておけ！　おい、愚かな豚どもめ、放っておけ！」

異邦の世界の幻想にとりつかれていたクロミスは、しばらくのあいだ、廃された建物の暗がりの中で動きまわり唸っている大きな黒い影を見分けられなかった。居心地の悪い砂丘をぬけだし、暖かさか光にひきよせられたものの、剣をもつ男たちに囲まれてしまい、焚火に魅せられ催眠術にかかっているようだった――奇妙な関節をもつ足の間に吊り下げられている細身の重々しい体、足が二十本もある棲息獣だ、と彼は想像した。

それが〈廃原〉にすむ黒蜥蜴の一種であることを知って、クロミスは拍子ぬけした。図体は大きいが害はなく、ヴィリコニウムの民話では金属を食う能力を賦与されている。

「でかい蜥蜴だ」グリフの密造団の一員が敬虔な畏れをこめて陰気につぶやいた。「でかい蜥蜴だぞ」

クロミスは、平たく角ばった頭と、突きだした奇怪な下顎と、第三の眼の痕跡に魅了されていた。この獣の図象の伝統となっている背骨やいびつな隆起は一つも見られず、艶がなく光を反射しない特質をもつ荒い皮膚だけがあった。

「ひきさがれ」とグリフは小さな声で命じた。

男たちはそれに従い、武器をかまえつづけた。取り残された蜥蜴は意を決したかのように焚火をふみつぶし、ついには、炎がとびはね、眼の一つ一つに炎が完璧に映しだされた。数分のあいだそこにとどまり、少しも動かなかった。

蜥蜴はまばたきをうった。クロミスは、炎によびさまされた鈍い新陳代謝の欲求が何一つ満たされなかったのではないかと疑った。難儀そうに蜥蜴はしりぞいた。足をひきずり、頭を右へ左へゆっくり振りながら、夜の中へ戻っていった。

部下たちが後を追おうとしたので、グリフは鋭く言った。「何もするな、と言ったはずだ。放っておけばよい。何も害はおよぼさなかったではないか」彼は座りこんだ。

「もうここはわれらの居るところではない」と彼は言った。

「蜥蜴はあそこで何を見たと思う?」クロミスはグリフに尋ねた。


荒野に出て二日が過ぎた。二日どころではないように思われた。

「風景にはあまりにも変化がない」とグリフが言った。「〈時〉がひきのばされて、驚くべき遅さで過ぎているのだ」

「しまらない空論《メタフィジクス》だな。おぬしはただ、退屈で死にかけているだけだ。わしはとうに死んでしもうたよ」老テオメリスは小馬《ポニー》の臀を叩いた。「これはわしの慎しみのない生活の報いじゃ。もっと楽しんでおけばよかったとは思うがな」

その日の正午から、旅は円錐型の低い鉱滓《こうさい》の丘がつづくところに入っており、表面の粘板岩が滑りやすいため、並足にまで速度をおとさなければならなかった。百メートルほどの高さの灰色の石の山は、おぼつかない馬の足どりに呼び鈴のような谺をかえした。地すべりは度々おこった。局所的だったが、神経をすりへらすものだった。

クロミスは、とぎれることのないほほえましい言い争いには加わらなかった。草木の生えない頁岩《けつがん》と同様、非生産的だったからである。それよりも髭鷲の奇妙なふるまいに関心があった。

十分か十五分前に、鳥は日課となっていた大きな輪をえがく飛行をやめて、今は二百メートルほどの上空に滞空し、銀色の十字架となって、鉱滓の頂きから立ちのぼる熱気流を相殺するために時おり身を傾けて横すべりした。クロミスにわかったかぎりでは、鳥が滑空しているのは現地点から二キロほど前方で、進路はまっすぐそこにむかっていた。

「あの鳥は何かを見ているのだ」そう確信した時、クロミスはグリフに言った。「何かを見張っているのだ。停止の号令をかけて、剣を貸してくれ――いや、その大きな鉄の塊りではない。それでは馬が腰をくじいてしまう――わたしが行って何があるのか確かめてこよう」

それは奇妙で孤独な出撃だった。半時間ほど、螺旋をえがく危険な道を動いた。つきしたがうのは谺だけだった。荒廃が圧倒的に迫ってきた。

一度、鉱滓の丘のおそろしいほどに厳しい沈黙を破って、遠くから律動的な叩く音がきこえた。金属と金属がぶつかる軽く鋭い不可思議な音。しかし短時間の岩くずれがあって、その音はかき消された。やがて再び音がきこえるようになったとき、クロミスは山陵の斜面の最後のところをおりようと馬をかりたてていて、目の前にはまた〈褐色の大廃原〉がひろがり、セルルの金属の禿鷲は不吉な前兆のように百五十メートルの上空に浮かんでいた。

斜面の底には二頭の馬がつながれていた。

埃をかぶった馬具の山がその近くにあり、数メートル離れたところには、赤く小さな四輪の幌馬車が置かれていた。通常はヴィリコニウムの南部にしかみられないもので――伝統的にミングレーの鋳掛屋が大家族と簡素な道具を運ぶために用いているものだった。温暖な南部を想起させるその馬車は、情が深くてふしだらなジプシー女と、その騒々しい子供たちの姿を思いうかばせた。輻《や》の太い大きな車輪は輝かしい黄色で目立っており、鮮青色のロココ風の紋様が馬車の横腹におどり、湾曲した幌は紫に塗られていた。クロミスは叩く音（現在は止まっている）の発生源をつきとめることはできなかったが、薄い灰青色の煙が幌馬車の後ろから渦をまいて立ちのぼっていた。

そこに誰かが露営していたとすれば自分の存在は隠しようもないことにクロミスは気づいた——馬が神経質になって蟹のような進行で斜面をくだったので、たえまなく岩がひきはがされ、生き物のように跳ねおちていたのだ——そこで彼は成りゆきにまかせ、借りた剣をきつく握りしめてできる限り速く駆けおりた。

斜面の最後の五メートルのところで、彼は駆けくだる勢いに呑みこまれた。馬の後足の蹄が下の岩もろともすべり、鳥がついばむような音をたて、彼は鞍をとびだし馬の背を越えてころげ落ちた。クロミスは〈廃原〉の粗く不毛な砂の中に不様《ぶざま》に着地し、気を失い、剣をとりおとした。細かい砂塵の粒子が眼に突きささった。よろよろと立ちあがるが、目はみえず涙もとまらず、不愉快ながらも戦術的な位置が劣悪であることを認識した。

「なぜあそこに静かに立っていないのだ？」と言う声にクロミスは聞きおぼえがあった。「どちらかといえば出来の悪い剣だが、なぜ拾おうとしないのだ？　え？」つづけて、「十人がかりであの丘を下ってくるような大騒動、狂乱をひきおこしおって」

クロミスは眼をひらいた。

前に立って、傷跡のある節くれだった手に活力斧を構えているのは、背丈が一メートル二十にも満たない痩せた男で、髪は白く長く、淡い灰色の眼は楽しそうだった。顔は大づくりで醜く——整っておらず、顔面には子供っぽく釣合がとれていないという特長がある——そして恐ろしい笑い顔からのぞく歯は褐色で、折れていた。いでたちは金属探鉱人の分厚い脚絆と袖なしの上着。斧の柄の先端に立てば、なんとかクロミスより三十センチほど高くなるだろう。

「おまえにもあれ以上うまくはやれなかっただろうよ。相変らず反抗的だな。まさしく盗賊だ。その斧をおさめろ、さもないとわたしの使い魔が――」ここでクロミスは上空を旋回する禿鷲を指さした。「――たぶん、おまえの出来の悪い顔から両の目玉をえぐりとるだろう。鷲がそうした行動をとらないように抑えるのはなかなかにむずかしいのだ」

「しかしいずれは、おまえを捕えたのがおれだということは認めるだろうな？　おれはあの忌わしい鳥を切り刻んで犬の餌にしてやろう。もしおまえが――」

その言葉とともに、小人のトゥーム、司祭の手を切りおとした前代未聞の厄介な侏儒《しゅじゅ》は、捕虜の周囲を少々複雑な勝利の踊りでめぐり、鸚鵡《おうむ》のような甲高い声でしゃべり、せせら笑った。

「ここにいるのがおまえだと分かっていたら」とクロミスは言った。「占領軍をつれてきて、おまえを黙らせるのだったよ」

夜。

棺にかける衣、経かたびらの闇が鉱滓の山をおおい、地理学は死んで役に立たないという赤裸々なありようを慎ましやかに隠していた。〈廃原〉の野外では、トゥームの携帯用の窯が強烈な白い輝きをはなち、調理の火がつくる小さな輪のちらつく橙色を圧していた。

地獄の夜明けのような荒々しい輝きを受けて、リヴァーマウスの小男のこの世のものとは思えない顔は、悪魔にも似た、血も凍るような顔になった。鎚は一分の狂いもなく振りおろされて、熱く軟らかな鋼鉄を正確に打ち、その仕事の間、トゥームはあの奇妙な『死んだ船荷の葬送歌』の異なる歌詞をもの憂げに口ずさんだ。

燃やしつくして　探く掘れ
さあ掘ってたたきこめ！

クロミスの銘なき剣は今や一つにつなぎあわされ、窯の中で燃えあがり、鉄床の上で火花をちらし、歌の音節が強調されるたびに、暗鬱な運命のほうへとひきよせられていった。

幌馬車のところでの邂逅の後、クロミスは声をかけて禿鷲をおろし、丘の上にとどまっているグリフを呼びよせるために送りだした。到着すると、グリフは雄牛のように吠えた。それはグリフと小人との半狂乱の再会であり、一方は腹をかかえて笑い、一方は跳ねまわって歓声をあげた。そして今、グリフは生肉を食らいながら部下の盗賊たちをどなりつけ、トゥームとクロミスは鍛治屋の仕事をした。

「よくも邪魔をしてくれたな」小人は吠えたけるふいごよりも大きな声で叫んだ。「おれはあれを修繕していたのだぞ」

そして彼は、窯の横にあるものにぐいと親指をむけた。連結されからみあい屈曲した銀色の鋼鉄の棒——死んだ金属の巨人の骸骨としか思えないような代物だ。飛行艇の動力となっている発動機の小型のものが手や足の関節部に据えられ、自在に動く金属の帯や鐙《あぶみ》などが奇妙な具合に組みあわされて、太腿や上腕の中ほどに取りつけられていた。それは、はるかな昔に絶滅した人々が目的をもって作った醜怪な作品、動かないけれども危険きわまりない巨人《コロッサス》のように見えた。

「それは何だ？」とクロミスは尋ねた。

「戦いを交える時になればわかる。一か月ほど前に掘りだしたのだ。すばらしい考えをもっていたものだな、昔の科学者たちは」トゥームの眼には彼がただ一つ熱狂できるものの光がもえていて——あるいは、窯からの照りかえしにすぎなかったのだろうか？——クロミスはその説明で満足しなければならなかった。

しばらくの後、メスヴェン団の四人は蒸溜した酒の盃を手にして焚火のまわりに座った。鋳直された剣は冷えつつあり、窯の火力はおとされ、密造団員たちは臭い毛布にくるまって鼾《いびき》をかき、あるいはまどろんでいた。

「いや、いや、おれたちはそれほど遅れをとっているわけではない」と言って、トゥームは汚ならしい歯をみせた。「今ごろは、ウォーターベックとよく訓練された青二才どもに追いついていたはずだが、おれとしては、この動力付の鎧を直しておきたかったのだ」

「昔日と同じようにはゆかぬじゃろう」と老グリンがぐちった。はやくも酒におぼれて不平たらたらの酩酊状態におちいっていた。「なあ、昔はよかったぞ」

トゥームはくすくす笑った。「どうしてこちら側に乗ってしまったのだろう？　記憶のおぼつかない灰色髭に、法螺吹きに、自分の剣の始末さえできない詩人ときた。あちら側に鞍がえするほうがいいかもしれないな」彼は目のすみで自分の手を見おろした。「今ごろは、もう人を殺していたはずだ。何か殺したい気分だよ」

「きさまは見境のないちびの獣だったのか？　もっと酒をのめ」とバーキン・グリフが言った。

クロミスは、ノルヴィン・トリノアではなかったもののトゥームを探しあてたことに満足し、微笑したまま無言を通した。この道の他にも荒廃のグレンルーチェに行く道はいくつかあるだろう、と彼は考えた。

しかし結局のところ、遠くグレンルーチェまで行く必要はなくなり、トゥームの予想の正しかったことが判った。二日ののち、彼ら一行はウォーターベック卿の遠征軍に追いついたのである。かの不運なる都市の南東十キロほどのところ、〈廃原〉がせりだし、連続する低い山陵と〈過ぎ去りし文明〉の亡霊に埋めつくされた死の谷に移りかわる地点に露営はあった。〈時〉は侵蝕である。氷のような風が、山稜のむきだしの岩に絶えまなくやすりのような砂塵を吹きつけてきた。風は一千年ものあいだ吹きつづけてきたのである。

黒い外套をはためかせて、テジウス＝クロミスは古代の谷を見おろした。その横ではグリフが足を踏みならし、丸めた手に息をふきこんでいる。下方には、ウォーターベック軍の天幕や仮の陣屋が散開していた——紋章や軍章に飾られて色あざやかだったが、少しもにぎやかではなかった。帆布がふくらみ、音をたてて元に戻り、風が張綱にうなり、積みあげられた武具の間を伝令があちらへこちらへと走り、甲冑が音をたてる。その様は明らかに露営地周辺の混乱を示していた。

天幕は車輪の輻のように放射状にひろがり——その一つ一つは歩兵や騎馬兵の分隊を区切って

いる——中央には、付属する一群の陣屋に囲まれた大天幕があった。ウォーターベック卿の中央指揮所である。そこでは、帆布にかわって油をしみこませた緋色の絹が用いられ、金の糸が織りこまれていた。

「おのれが重要人物であるという繊細な感覚をもっているようだな」グリフは容赦なく言った。「降りていって、考えを覆してやったほうがよさそうだぞ」

「そなたはあまりに厳しすぎる。予断をもつな」クロミスはこれからなさねばならぬ仕事に熱狂をおぼえなかった。鍛えなおされた剣の柄に指をはわせて、ためらいを振りはらおうとした。「そなたの部下をこの本隊から充分に離しておくよう、トゥームに頼んでくれ。そのあいだにわれらは、成しうることをしよう」

二人は天幕と天幕の間の広い通路の一つを駆けぬけた。黄色の馬飾りの雌馬にのるグリフはまばゆいばかり、寒く冷たい風の中のクロミスは鴉のように黒かった。二人は任務のない幾人かの歩兵の目をひいたが、関心はおおむね、トゥームのけばけばしい幌馬車のまわりに露営をかまえつつあったグリフの密造団にむけられていた。それはウォータベックの布陣に対する無意識のパロディであり、彼の派手な大天幕を幌馬車におきかえたものだった。彼らはまるで旅回りの興行団だった。

クロミスは馬の背で、会話のはしばしを耳にとらえた。

「モイダート軍が……」

「……それに噂は信用できないぞ」

「二万人もの北部族が……」

「……モイダート軍……」

「……と忌わしい飛行艇じゃ。忌わしいやつらが、教えきれぬほど！」

「おまえに何ができる？」

「……うまくおさまって結構なことだ」

「……モイダートの軍だ」

齢三十に達したかどうかというファルディックのウォーターベック卿の髪は、人目をひくほど白髪がまじり――短く刈られ、非のうちどころなくなめらかに額から後ろにかきあげられている――そして振舞いは洗練されていた。顔だちはおだやかで骨ばったところがなく、皮膚にも皺はなかったが、奇妙に乾いて年寄りの肌だった。趣味のよいぴたりとした上衣は風雅な茶色の畝織りで、飾りはほとんどなく、目立たないほどの美爪術《マニキュア》をした形のよい手も、同様だった。クロミスは想像した。この男には同僚の機嫌をそこねることはむつかしく、まさにそれができないことによって現在の立場を獲得してきたのだろう、と。

彼らが大天幕に入った時（それは外観から想像されるより華やかではなく、風通しもよかった）ウォーターベックは小さな散らかった露営卓について座っており、入念な灰色の文字が書きこまれた白い羊皮紙に署名を加えていた。彼は頭をあげると、素っ気なくうなずき、ふたたび自分の仕事に関心をむけた。

「公式の徴兵受付所があるぞ、このすぐ先だ」と言う声は、きびきびとして快活だった。「だが心配するな、おまえらはここへ来た。当番兵を呼んで、ここで取り扱わせよう」

ウォーターベックは視線をあげて、ほんの一瞬ほほえんだ。

「外見から察するに、かなり遠方から軍務につくためにやって来たようだな。新兵を迎えるのは勇気づけられることだ。この先あまりないだろうが。しっかりやり給え」

バーキン・グリフは歩を進めた。当惑すると同時に、敵意をいだいたのだ。「この方はヴィリコニウムの貴族、テジウス＝クロミス卿だ。メスヴェン騎士団の騎士だぞ。われらは女王陛下の用務をたまわってここに来たのだ。その使令とは——」

「少し待ってくれぬか」

ウォーターベックは小さな帳簿と照合して、ひとりうなずいた。そして至急便を折りたたみ、宛名を書きはじめた。

「クロミス卿とやら、おそらくは自身で話すほうがよいのではないか？」

彼は一瞬かすかにほほえみをみせた。

「お判りだろうが、わたしは多くの事案をかかえていて、時間の余裕がない。戦いは七日以内に交えられるだろうし、そこの一万五千の男たちがわたしを頼っている。もしできるならば——」

彼は弁解するようなしぐさをした。

「このところ飛行艇が着いたという報告は受けていない。もしそなたが伝言の骨子をいま開陳してくれるならば、対応策について後ほど論ずることもできるかもしれないが？」

「ウォーターベック卿、わたしは伝令ではない」とクロミスは言った。「わたしの目的は軍事にかかわっており、われら双方にとって困惑を生むこととなるだろう」

「なるほど。都市では見かけたことがないようですな、クロミス卿。行きつけの場所が異なっているのでしょうな。男には誰でもそんな場所があるものだが？」

彼は立ちあがると、右手を机ごしにのばし、掌を上にむけた。

「何か身分をあかすものを女王陛下から授けられていることと思うが、見せてもらおうか？」

「旅に出たときには、そのような認証を携えていた」と言いながらも、どれほど間がぬけてきこえるか、クロミスには判っていた。男は助け舟を出そうなどとはしなかった。「しかしわたし自身の誤ちにより、それは失われた。しかしながら、女王陛下はわたしの身のあかしをたててくれるだろう。飛行艇を派遣することを勧めたい――」

ウォーターベックは笑った。腰をおろす。そしてゆっくりと首をふった。

「大した男だ。大した男だよ。わたしは単なる山師に本気で接しているのかもしれない。それとも、こんなことを言うのはわたしの最も気がすすまないところだが、おぬしは北部人であるかもしれないのだ。ここにやって来て、不可思議で――説明もできない――提案をする流れ者一人ひとりの身元を確かめるだけのために飛行艇を使うわけにはいかない。

「戦闘に加わりたいというのなら、それならば、受けつけてもやろう。だが、おまえがどんな提案をしようとも、具体的かつ直接的な身元証明がなければ、耳を傾けることさえできないだろう」

バーキン・グリフはおぞましげに眉根をよせた。机におおいかぶさって、ウォーターベックの顔に自分の顔をちかづける。かすれた声で彼は言った。

「唐変木め、メスヴェン団員に対してはもっと違った口のききかたがあるだろう。少なくとも、われらが言わんとすることには耳を傾けるものだ。クロミス卿がミングレー海戦の指揮をとり――むろん勝利をおさめたのは――きさまが練習用の剣をもちあげられるようになった頃よりもずっと昔のことなのだぞ――」

ウォーターベックは立ちあがった。

「公式の徴募所はここから歩いて数歩のところにある」彼はおだやかに言った。「もうたわごとは聞きたくない」


ややあって、彼らはトゥームの幌馬車の後尾に座り、奇妙な装置の最後の調整をする小人をながめた。

「やつには判っているのだ」とグリフは言った。「われらがあそこにいる理由が判っているのだ。直感したのだ」

「確かにそうだとは言えないぞ。目先はきかないかもしれないが、あの男は職分を守っている。わたしは指輪を持っておらず、またたとえそれがあって事が円滑にすすんだとしても、難しい会合になっていただろう。あの男はわれらの命令を恨むにちがいないからな」

グリフは宙空で叩きのめす動作をし、両手を固くむすんだ。そして風がまきあげた砂塵に向かって唾をはいた。

「やつにはよく判っていたのだ。最後まで聞いていたら、飛行艇をださざるをえなかっただろう」

小人のトゥームが野卑な笑いをもらした。工具を下におき、脚絆の裏で手をぬぐう。

「さあこれを見てくれ。これを組みたてたら、ウォーターベック卿とやらのところに行くぞ。玉ねぎ頭を斬りおとしてやる。この斧で薄切りにしてやるのだ」

トゥームが地面に拡げていたのは巨大な骸骨であり、足はまっすぐに突きだし、腕は両脇にぴたりとついていた。そこで、ゆっくり身体を落とし、その冷たい骨の上にあおむけに横たわった。

トゥームは骸骨の太腿についている鐙《あぶみ》に足をすべりこませ　金属の帯で足首を留めた。複雑な支持帯が彼の上体を胸郭の中に固定した。

「冷たい抱擁だ」と彼は言った。

トゥームは肘関節の上の骨から突きだしている引手のようなものに指が届くような位置に両手をおいた。顎のない頭蓋を前に倒し、兜《かぶと》のように頭にあわせる。気違いじみた形をした樹に磔《はりつけ》にされた男のようにその機械に縛りつけられて、しばらく横になっていた。

「さあ動力をいれるぞ」と彼は説明した。引手を動かす。低い明確なうなりが空中をみたした。オゾンの臭いをかいで、クロミスはバルマカラでの飛行艇の惨事を思いおこした。「えい」とトゥームが言った。彼は釦《ボタン》や鋲《びょう》を操作した。

骸骨は大きな鋼鉄の骨を痙攣させた。

トゥームはほくそ笑んだ。

彼が腕を動かすと、肉のない金属の手が宙空にあがった。その手は握りしめる動作をした。指を折りまげた。

トゥームは足をまげて、ゆっくり立ちあがった。身長は三メートルをこしていた。

「どこだ、おれの斧は？」と彼は言い、斧をみつけると、たちまち異様な跳ね回る踊りをはじめ、陶酔したように、しかし恐るべき八の字をえがいて頭のまわりに斧を振りまわした。そして新しい足を高くもちあげて見せつけ、できのよい銀色の鋼の足指を突きだした。

「短くつめてやるぞ！」とトゥームが叫ぶと、風はうなりをあげて機械の手足を吹きぬけた。彼は友人たちの困惑した歓喜の笑いには気をとめなかった。「がきどもめ、刎《は》ねてやる！」彼は名ざしはしなかった。「すばらしい！」と、かちどきをあげる。そして、喜劇と恐怖劇との間に張り渡された細い綱に宙づりになっている巨大な逆説をもって襲いかかり、露営地の周囲を悠然とひとまわりし、一万五千の分別のある戦士たちの驚きの目にさらして、機械を試した。

メスヴェン団員も、小軍勢の密造団も、公式には誰ひとりウォーターベック卿の軍隊には入隊しなかった。卿の見積もっていたデュイリニッシユにむかうモイダート軍の進捗の速度は、少し楽観的であることが明らかになった　翌日の夜明けの一時間前、『狼の頭』と『三つの塔』の紋章をつけた飛行艇が十機、北の山稜を越え、発動機を激しく駆りたてて、大音響とともに現れたのである。

クロミスはそれ以後、生涯にわたっておのれの誤ちをくやむことになった。司令官ともあろう者が、部下の掌握と戦争の政治学にかまけて、おのれのはなった偵察隊の報告を無視しうるとは思いもおよばなかったのである。

六

攻撃がはじまった時、クロミスは眠っていた。頭の中のぼんやりとした黒い空間には巨大な昆虫が舞い、うなり、人間のような眼でもの憂げに彼を見つめ、かろやかな羽根と折れそうなかぼそい足で頭蓋骨の壁をこすっていた。彼にはその奥にある意味はわからなかった。昆虫の胸郭に刻みこまれた表意文字は、〈時〉と宇宙の神託をつたえており、彼は心でそれを心でうけとめ、瞬時に忘れ去った。羽根のうなりは調子がひくくなり、やがてモイダート軍の飛行艇の断末魔のうめきと一つに溶けあっていった。

バーキン・グリフがくりかえし肩を叩き、耳もとで叫んでいた。クロミスはよろめいて立ちあがり、頭の中の夢をふりはらった。小人のトゥームがあわてて幌馬車からかけだし、外部骨格の中にとびこんで動力を高めているのが見えた。周り一帯では、男たちが叫びながら空を指さしており、その口は湿った穴のようだった。ウォーターベックの露営からの物音はすさまじかった。同時に発生した一万五千の意味のとれない怒りと恐怖の叫び。

クロミスは剣を腰におびた。「遮《さえぎ》るものが何もないぞ!」彼らにはどうすることもできなかった。細長い高速の機影は上空を旋回し、夜明け前の薄あかりの中でおぼろだった。

邪悪な赤い炎が谷を照らすと、攻撃飛行艇団の一分隊がウォーターベック軍の飛行艇の集結地の位置をつきとめ、燃える重油の樽と大きな石で爆撃を始めた。残りの飛行船艦は散開し、きしり音をたてて露営地の上を低くとび、手あたりしだいに積荷をおとして人馬を混乱させた。

ウォーターベック軍の一分隊が大砲による砲撃をはじめた。それは王国に三門しか残っていない使用可能な大砲の一門であり、上方に淡い紫の稲妻をきらめかせると、暗い空に尾をひく逆さまの火球さながらだった。

グリフは部下たちをせきたてた。彼らの間では、馬の動揺はおさえこまれていた。

ウォーターベック軍の飛行兵たちの奮闘にもかかわらず、二機の飛行艇が破壊され――装甲がくだかれて古代のエネルギーは大地にすいこまれた――そのあとで、残された貧弱な翼艇が空に翔けあがった。飛行艇が空にうかぶと直ちにエネルギー砲は砲撃を停止し、戦いは地上をはなれた。

二機の飛行艇は合体し、解放されたエネルギーをパステル調の奇妙な蛍として放出しながら、ゆっくりと露営地の上をただよい、南の山稜のかなたに消えていった。クロミスは身ぶるいした。小さな黒い影が、音もなく哀れなすがたで飛行艇から落ちていったからである。

「おれは選択を誤ったのだろうか。今ごろはあそこに着いていたはずなのだが」と小人のトゥームは呟き、赤く輝く重油の炎の中からぬっと姿をあらわした。彼はもの欲しそうな様子で探りをいれた。

「クロミス、おまえの禿鷲はどこか悪いようだぞ」

鳥は、夜のあいだ翼を休めていた幌馬車の幌の上を、人目をひくように行ったり来たりしていた。首をのばして吐くようなしぐさをしたり、大きなイリジウムの翼を打ちあわせたりして、狂ったように啼いた。何度か、短く、空中に跳びあがった。そして突然、きしり声をたてた。

「ただちに行け！　ただちに行け！　ただちに行け！」

鳥は幌からとびだし、クロミスの腕に長爪をたてた。首をぐいと動かして彼の顔をのぞきこむ。

「テジウス＝クロミスよ、ただちにここを離れて、行くべき——」

しかしクロミスは耳を傾けようとはしなかった。カンナ・モイダートの指揮官たちが群れなして北の峯の山腹を下り、谷間に入るのを眺めていた——軍旗は高くかかげられ、その後ろには三万の北部兵がつづき、前面には《ゲテイト・ケモジット》が黒い波のように行進していた。


〈時〉はクロミスの頭の中で引きちぎられた大綱のようにはねあがり、しなり、彼はしばらくのあいだ時間の湾曲にそった異なる二つの隔絶した時点に存在していた——

悪臭のする沼の近くの暗い空地で、クロミスは二メートルをこえる背丈の黒い大きな影と戦った。手足は太く頑丈で、頭はつぶれた卵型、鼻も口もないが、輝く三つの点が二等辺三角形に並んでいる。動作は力強く、制御されている。しゅっと音をたてて巨大なエネルギー剣をふるい、足もとの泥の中に形のはっきりしない奇妙な跡を残した。あたりには異様な寒さがあった。落ちつきはらった緻密な知性——

そのとき同時に、厳然として存在する〈褐色の大廃原〉の中で、クロミスは感情を殺した明晰さをもって、モイダートの軍勢の先頭にたって谷間へと進んでくる凄惨な戦闘の最前線を観察した。各部隊には二メートルを超える背丈の黒い大きな影がついており、無敵のエネルギー剣をふるっている。その動きは常軌を逸しており、なめらかで制御されていて、つぶれた卵型の頭からは不快な三つの眼が黄色く光っていた――

「見よ、《ゲテイト・ケモジット》を！」クロミスの腕で禿鷲が叫んだ。

気をめいらせて震えながら、彼は〈金属塩の湿原〉での戦闘のときに目を開かされた認識をたどっていった。

「耳を傾けておくべきだった。もうわれらに見込みはない」と彼は小声でいった。

「われらにはおろかなウォーターベックよりも見込みはあるだろうよ、多分な」とバーキン・グリフはつぶやいた。彼はクロミスの肩に手をあてた。「生きのびられたら、レンドルフットにむかい、金属の鳥の持主に会うことにしよう。あれはゴーレムだ、自動人間だ、モイダートが死滅した都市から掘りおこした穢らわしい代物だ。セルルという男ならば知って――」

「あんなものはこの千年、この世に出てきたことはない」と小人のトゥームが言った。「いったいどこで見つけだしたんだろう？」

このような疑問とはかかわりなく、カンナ・モイダートの黒い屠殺機械たちは冷酷無情に進軍し、〈二人の女王の戦争〉の最初の会戦を迎えたのだった。これは後に、全く異質の――はるかに悲劇的な――紛争の幕あきの戦いにすぎなかったとみなされることになる戦闘だった。

ウォーターベック軍にもたらされた衝撃はすさまじいものだった。すでに飛行艇の襲撃をうけて混乱におちいり、浮き足だち、指揮官とはぐれて散りぢりになっていたヴィリコン人たちは、破壊された露営地をぐるぐる歩きまわり、何らかの防御体勢をとろうと、弱々しくも絶望的に試みた。

人間の敵と対峙しているのであれば、彼らにも頼りない防衛線くらいは敷けたかもしれない。確かに彼ら一人ひとりの中には北部人への憎悪が燃えたぎっており、異なる状況の下でならば、戦略的な弱みを克服し、抵抗を強めることもできただろう。しかし《ゲテイト・ケモジット》は彼らの冷静さを葬り去った。

兵士たちはむせび泣いて死んでいった。徴兵はあわただしく、訓練は不充分だったのだ。活力をもつ刃は彼らの剣をチーズのように断ちきった。鎧は身を鎧う役にたたなかった。もうここは自分たちの居るところではないと彼らは悟った。

初めて接触した瞬間、細かな赤いしぶきが戦線からふきあがった。死にゆく者は死という実体を吸いこみ、その一方で生きている者は靄の中で戦いながら、どうして自分たちの商店や農場をすてて来たのだろうと考えていた。彼らの多くは、切断された動脈から噴きだして信じられないほどの高さにまでほとばしる戦友の血にただただ動転し、その衝撃で死んでしまい、空中には破れた内臓の臭いがただよった。

モイダートの正規軍が戦闘にのりだした時、立ちふさがったのは混乱という他ないものだった。彼らは大声で笑い、剣で盾をうちならした。激減したウォーターベック軍の横腹につくと、それを役立たずの小隊にひきさき、大天幕を踏みつぶし、ウォーターベックを斬りきざんだ。そしてヴィリコン人たちを取りかこみ、なおも進軍をつづける《ゲテイト・ケモジット》という無慈悲な鉄床にむけて着実に追いたてていった。だが、抵抗するものもあった――

破壊された飛行艇の集結地には、エネルギー砲の砲身を押しさげて水平に発射できるようにしている者がいた。数秒間、慧星のような稲妻が――陽の光の中でほとんど見えなかったが――機械人間の一糸乱れぬ隊列の中に、しゅっと音をたててほとばしった。一瞬、《ゲテイト・ケモジット》は敗走するかにみえた。何体かが松明《たいまつ》のように燃え、そのあと爆発して、まわりのものを破壊した。だが、本隊から離れた小隊と、いっせいに振りおろされる活力剣は難なく砲台に達した。

大砲は雨の中のろうそくのように、はぜる音をたてて燃えつき、それとともに砲手たちも――

そして、トゥームの幌馬車の幌の上という有利な場所にあって、剣士よりも詩人のほうが自分には似つかわしいと夢想するヴィリコニウムの貴族テジウス＝クロミスは、好機をつかんだ。「やつらは防備の手薄なところをさらしているぞ。やつらの力の源は《ゲテイト・ケモジット》だけだ」彼の頭には死のことしかなかった。金属の鳥は彼の腕にとまっていた。「南のあそこだ。完全に開けている」彼はバーキン・グリフをふりむいた。「そなたの部下にその意志があれば、手当たりしだいに葬《はふ》れるぞ」

グリフは剣を鞘からひきぬき、笑みをうかべだ。地面にとびおりる。そして糟毛《かすげ》の雌馬にのり（灰色の光の中で、その馬飾りは華やかに照りはえていた）醜怪で不誠実な部下たちに顔をむけた。「われらは皆、死ぬことになるだろう」と告げる。グリフが歯をむいてみせると、部下たちは老いた狐のような笑いをかえした。「かまわぬか？」

彼らは革の脚絆で邪悪な短剣を砥いだ。「おれたちは何を待っているのだ？」と彼らの一人が問いかけた。

「おろか者どもめ！」と叫んで、グリフは哄笑した。「誰もおまえらに待つことなど頼むものか！」

彼らは雄叫びをあげ、やじった。そして鞍にとびのると、膝をたたいて冗談に興じた。彼らは無宿者であり、不適格者の群れであった。

クロミスはうなずいた。話したくはなかったが、「ありがたい」と皆に言った。その声は敗北するウォーターベック軍の騒々しい物音にかきけされた。

「おれはもう仕事の半分を終えたようなものだ」と小人のトゥームがくつくつ笑った。彼は引手をいくつか調整した。そして二度ほど、確かめるだけのために、斧をふりまわした。

テオメリス・グリンは鼻をならした。「老人のほうが、役に立つぞ。何故、時を無駄にしておるのだ？」いでたちはまるで道化で、くぼんだ古い兜をかぶり、すきだらけだった。床《とこ》についていてもおかしくはなかった。

「では行くとしよう」とクロミスは言った。幌の上からとびおりる。馬に乗ると、イリジウムの禿鷲が上空で翼をはためかせた。彼は銘なき剣をひきぬいた。そして、雄叫びをあげることもなく、四十人の密造人夫と、三人のメスヴェン団員と、一人の巨大な小人は、負けいくさの中にとびこんでいった。他にどんな方策があっただろう？

死者と死に瀕した者がいくつもの山となり、引きはなせないほどからみあっていた。〈褐色の大廃原〉の古代の容赦のない砂塵は、〈過ぎ去りし文明〉の罪業を呼びさましながら、折りかさなる遺骸を貪婪にのみこみ、泥にかえていった。ウォーターベックの当初の軍勢のうち五千名ほどは、今もおのれの足で立ち、三ないし四の集団をつくり、そのうち最大のものは血の池の外に抜けだして、盆地の中央の細長く低い丘の上に立っていた。

攻撃の勢いにのって、クロミスは一太刀をふるう必要もなく、群衆の中に二十メートルも押し入った。北部人たちは馬の蹄や肩に当って倒れ、踏みつぶされた。彼は口汚くののしり、丘にむかい、密造人たちは空とぶ楔《くさび》となってその後につづいた。一人の鉾兵がクロミスの乗る馬の首の肉を細長く裂きとった。クロミスは鞍の外に身をのりだし、頚動脈めがけて剣をふるった。刀がくいこみ、鉾兵の血糊をあびると、馬は後足で立ち、勝ちほこっていななないた。クロミスはしがみついて周囲に斬り入れ、笑った。馬の汗と革と血の臭いは短剣のように鋭かった。

クロミスの左側では、外骨格におさまった小人のトゥームが北部兵の上にそそりたった。きらきらと輝き死をもたらす巨大な甲虫は、血をあびた金属の足で顔を蹴り、恐るべき斧で頭の中に恐怖を叩きこんだ。右側では、バーキン・グリフが幅広の太刀を非科学的にふりまわして歌う一方、残忍な老グリンは相手をあざけり、彼らがしてやったりと思った瞬間にずる賢く突き刺した。「おぬしらの齢のころのわしらは、こんなものではなかったぞ！」と彼は言った。そして、地獄からの到来者のようなセルルの金属の禿鷲は、犠牲者の両の眼をくりぬきながらも命をとることはなかった。

丘までの道のりを中ほどまで斬りすすみ、難儀している防御兵たちに大声で励ましの言葉をかけていた時、クロミスは北部族の数多の三角旗にまじって〈狼の頭〉の旗があるのを目にとめた。

その旗を引き倒そう、その旗の下でどんな将校、どんな戦士が闘っていようとも引き倒そうと彼は決意した。もしかすると――虚しいことだが――それはモイダート自身であるかもしれない。

「グリフ！　若人らを丘の上に連れてゆけ！」と彼は叫んだ。

クロミスが手綱をさばいて、壁なす北部兵に向かって馬もろとも投槍のようにとびこむと、彼らは混乱して華麗な楯をおとし、浮き足だって、狂った眼で見すえる死、血まみれの武器にひそむ死からのがれた。

「メスヴェンよ！」と彼は叫んだ。

クロミスは死んだ男の鉾の柄をしっかと脇の下にかまえ、それを槍として用いた。そして軍旗の下の戦士に呼びかけて、気違いじみた一騎打ちを申し入れた。槍は北部兵の腹に突きさって失われた。

彼は恐れおののく多くの兵士を殺した。血にうえていることに恐れをいだいて狂気におちいった。自分が地獄に送りこんだ男の顔も、他のすべての者の恐怖の顔も目には入らなかった。彼はそれらの者たちのために詩を吟じたが、自分が語っている事柄にも、その言葉が自分の発明したものであることにも気づいていなかった――だが〈狼の頭〉の下にいる者の声を聞いた時、彼は正気をとりもどした。

「ここに来るとは愚かだったな、テジウス・クロミス。そなたに止《とど》めをさして、そのあとで狼どもにくれてやるかな」

「なぜこのようなことをしたのだ？」とクロミスは小声で言った。

裏切者の顔は面長で土星のように陰気で、口は大きく自在にうごき、垂れさがる髭の下には薄い唇があった。遠い昔にソリスマン・カールメーカーの短剣によってつけられたひきつった傷は、深くくぼんだ灰色の眼の目尻から発し、頬の皮膚に蚯蚓《みみず》腫《ば》れを残していた。かつて彼がメスヴェン王の宮廷で着ていた紫のビロードの外套の肩には、黒い巻毛が垂れていた。がっしりした馬に自信満々でまたがっており、口は侮蔑にゆがんでいた。

「ウォーターベックは死んだぞ。この烏合《うごう》の衆になりかわって和平を請いに来たのならば――」

ここで周囲の北部兵たちは吠え声をあげ、いっせいに手を叩いた。「――情けをかけてやってもよい。女王陛下は大幅な裁量権をおれに授けておられる」

激しい発作の反動でふるえるクロミスは、鞍頭に身をあずけて気を鎮めた。放心状態だった。どこをどう探しても、いま起こっていることを信じる自分はいなかった。

「わたしがここに来たのは、カンナ・モイダートの闘士と一騎打ちをするためだ。その男にわたしは出会ったのか?」

「その通りだ」

反逆者はうなずき、モイダートの歩兵たちはひきさがって闘技場をつくった。兵士たちは歯をむいて笑い、口笛をふき、楯をゆすった。他のところでは戦いがつづいていたが、それは異なる惑星での出来事なのかもしれなかった。

「モイダートはおまえに何を提供したのだ? カロン・バンに与えた苦しみに価するものなのか?」

〈狼の頭〉の下にいる男はほほえんだ。

「北には活気があるのだ、クロミス卿。これはメスヴェンが死んだ時、ヴィリコニウムでは失われたものだ。モイダートは死んだ文明のかわりに拡大する文明を提供したのだ」

クロミスは首を振り、銘なき剣をもちあげた。

「かつてのわれらの友情は、きさまには何の意味もないというのか？」

「おまえにとっては殺すことは少しつらいかもしれないな、クロミス卿」

「察してもらえてありがたいかぎりだ。おそらくは、裏切られた者よりも裏切った者のほうがつらいだろう。ノルヴィン・トリノア、きさまは裏切り者、愚か者だ」

周囲をとりまく北部人のやじを耳に受けながら、クロミスは馬に拍車をあてて前に進んだ。

トリノアの重い剣がクロミスの頭に振りおろされた。クロミスはその一太刀をかわしたが、剣の動きはすぐさま横方向にかわり、彼は半ば鞍をとびだすようにして身をかわさなければならなかった。トリノアはくつくつと笑い、クロミスを更に鞍からはずすべく彼の左の鐙の下に足をさしこんだ。クロミスは手綱から手をなはし、剣を左手にもちかえ、謀反人の馬のうきあがった肋骨のすきまに突き刺した。血が馬衣ににじみ、騎馬は体をよじってはなれ、トリノアは闘いから退場させられた。

「かつてはおまえは帝国随一の剣士だったはずだぞ、クロミス卿」彼はあえいで言った。「どうしたわけだ？」

「裏切りを目の当たりにして鬱屈としているのだ」とクロミスは言った。偽りではなかった。「やがて治まるだろう」

二人の闘いは五分、更には十分におよび、より大きな衝突のことは念頭になかった。クロミスにとって、戦争のすべてはここに、かつては同輩であった二人の戦士の邂逅に集約されているように思えたのである。そして短い剣戟のたびごとに、彼の絶望は深まっていった。

クロミスは傷心のカロン・バンのさげすみの顔を反逆者の夫の剣がえがきだすきらめく網の目の中に見たが、それは彼に何の力も与えなかった。ヴィリコニウムでのあの夜、このような対決が必ず起こると予見してカロンが哀れみを感じていたことに思い至った。そしてまた、トリノアアに対する自分の憎悪は彼女の憎しみにはかなわないことも知った。刃を交えるたびごとに、トリノか銘なき剣の動きはにぶくなり、相手のあざけりは怒りよりもむしろ哀れみのほうへと彼の心を動かした。

しかし遂に、剣士としての彼の技倆が、しかも奇妙ななりゆきで、ものをいった。脇腹にうけた傷口から血を滴らせつづけていたトリノアの馬が、不意に、吐き気をもよおさせる泥の中に膝をついて倒れたのだ。裏切者は鞍から落ちはしなかったが、剣をおとした。

トリノアはつまずいた馬にのったまま、身うごき一つしなかった。北部兵はうめき声をあげ、歩を進めた。戦闘の輪は投げ縄のようにちぢまった。

「うまく折りあいをつけければよかったのだ」とトリノアはつぶやいた。肩をすくめる。「いずれにせよ、クロミス卿、狼どもがおまえを始末するだろう――見ろ、迫ってきたぞ！――そしておまえといっしょにパステル都市をも始末するのだ。狼たちは飢えた群れだ。

「決着をつけておけばよかったたな」

テジウス＝クロミスは銘なき剣をふりかざし、とどめを刺そうとした。目の前の顔につばを吐きつける。だがそれでもそれは友人の顔だった。彼は強い感情のせめぎあいに身をふるわせた。視線をあげると、輪になった北部兵がトリノアの血とひきかえにクロミスの血を抜かんものと待ちかまえていた。彼は怒りと失意にまかせてうめいたが、心の中にひびく過去の声をうち消すことはできなかった。「血まみれの戦士はおまえらのものだ！」と彼は叫んだ。「おまえらの手で殺すのだ。こいつはおまえらをも裏切るだろうからな！」そして馬を臀部のほうに回し、砂漠から吹きつける嵐のように驚いた兵士の列の中へなぐりこみ、嘘偽りのない戦場の虐殺の中へ雄叫びをあげて突きすすんだ。あたかも背後で地獄の門がひらいたかのようだった。

長い時間がたち、盆地の中央の丘のふもとで、二人の北部軍の鉾兵がクロミスを馬から転落させたが、なぜ男が謝罪するのだろうと思うまもなく、葬られた馬からころげおちた男は二人の命を奪っていた。

「グリフ、わたしにはあの男は殺せなかった」

それは夜明けの二時間のちのことだった。低くたれこめる雲の底から冷たく奇異な光がもれて、山なす死骸の死顔を灰色にそめあげ、彼らの眼からは神秘的な光が反射していた。風は〈廃原〉に発して哀哭《あいこく》の調べをかなで、血にぬれた髪と落ちた三角旗をふるわせた。北部族の飛行艇が四機、もがきながら雲の下に浮かび、まるで夢でみた不吉な兆《きざし》のようだった。盆地の全域は北部人の海となり、ただ一つの抵抗の小島に黒く無情に打ちよせていた。

丘の上では、バーキン・グリフがウォーターベックの軍勢を二百人ばかりひきいていた。死をまぬかれた者、〈廃原〉に逃げこまなかった者のすべてだった。グリフの部下は三十人ほど生きのびていた。眼は赤くくまどられ、すすけて疲れた顔の中におちくぼんでいる。彼らは汗と血のまじった異臭をはなっていた。黙って互いに見つめあい、最後の攻撃にそなえて刃のこぼれた剣や折れた剣の手入れをした。

「わたしにはできなかった」

クロミスは小人のトゥームと一握りの密造団員の援護を受けて、道をかきわけ徒歩で丘の頂きに昇ったのだった。落馬させた男たちと闘っていたときに上空にうかんでいた金属鳥が、彼らをクロミスのもとへと呼びよせたのだった。頭も長爪も凝固した血におおわれた鳥は、クロミスの腕にとまってこう言った。「《ゲテイト・ケモジット》を恐れよ――」鳥は丘に到達してからその他に何も言わず、クロミスは気にとめなかった（今、クロミスは他の戦士の脳漿をあびて汚れ、十余箇所に浅い傷を受け、頭の中には恐怖の穴が口を開いていた。どうして生きのびられたのか、自分でもわからなかった。

「少なくともそなたは生きておる」とグリフは言った。ふくらんだ頬は疲労のためにたるみ、移動する時には膝から足首まで、美しい雌馬に乗った死闘のあいだずっと外にさらされていた右足をかばった。「トリノアは残されているわれらの誰でもたやすく殺せたはずだ。トゥームはおそらく例外だろうが」

彼らの中では、矮人の負傷が最も軽かった。へこまされた外骨格に吊り下げられていたトゥームは、殺戮の中で活力をやしなったようだった。エネルギー斧は明るく輝き、発動機の補助で動く手足はこれまで同様に力強かった。彼は陰鬱に笑って谷間を見わたした。

「おれがあいつを始末してしまえばよかったのだろう、まったくそうだ。しかしそれでどうなる？　あれを見ろ、グリフ。あれがわれらの未来だ――」

戸外の死骸の山の間を、黒く大きな影が奇妙な指令、千年も昔の機械的な祭式にもとづいて動いていた。《ゲテイト・ケモジット》は戦闘に関心を失っていた。あたかも頭骨に錨をおろしていないかのような三つの眼を輝かせ、向きをかえ、《ゲテイト・ケモジット》は忍び足で死体から死体へと歩きまわった。そして生命を失った頭に奇妙な手術をほどこすと――〈金属塩の湿原〉で死んだ密造団員と同じように、ヴィリコン人の一人ひとりから――脳髄をうばいとった。

「北部兵が片付けば、われらに向かって来るだろう」とクロミスは言った。「トゥーム、やつらはいったい何をしているのだ？」

「やつらがはじめたのは帝国の破壊だ」と矮人は答えた。「〈石の都市〉から脳髄を抜きとり、食ってしまうのだろう。活力をもつ短剣と匙を携えてヴィリコニウムに入るのさ。何をもってしても止められないだろう。

「実際、この戦場のほんとうの主は誰なのだろうと思う――〈午後の文明〉の人工製品の扱いをまちがえると、往々にしてろくなことにはならない」

「テジウス＝クロミスよ、ただちにセルルの塔にむけて出発せよ」と金属の鳥が言ったが、誰も聞いてはいなかった。

古強者のテオメリス・グリンは他のメスヴェン団員から少し距離をおいて座り、死んだ男の長靴でおのれの剣を砥ぎながら、再び剣に活力をとりもどさせようとした。

「これは始まりだと思う」彼は快活な声をだした。「やつらはあそこでおのが隠しどころを舐めてふんぎりをつけ、勇気をかりあつめたのだ」


荒々しい雄叫びをあげて北部兵が丘におしよせると、その猛攻をうけて地面はふるえた。投擲《とうてき》された鉾が空を黒くおおい、晴れあがると、鉾兵は妨害を受けることなくゆるやかな斜面を昇り、生きのこっていた者の内臓をえぐり、その傷口を踏みにじった。

鉾兵は後ろからは、悠久の波のように剣士や斧兵らがつづき、〈廃原〉の最北端からきた荒くれの金属採掘人たちが大地の穴から掘りだした奇怪な武器をふりまわした。散りぢりになったウォーターベック遠征軍の哀れな残存兵たちは彼らの前で押し倒され、打ち負かされ、死んでいった。北部兵がまるで地震のような震動とともに丘の頂きに殺到したので、メスヴェン団は分断され、おのおの孤立して闘わなければならなかった——

小人のトゥームは不敵に笑って、血に飢えた斧をふりまわした。北部兵の上にそそりたつと、彼らはトゥームの銀色の鋼の足のまわりを鼠のように駆けた——

バーキン・グリフは毒づいた。剣が柄のところから折れたのだ。そこで彼は北部兵の首をへし折り、その剣を奪った。彼は密造団員に声をかけたが、あの勇猛で礼儀しらずの男たちはみな命をおとしていた——

老グリンはあえいでいた。「おぬしはかようなものは見たことはあるまい」彼は呵呵と笑い、隠しもっていた短剣を突き刺した。「え?」敵手は驚愕の表情をうかべた――

クロミスは屋外サーカスの曲芸師のように首をすくめて回転した。金属の禿鷲は上空にあり、銘なき剣はいたるところにあった――

彼らは寄りあつまって防御をかためた。

「メスヴェンよ!」とクロミスが叫ぶと、みなはそれに答えた。「メスヴェンよ!」

灰色の空の中に、クロミスの目をひきつけるものがあった。雲底の下の動きだった。しかし、鎖骨には刃があてられ、死の危険に関心をはらえと要求していた。彼はそれに充分にこたえた。次に視線をあげた時、それまで四機だった飛行艇が七機になって空にあり、そのうち三機にはヴィリコニウムのジェーン女王、メスヴェト・ニアンの紋章がついていた。「グリフ! 上だ!」

「もしあれが連絡艇ならば、少し遅すぎたな」とグリフは言った。

結晶の飛行艇同士が壮大な鐘のような音をたてて衝突した。クロミスが見つめていると、北部軍の旗艦飛行艇も衝突寸前にまで近づいた。しかしその艇の周囲で空が不意に爆発し、燃えあがり、冷たい炎をしたたらせた。被害をうけた艇は尾部を先にして空を墜ちていった。かすかな菫色の稲妻がそれを追って下方に走った。

「あの中に大砲をのせている艇が一機ある」小人のトゥームが不思議そうに言った。「あれは陛下の御自身の飛行挺だ」

上空でのこの急激な巻きかえしに恐慌をきたした北部兵たちは、獲物から身をはなし、首をもたげた。瀕死の飛行艇が鋤ですくように彼らを蹴散らして爆発し、手足や鎧の破片をまきちらした。怒りの叫びをあげながら北部兵が攻撃を再開すると、丘の上のメスヴェン団は苦境にたたされた。

上空高く、ヴィリコンの飛行艇の一機が同行機をはなれ、残る三機の北軍の艇を避けるべく着陸態勢に入ると、盆地の上を行きつもどりつしはじめた。しかしメスヴェン団員がそのことに気づかないでいるうちに、巨大な影が上方を通りすぎ、とどまり、戻ってきた。トゥームが勝鬨をあげた。そしてずたずたのクロミスの黒い外套を大きな鋼鉄の手ではぎとり、頭上でふりまわした。飛行艇は船首をゆらせながら降りてきた。

丘の頂きの上、三メートルほどのところで、艇は機体を軸に高速で回り、石のように落ちた。機首の下部のエネルギー砲は脈をうち、火花をふいていた。側面の乗降口が開いた。発動機が歌った。困難な退却だった。北部兵は彼らの所有に帰すべきものを要求する決意で押しよせてきた。トゥームは外骨格の膝の後ろに棍棒の一撃をうけた。制御装置《サーボ》がこわれて、酔ったようによろめき、穀物を打つ竿のように回転した。

クロミスは開いた乗降口から数メートルのところにきていて、古強者が隣りにいたことに気づいた。彼らは一分ほど、無言で闘った。

やがてテオメリス・グリンは死骸の山を真後ろに背おい、北部兵に歯をむいて見せた。「ここまでやれるとはわしにも思いがけなかったぞ、クロミス。ちょいと援護が必要じゃろう」と言って、鼻をならした。「どのみち、わしは空飛ぶ機械を好まぬのでな」

「愚かなことを言うな」とクロミスは言った。老人の腕に手をあて、謝意をあらわした。「ともになしとげよう」

しかしグリンは気をふりしぼった。重ねた年月は身体からぬけおちていった。兜は失なわれ、頭の深傷の血が髭をかためていた。詰め物の入った厚手の上衣は惨憺たるありさまだったが、誇りにみちた顔は晴れやかに輝いていた。

「テジウス＝クロミスよ、身のほどを知れ。年をとることにはそれなりの恩恵があり、その一つは死ねることだ。おのれの流儀をつらぬくという栄誉をわしに与えてはくれぬか。さあ船に乗れ、背後はわしが援護するとしよう。行け。さらばじゃ」

彼の目はクロミスの目にむけられた。

「何人かやつらの腹わたをえぐってやる、いいかな？　あと何人かだ。気をつけろよ」

そしてメスヴェン団の一貴族テオメリス・グリンは、高齢であるにもかかわらず、振りかえって敵に相対した。最後にクロミスの目に写ったのは、目まぐるしく動く鉄剣の後衛、先の王の治世に紡いでみせていたような太刀の網であり、その血は若々しかった。

老人の勇気に接して激情に身をふるわせ、分別を失いながら、クロミスはふらつく足で乗降口をまたいだ。金属の鳥も後を追ってとびこんだ。鳥はなおも埒のない警告の伝言を叫んでいた。闘いの最中に機械のどこかが損傷を受けたのではないかとクロミスは訝しんだ。彼は激しく乗降口を閉じた。外の北部兵は機体に武器をたたきつけ、別の入口を探して、意を満たせないけもののように唸っていた。

飛行艇はかしぎ、回転し、二メートルか三メートルほど地面をはなれた。操縦室の海中のような緑の薄あかりの中で、異星の太陽光にうきあがる塵埃のように光が舞っていた。航行用計器は低くうなりをあげ、歌った。「少しここに故障がありますが、でも心配はありません」と操縦士は気やすく話しかけた。颯爽とした若者で、髪は〈連絡部隊〉ではやっている錫合金の輪で後ろにまとめていた。

バーキン・グリフは震動する結晶の甲板に横になり、顔は白く、血の気がうせていた。負傷した彼の足にかがんでいるのは、頭布のついた紫の外套をきた女性で、出血をとめようと試みていた。グリフは弱々しい声で話している。「このようなところにいらっしゃるとは無謀です——」

女は首を振った。朽葉色の髪が頭布からこぼれた。外套の首のところは、交尾するとんぼを象った銅の留金でとめられていた。女を見て、クロミスはおそろしい予感にとらえられた。

操縦卓の下で、からみあう銀色の棒に埋もれて、おのれの武具と格闘しているのは小人のトゥームだった。醜悪な彼の顔は半狂乱だった。「もちあげろ！　もちあげろ！」と彼は叫んだ。「ここから出してくれ、誰か——」

「あそこに着いた時には、多少の騒動はあるものと覚悟していましたよ。あ、彼女をつかんで。しっかり握っていてください——」と操縦士は言い、燃料弁を開いた。艇は急上昇しはじめた。

よろめきながら小人のほうに向かっていたクロミスは、甲板になげだされた。彼は剣をおとした。エネルギー砲の発射装置で頭を打った。意識を失いながら、紫の外套の女性が誰であるかを知った。メスヴェト・ニアン、若き女王そのひとだった。

われらはみんな狂っているのだ、とクロミスは思った。モイダートはわれら全員をその狂気でおかしてしまったのだ。

七

クロミスが意識をとりもどしてしばらくののち、飛行艇は激しく揺れた。

きつく支柱にしがみついて、若く大胆な連絡隊員が危険な空に艇をとばすのに耐えていると、あたかも宙返りをする鳩の目の後ろに座っているかのように感じられた。空と陸は滲んでまじり、茶色と灰色の旋回する曼荼羅になって、その中に死闘をものともせぬ北軍の飛行艇の影が見えかくれした。トゥームがようやく鎧の檻からぬけだしたこと、グリフと若き女王が操縦室の後ろの隔壁に押しつけられていることをクロミスは知った。

しかしこの出来事に対する彼の関心は虚ろなものだった――彼がこの状況に影響力をおよぼす手立ては一つもなかったからである――そして彼には心にかかっていることが他にあった。メスヴェト・ニアンの突然の出現によってかきたてられた予感、恐怖――

不意に舷窓が暗くなった。艇は激しい震動におそわれ、鐘が割れるような音をたてて、船首がまるごと裂けおちた。結晶の破片がふきかかり、闇の中でひゅうと唸った。操縦士の前方二メートルたらずのところに、何か偶然のいたずらで破壊されなかった操縦盤を残して、船体に大きな穴があいた。その穴を通して、一瞬、この特攻をなしとげた飛行体の残骸が錐もみ状態で後ろにおちていくのが見えた。氷のような風が吹きこみ、吠えたてた。

「あっ」と連絡隊員が小声を発した。三十センチの結晶の大釘が彼の頭骨を割ったのだ。三本の指がやすやすと入るほどの傷だった。身体が傾《かし》いだ。「動力はまだあります――誰かこれを操縦できる人がいれば――」当惑したように彼は言った。「申し訳ありません、陛下――わたしにはもうどう――」そして座席からころげおちた。

小人のトゥームは四つんばいになって傾いた甲板を横ぎり、連絡兵にとって代った。そしてエネルギー砲を発射したが、砲自体が船の残骸から裂けおちていった。「ベネディクト・ポースマンリー、このおれを見てくれ」と言って、彼は大きな弧をえがいて艇を旋回させ、ふたたび戦場の上に引き返した。彼は艇に活をいれ、おだて、なだめ、高度を失いながらも〈廃原〉を越えた。雲底の下では、女王の船隊の破損していない唯一の艇が、北軍の残りの二機と死闘を演じていた。

「下を見ろ」とトゥームが言い、彼らはウォーターベック軍が潰走《かいそう》する光景へと目を転じた。「あれをどう思う？」

盆地は大きく裂けた傷口で、北部兵と死者にうめつくされ、破壊された飛行艇から噴き出す濃い白煙は、首狩り行為を演じている《ゲテイト・ケモジット》の黒い姿をぼやけさせていた。戦場をとりかこむ〈廃原〉には爬虫類が這いまわっていた。硬い砂塵の色をしたものたちが何百匹も南から東から西からゆっくり集まり、その動きは高い足に支えられ、異様だった。

「〈褐色の大廃原〉の蜥蜴はみんなあそこにいるにちがいない。何をしているのだろう？」

「何かを見ているようだ。それ以外にない」とクロミスは言った。実際、盆地をかこむ山陵には早くから爬虫類が頭を並べ、石のように固い頭を動かすことなく惨事を見つめて四肢をこわばらせ、何やら身の毛のよだつ宗教儀式の観衆のようだった。

「われらが奴らを惹きつけたのだ」とバーキン・グリフが苦々しげに言った。艇が安定をとりもどすとともに、彼は立ちあがった。足からはまだとめどなく血が流れていた。「われらの自滅的な嗜好に驚いているのだろうよ」彼は虚ろに笑った。「トゥーム、この機械でどこまでゆけるものかな？」

艇は目的もなく浮遊し、静かな流れに浮かぶ水鳥のようだった。〈廃原〉が下方を移りゆき、そこには爬虫類が寄り集まっていた。

「デュイリニッシュか」と小人が言った。「ドランモアか。ヴィリコニウムまでは無理だろう、たとえポースマンリーが月への飛行を延期して、おれが座っているこの操縦席についていたとしても」

メスヴェト・ニアンは膝をつき、死んだ連絡隊員の上にかがみこんで、その目蓋を閉ざしていた。頭布は後ろにはねやられ、秋のなかまど色をした髪が顔にふりかかっている。クロミスが大蜥蜴のいる異様な光景から目をそらして女王を見ると、先ほどの恐怖がよみがえった。

「デュイリニッシュに着いても打つ手はない」彼はトゥームに自分の考えの一端を話した。「すぐにも陥落してしまうだろう。それに恐ろしいのは、われらがパステル都市に行くことも無駄骨かもしれないのだ」彼は頭を振った。「ここにいらしたのは何か理由があったからではありませんか、陛下——？」

女王の菫色の瞳は見開かれ、衝撃を受けていた。クロミスはかつてこれほど美しく、これほど悲しげなものを見たことがなかった。彼は気をのまれ、その感情を隠すために、壊れた船室に剣を探しにいくふりをした。

クロミスはセルルの造った金属の禿鷲のぐったりとした死骸に行きあたった。若い連絡隊員と同じように、結晶の破片できりさかれていた。眼に生気はなく、もちあげると、胸のところから細かく精密な機械部品がこぼれおちた。彼は愚かしくも同情を覚えた。これほど完璧に有機生命を模倣した機械ならば、完璧に模倣した痛みを感ずるかもしれないと思ったのである。彼は翼の大きな蝶番をなでた。

「そのとおりです、クロミス卿」若き女王は小声で言った。「今朝、また反乱がおこったのです。カンナ・モイダートが抵抗にあうのはデュイリニッシュだけになるでしょう。ヴィリコニウムは彼女の支持者の手中におちたのです――

「皆さん」女王は懇願した。「臣民はどうなるのでしょう？　毒蛇を抱えこんでしまったのです――」

そして彼女はさめざめと泣いた。

「彼らは咬まれてしまうでしょう」とバーキン・グリフは言った。「陛下にとって価値ある者たちではありません、ジェーン女王」

彼女は涙をぬぐった。ニープの指輪が細い指に光った。彼女はまっすぐに背をのばし、じっとグリフを見すえた。

「そなたは無慈悲すぎますよ、バーキン・グリフ。おそらく誤ちは臣民にではなく、女王にあるというのに」

　彼らは数時間にわたって〈廃原〉の上に浮かび、南にむかった。小人のトゥームは彼の教師や師匠（ポースマンリーが伝説的な船ヘヴィ・スターで実際に月旅行を試みたのかどうか、知る者はいなかった。確かなのは、ミングレーでカールメーカーの空爆をただ一人で打ちやぶった後、彼が地球の表面から姿を消したことであり、飛行兵の多くはその話を熱狂的に信じていた……）にも劣らない技倆をみせて、破損した乗物を慎重にあつかい、ついにボリングが半世紀前に陥落させた都市、メセドリン峠の荒廃したドランモアに至った。

　はかどらないその旅の途次、彼らは反逆行為について議論した。

「もしノルヴィン・トリノアの首をこの手につかんでいたら、ひと思いにへし折ってやったのだがな」とバーキン・グリフ。「それこそ喜んで。昔はあいつに好意をもっていたのだが」

　彼は顔をしかめ、足に包帯をまいた。

「あの男はわれら全員の顔を汚した」とクロミスはつぶやいた。「メスヴェン団全体が信頼を失ったのだ」

　しかし女王はこう言った。「わたくしの同情をさそうのは、カロン・バンです。女は男より裏切りには慣れているものですけれど、ずっと深刻に感じとるのです」

　あらゆる廃原の緊急かつ貪婪な欲望とは、その領域を拡げ、さらに多くの肥沃な大地を呑みこむことにある。そのようにして苦難の領域が拡がることにより、廃原にはかつてそなわっていた活力と生命力を思わせるものがそなわっていく。〈錆の砂漠〉のゆるやかな南進を妨げるすべを探るかのように、荒廃のドランモアはモナー山地から外にはりだす支脈にへばりついていた。

進行をくいとめることはできなかった。苦い砂塵のふきだまりが外壁の上にたまり、風が吹くたびに下の道路にはらはらとこぼれおちたためだった。

その同じ風が道路に吹きつけ、公平中立な家政婦の軍団のように、城壁内の開けはなたれた戸口や崩れた屋根の砂を掃きだし、放棄された武器庫や鍛造所や兵営を窒息させた。数世紀にわたる侵蝕は舗石の道を深くきざみ、廃墟の輪郭は角がとれてなめらかになり、かつては誇りとされた建築物も土俗的なものへと変じて、山脈と〈廃原〉にはさまれたあいまいな位置にふさわしかった。

廃墟であるとはいえ、ドランモアには哀れをもよおさせるところがあった。この都市の息の根をとめたのが、〈時〉と地理上の位置だったからである。

飛行が終りをむかえるころ、突然、飛行艇の甲板に幅ひろい亀裂が走り、古代のエンジンがあらわになった。この時、彼らは都市の上空を飛んでいたが、色とりどりの斑らな光、身をよじる小さなエネルギー虫が裂け目からふきだし、操縦盤の金属の表面にまとわりつき、金属禿鷲の動きのない死骸にこびりつき、女王の指輪にむらがった。

トゥームは神経をたかぶらせた。「死霊の光だ」とつぶやく。彼は機械の船をルヌソス広場におろした。〈時〉に磨かれた百五十アールの花崗岩の空地、幾世代も以前にボリングがドランモア討伐隊を編成した場所であった。

グリフとクロミスは破損した艇から死んだ連絡隊員をひきずりだし、広場の南端の深く堆積し

た黄土《レス》に葬った　それは風変わりで憂鬱な仕事だった。女王は頭布を前にひきおろして眺め、外套ははためいた。彼らは鋤のかわりに手を使うほかなく、仕事は緩慢にならざるをえなかった。埋葬がおわるころ、砕けた結晶の船体と周囲の建物との間で大きな白い火花が発生し、はぜるような音をたてはじめた。

「ここは離れるほうが賢明だぞ」長年、発掘の仕事をしてきてそれが習い性となっていたトゥームはそう言って、すばやく艇の残骸の中に駆けこみ、更に道具を盗みだし、外骨格を復活させた。そのあと、彼らは骨のようになめらかな道を進んだが、やがてグリフはそれ以上歩けなくなった。湿った風がうなりをあげて吹きぬけ、ひきずられるトゥームの武具は葬式のような乾いた音をたてた。

都市の中に壊れずに（亡霊のつきまとう不動の石のように、五百年の記憶のように）残っていた一つの建物の屋根の下、〈廃原〉よりは若く帝国よりは古い砂塵の小山の中で、彼らは火をおこし、遭難した機械の無残な貯蔵庫から食料をとりだして調理した。影があらあらしく踊り、黒い壁に黒くうつった。太陽はすでに、血のしたたりとなって隠れてしまっていた。

何か自分にも全く理解できない衝動につきうごかされて、クロミスはセルルの鳥の死骸を艇から救いだしていた。食事をしながら、彼はその鳥の素性を若き女王に説明し、トゥームは薄い鋼の短剣でその機構を調べた。

「……その男についてはこれ以上のことは知りません。ただし、この鳥をよこすことによって、われらに――わたしは無価値だとする理由もなしにその警告に関心をはらわなかったのですが

――《ゲテイト・ケモジット》のことを警告したのでしょう。これはあるいは、その男が《ゲテイト・ケモジット》を扱う何らかの方法を知っているということかもしれません」

バーキン・グリフは細長い干肉をかんでいた。彼は笑った。

「それは純然たる推測だな」

「それがわれらにのこされた唯一の望みなのだ、グリフ。他にはない」

「その男の手のわざは実にみごとだ」小人のトゥームは呵呵と笑って、鳥の内臓をつついた。そしてしばらく考えた。「それとも、カンナ・モイダートのように、掘るのが巧みなのか」

「そこで、御異議がなければ、陛下、われらはガーヴァン湾へと足をのばし、その男の援助を請いたいのです。どこか安全な場所があるならば、まず陛下をそこへお連れして――」

「場所が安全を保障するわけではありませんよ、クロミス卿、保障するのは人間です――」ここで女王は彼に笑いかけた。「――このところわたくしたちはそのことを学んだのではありませんか――」クロミスは後悔の思いにほぞをかんだ。メスヴェン一族の峻厳さを忘れるとはなんたる愚かものだろう。「――それに、わたくしは十七年のあいだ、事もなくすごしてきたのです。しばらくは危険に身をさらしたいと思います」

大きくあわただしくよろめくような動きが、焚火の反対側に、まるでこの地方の地質学上の擾乱《じょうらん》のように現れた。バーキン・グリフが身をもたげて立ちあがったのだ。彼は若き女王を見おろして、もぐもぐと地底の住人のように自分につぶやいた。腰をおって礼をする。

「陛下、あなたは父君の勇気をおもちだ。それは勇敢なる心構えです」彼は再び座った。そして低い声でトゥームに念をおす。「わかるか。おれのような状態の男にとって、これはひどく長い旅になるだろう」

ヴィリコニウムのジェーン女王は帝国を失って以来はじめて笑った。それは少なくとも若さの回復力を示している、とクロミスは考えた。決して見下しているつもりはなかった。


彼らはこの都市に五日のあいだとどまった。北部族の最盛期の加工の中心地は、おそらく、損傷した鎧を修理するトゥームの金鎚の音を歓迎しただろう――〈時〉の中の回帰《ループ》、過去から響くかすかな歪んだ谺、過去には他の機械工たちが〈午後の文明〉の精巧な機械製品を鎚うち、生活に必要な粗野な形態のものへと作りかえてきたのだ。

グリフの足の治癒の具合は遅かった。活動したのでまた傷口が開き、血のかたまり方も遅いようで、歩くこともむずかしかった。快方にむかっている子供のように、愚かしい一時の怒りにかられがちだった。彼はのろのろいらいらと歩きまわり、行動が制限されていることを毒づいた。しまいには、なんとかルヌソス広場にある船の残骸のところまで歩いていき、壊れた動力室から細いコバルトの梁をもぎとり、折りまげて杖にした。

それは不幸な戦列復帰だった。グリフの快活さはそれ以後、不安定で努力を要するものとなった――そして残酷な諧謔派のトゥームは大喜びで真似をし、よろめき、はねまわり、不具の曲芸師のようだった　その物真似は、おぞましい芸術作品といってよかった　グリフは癇癪をおこし、動力付の武具とはいっても杖の変種で、ありがたがるほどのものではない、といやみを言った。

二人はたがいに殺気をこめて相対し、肘を曲げてぬけめなく殴りあうので、力ずくで引きはなさなければならなかった。彼らは荒涼とした道路上で、相手に斬りかかって殺ろそうとした。

「そなたらは分別が足りないぞ」とクロミスは告げた。

メスヴェト・ニアンに対しては、彼はこう言った。「彼らは行動をおこせずに退屈しているのです。明日はここを発つことにしましょう」だが、その日遅く、モイダートの紋章をつけた飛行艇が二機、〈廃原〉の奥から亡霊のようにあらわれ、広場の上空に浮かんだ。北部兵たちは続々と縄ばしごで降りたち、焼けこげた艇を調べ、残骸のあちらこちらを音高く蹴り、生き残りを探した。

クロミスは小部隊をひきつれて、ドランモアの古風な郊外で地に伏すようにひそんだ。しかし空からやってきた軍隊は、数世紀の不在ののちに再び都市を占領しようとする先遣隊であることが明らかになっていった。そこでその夜のうちにその場所をはなれ、察知されることなくメセドリン峠の冷ややかな空間に入った。

彼らは旅路につき、ランノホへと向かった。

それは広大でほとんど人の住んでいない氷河の荒れ野で、小高い丘にかこまれた国だった――沼と、泥炭をつくる小川の国――緩慢で、想像もつかないほどの氷の侵蝕を受けてモナー山稜からひきはがされ、幅が広く流れが早く浅い河の川床にとりのこされてすりへった花崗岩の玉石の国。あざやかな緑の苔、棘々しい黄緑の草、繊細で洗い清められた冬の花などが、けずりとられた低い氷礫土の丘の蔭にふいに見いだされる国――ひねこびた茨やしなびた李《すもも》の国、樺や松の木立の中をふきぬけて音をたてようとする湿った卓越風の国。

空を背景に、山稜がひだをつくる国。

ヒースと針金雀枝《はりえにしだ》、灰色の雲と荒天の国――突然、白い水面が大きくひらけ、〈春〉には水があふれ、〈夏〉の訪れとともにすぼみ消えてゆく国――神秘的な水路の国。

緑と茶、緑と灰色の国。穀物は全く実らない。このような国土がヴィリコニウム帝国の四半分を占めているのである。

日毎、夜あけには、クロミスは毛布をぬけだし、ふるえながら前夜しかけておいた罠をすべて調べてまわった。かかるのは普通は兎で、長靴は水びたしになった。だがその孤独な遠出の中に彼は鬱屈とした喜びをみいだしていた。打ちすてられて無に帰した風景（それとも生まれでるのを待っているにすぎないのか？　この土地が〈時〉のどちらの果てに存在しているか、判る者がいるのだろうか？）の中の何かが彼の感覚に訴えかけ、関心と理解を要求していた。

クロミスにはそれが何なのかどうしてもわからなかった。頭をひねりながら、彼は獲物をもちかえり、露営の者を起こし、新たな一日の徒歩行をひきいるのだった。

彼らはくたびれた集団、奇妙な集団として、このように徒歩でランノホを下った。トゥームは革の脚絆で、金属の樹のような外骨格にはりつけになり、疲れもみせず、機械のように沼や川を越え、谷をとびこえ、茂みのことごとくを斧でなぎ倒した。バーキン・グリフはずたずたになった精緻なコバルトの鎖かたびらを身につけ、とびはね、よろめき、杖に毒づき、狂った案山子《かかし》のようだった。クロミスは美しい黒髪をまっすぐ湿った風の中にのばし、腰帯には力なく揺れる死んだ金属の鳥の首をつるし、足をとめて何時間も水で磨かれた石を見つめた。

そしてメスヴェト・ニアンは紫の外套をはおり、失った帝国と自分自身の運命を見いだしていった。「塔がすべてではないのですね、クロミス卿！」彼女は笑って、クロミスの手をとった。「すべてではないのですよ！」そして彼に花を与え、彼がそれと自分とを区別できないことを知って落胆した。クロミスは鴉や山を見せたが、認識されることは少しも期待していなかった。彼はほほえんだ。それは彼には不慣れなことだった。二人はささやかな観察をかわしつつ、親しみを深めていった。

このようにして彼らは、一日に三十キロ余り進んだ。

三週目には雪が降りつづいた。氷は川にはりつめ、両側の丘の三百メートルの稜線の上で、岩がきしりをあげて崩れた。クロミスの罠には、白い野兎や賢こそうな赤い眼の白子の狐がたくさんかかった。バーキン・グリフは杖で雪豹をしとめた。その獰猛さのため、闘いは最後の一撃まで予断をゆるさなかった。

一週間ほど、彼らは羊飼いの集団と生活をともにした。小柄で、髪は黒く、奇妙にやわらかな訛《なま》りの村人にとって、北や西での戦争は噂にしかすぎなかった。彼らは女王に羊革の外套を贈った。恥ずかしがりで親切だった。感謝の意を表わすために、小人のトゥームは明け方から夕暮まで木を切り、グリフは具合の悪い足を前方に投げだしてトゥームの前に座り、木を割って一年分の薪をつくった（その結果として彼らの友情は復活した。どちらも切ったり割ったりすること以上に好きなことはなかったからである)。

あらゆるものごとが遠くのもののように思えていった。雪は絶縁材だった。クロミスは北部での敗北を忘れないよう心に刻んだ。考えに考える彼の性格からして、《ゲテイト・ケモジット》のおそるべき剣を思いおこすことは、重要だった。彼は想像した。頭の中には、デュイリニッシュに包囲網をしく《ゲテイト・ケモジット》が見えた。冬は奴らを完全に封じこめてしまえるだろうか?

こうして七日がすぎ、さらにランノホの南端の冷たく厳しい山脈をこえる二週間の旅を終え、レンドルフット周辺の耕作地を見わたし、荒れるガーヴァン湾の黒い浜に打ちくだける灰色の海をようやくかいまみて、クロミスの心は晴れた。

レンドルフットは漁業の町で、建物は淡い仔鹿色の石で築かれ、一部屋の小さな家と細長い乾燥小屋が寄りあつまっており、石の角は風化し、苔や地衣類が積みかさなって丸みをおびている。ここにあちらに、地方高官の白く高い家が建っている。夏には、ガーヴァン湾の移動する砂丘から細かい桃色の砂が吹きよせてきて、急坂の曲りくねる通りを埋める。漁師の妻たちは陽光の下で腕をまくって言い争いをする。きしむ荷車は水揚げをのせて南大街道をすすみ、ソウブリッジに入る。

しかし今、波は執念深そうに小石の浜に打ちよせている。海は盛りあがり、狂った黒鴎は深い海の中にせりだす荒《すさ》んだ突堤の上空で争い、つながれた小舟は窮屈そうにぶつかりあっている。

若き女王の消息が魚の流通経路をたどって北方に伝わっているはずはないと胆をすえたクロミスは、トゥームに一人旅の旅行者のふりをさせてレンドルフットに送りだして、確実な情報を集めさせ（トゥームは不機嫌に重い足どりで歩き、漁師たちに警戒心をおこさせないようにと動力鎧をぬいだが、斧をすてることは拒んだ）、そのあとでメスヴェト・ニアンやバーキン・グリフとともに町の裏手の不毛の玄武岩の丘へと退却した。

小人はさっそうと帰ってきて、老婆にもらった（と彼の言う）しなびた小さな林檎を投げあげては受けとめた。「この果物と同じくらいしなびていたぞ」と笑った。「おれを子供だと思ったのだろうな」むしろ、盗んできたというほうが当っているだろう。

「一人で行ったのがよかった。あそこの連中は恐がっていて、無愛想だったよ。情報は街道をつたってソウブリッジにも届いているぞ」彼は林檎を噛んだ。「モイダート軍はリーデイル低山地を奪い取り、デュイリニッシュを陥落させ――多くの人命を失ったが――今はヴィリコニウムにむけて進軍している。

「パステル都市とソウブリッジの中間では、《ゲテイト・ケモジット》が夜中に出没し、訳もなく殺害におよんでいるそうだ」

トゥームは林檎の芯をかじり、不遜にもバーキン・グリフに種を吐きつけ――グリフはそのために腰につるしている砥石のかけらで剣を砥いでいた――外骨格の上に横たわった。「彼らに教えられた方角は、おおむね正しいようだ」彼は締帯で身体をゆわえつけて立ちあがると、再び巨人になった。彼が玄武岩の断崖の彼方を指さすと、発動機がうなった。

「おれたちの目的地は東の、少し内陸に入ったところにある。漁師たちはおれの目的地のことを知ると、ますますよそよそしくなった。あのセルルなる人物は全く好かれていないのだ。まれにしか姿をみせることはなく、年老いているようだ。迷信にとりつかれていると思われていて、『鳥の王』と呼ばれている」

八

彼ら一人ひとりの中に、街道や人家の密集するところは避けなければならないという機制がめばえ、そのため、彼らの旅はレンドルフットからクラディック湿原にかけてひろがる荒野へと移った。そこは〈午後の文明〉が猿の性殖質《ジャームプラズム》の夢でしかなかった頃に損なわれなかった頃に荒れはて損なわれた後背地であった。深い渓谷がつくる岩だらけの荒地、永の眠りをむさぼる火山の噴火口。「わたくしの帝国は荒れているのですね」とメスヴェト・ニアンが言った。「勝ちとるにせよ負けて失うにせよ。どこもかしこも死の風景。雛形なのですね、世界の終りの」

誰もそれに答えず、彼女は頭布を顔にひきおろした。

南部に雪はなかったが、降りつづく雨が葉のおちた灰色の植物をむちうち、黒玄武岩と軽石につやを与え、泡だつ流れとなって渓谷をぬけ、海にそそいでいた。夜には、電光のような火花が死火山の頂きにおどり、柱のようにたちならぶ玄武岩は巨大な建造物の観を呈した。

進むにつれて、鳥たちが影をおとし、つきまとった——怒れる空に高くかかる不吉な十字架の陰影だった。

二日目の夕暮にセルルの塔に至った。多孔質の火成岩の山稜をこえていくと、クラディックの背後の山々から流れでる名もない川の河口に出た。かすれゆく陽光の中で水面は光り、金属の薄板のように一行の前にひろがっていた。黒々とした高い断崖はまっすぐに暗い浜辺におちこみ、冷たい風はその水面につかの間、意味のない紋様をえがいた。

西の川堤にちかい浅瀬には半球形の小さな島が配されており、くずれかけてはいるが、割石で築かれた道で陸地とつながっていた。不毛の島だったが、白く枯れた松の木立があった。

その松林の先に、距離があるために縮んでみえるが、まるで石の指のように、塔が突きだしていた。五つの面をもち、先が細く、黒かった。その最上部に近いところに小さな光がもれていた。ちらついて、点いたり消えたりする灯りだった。その周りで鳥が円をえがき、哀調をおびた啼き声をあげ、水面をかすめて嘴《くちばし》を水没させた――変った色の魚喰鷲で、強い風の中で翼は外套のようだった。

「ここにはわれらのためになるものはない」突然、バーキン・グリフが言った。「ここに住まいをかまえようとするのは気の触れたものだけだろう。あの漁師たちが正しかったのだ」

しかし孤立を知るクロミスは、ななかまどに囲まれたバルマカラの自分の塔を思いだして、首を振った。「あれこそわれらがここに来た目的だ、グリフ。あの鳥を見ろ、あれは血と肉でできているわけではない」彼は腰に吊したイリジウムの禿鷲の死骸に手を触れた。「降りてゆこう」

河口は茫洋とした褐色の光につつまれ、島は暗く、見定めがたく、謎めいていた。枯れた松のきしむ音が、風に波だつ水音に遮られてもはっきりと聞きとれた。玄武岩の細かい砂粒と散在する人の頭ほどの火山性硝子がおりなす砂浜から、築堤にのぼった。その石は滑石に似ており、溶けていた。所によっては数センチほども水没していた。

彼らは余儀なく一列になって進み、クロミスはしんがりについた。島に近づくと、小人のトゥームは斧をぬきはなち、グリフは幅広の剣を鞘から少しひきだし、難しい顔であたりをにらみつけた。あたかも風景の一部である自分に対して陰謀がめぐらされているのではないかと疑っているかのようだった。

足をぬらして彼らは塔の前に立った。

その塔は想像もできないほど遠い過去の時代に、長さ六十メートル、直径二十から二十五メートルの黒曜石の一枚岩《モノリス》からけずりだされたものだった。今では失われた大規模な土木工学の技術によって先端がもちあげられ、底部は継目もわからないように島の基岩に接合されていた。五つの面はきりたって、磨きあげられており、それぞれの面に簡素な高い窓が二十個くりぬかれていた。もの音ひとつしなかった。最上部のあかりは消えていた。亡霊のような松林をぬけて、石の小道が扉につづいていた。

小人のトゥームはひとりおだやかに笑みをうかべた。「長もちするように建てられているのだ」彼はまるで自分が砂漠から掘りだしたもののように自慢して、クロミスに言った。「そのことは否定できないぞ」彼は樹々の間を気どって歩き、甲冑は宵闇の中で銀色に光り、骸骨のようだった。彼は斧を逆にもち、その柄で雷鳴のように扉をたたいた。

「出てこい！　出てこい！」とトゥームは叫び、扉を蹴った。その一撃をくわえたために金属の足はがらがらと音をたてた。だが誰も出てこなかった。頭上高く、魚喰鷲が休みなく周回していた。クロミスはメスヴェト・ニアンが近づいてきたのを感じた。「さあ出てこい、鳥造り！」とトゥームは呼ばわった。「さもなくば、この門をたたき割ってたきつけにしてやるぞ」そしてつけ加えた。「それとも、丸ごと取っぱらってやろうか！」

この脅迫のあとにつづいた静寂の中で、低いけれども明瞭に、乾いた笛のような笑いがきこえた。

バーキン・グリフが口ぎたなく叫んだ。「後ろだ！」彼は吠え声をあげて、重い刀をひきぬいた。自分の先見のなさに愕然としてクロミスは振りかえり、背後からの脅威に立ちむかった。汗は眉の上に、銘なき剣は彼の手の内にあった。上空では魚喰鷲が幽霊のように旋回し、啼いていた。松林をぬける小道が大きく口を開いた——隧道、罠、闇。クロミスは暗闇の中にねらいをつけて、荒々しく上段にかまえた。それはいつまでも振りおろされることはなかった。

そこに立っていたのはレンドルフットのセルル、鳥造りだった。

〈鳥の王〉は非常な高齢であり、老齢の肉体的な兆候にすぎないものを追いこして、〈無時間性〉の中に、高揚状態に入りこんでいるようにみえた。

細長い半球状の頭には肉付きがなかったが、肌はなめらかで張りがあり皺もなく、とてもきめ細かくひきしまって、透きとおらんばかりだった。皮膚の下から骨が輝き、薄くこわれやすい翡翠のようだった。肌はかすかに黄色味をおび、決して不健康ではなかったが、異様ではあった。眼は緑色で澄んでおり、楽しそうだった。唇は薄かった。

羽織っているのは帯のないゆったりとした黒のローブ――菱形をよせあつめた模様がいくつも縫いこまれており――その上に、パステル都市の塔に刻まれている一種の幾何学模様を思わせる柄が金糸で刺繍されていた。奇抜で不安を与えるその紋は、〈時〉それ自体の視覚芸術、言語、代数に等しいものかもしれなかった。

それには次のような特性があった。セルルが動くと、紋は、その下地である衣服と全くかけはなれた動きをみせて、ひとりでに移動し、流れるように見えるのである。

「武器をおさめなされ」銘なき剣の切っ先が、皺のよった老いの喉元で、決断がつきかねるように揺れうごいたとき、セルルは小声でいった。そしてクロミスの腰帯に垂れさがっている死んだ髭鷲に目をとめた。

「わしの鳥のおかげをもって、そなたがテジウス＝クロミスだということは判っておる。すでにそなたが巡察行をはなれて久しい。出くわしたものを殺すことによって誤ちを帳消しにしようというならば、悲しいことじゃ」

セルルは笑った。

「来なされ、中に入るとしよう――」彼は塔を指し示した。「活力斧をもった精悍なお仲間を紹介してもらいたいものじゃ。わしを殺そうとしていなさるように感ぜられる。だがその愉しみはがまんしてもらわねば。棍棒にされるのが好きな小人などおりますまい。いや、まったく」

強情なグリフは、しかし、その言葉を受けいれようとはしなかった。クロミスが剣をおさめた時にも、彼は従うそぶりはみせなかった。そして老人と対決した。

「きさまは間抜けか、それとも奸賊《かんぞく》か。今しがた仕掛けたような愚かな策略のために命をかけるとはな。ここに来るまでのあいだに、われらはきさまがぬくぬくと食べた食事の回数よりも多くの男たちを殺してきたのだ。先ほどのような悪ふざけより多くの人間を。

「きさまが間抜けであって、もうろくしてはいるが善意の人間であるという証拠を、家に入る前に見せてもらいたいものだ。

「たとえば、きさまが必ずレンドルフットのセルルであって、あの鳥と同じような狡猾きわまりない仕組の複製品ではないということを、われらはどのようにして知ればいいのだ?」

老人はうなずいた。そしてほほえんだ。

「これでおそらく判るじゃろう——」

彼は腕をあげて頭を後ろにそらせると、魚喰鷲のとぶ暮れなずむ空間を見上げた。ロープの図形は燐光を発し、歪んでみえた。彼の喉からは、荒々しく大きな叫び声、荒れ野と塩の浜を、風と海とをむすびあわせる悲鳴——海鳥の啼き声が発せられた。

たちまち鷲は塔の最上部をめぐる目的のない旋回をやめた。一羽また一羽と、鳥たちは大きなぎざぎざの翼をたたみ、啼き声をかえして空から消え、風は翼にあたり、うなりをあげた。

しばらくのあいだ、鳥使いの周囲の空間は音と動きにみたされた。彼の姿は翼の嵐の中に消えた。そして再び姿をあらわした時、外側にのばした彼の腕には鷲が一羽ずつとまり、さらに十羽が彼の前の地面にいた。

「この鳥たちは、見ての通り、音声の暗号に反応するように造られておる。とてもすばやい」

バーキン・グリフは武器を鞘におさめた。「すまなかった」

扉の横の暗がりで、小人のトゥームが静かにくすくすと笑った。火花を発する斧を反対側の肩にうつしかえて前に出ると、甲冑は陰鬱な音をたてた。彼は大きな金属の手の片方を老人に差しだした。

「間抜けかどうかはともかく、おれはその仕掛けを学びたい」トゥームは鳥の完璧なイリジウムの羽毛を観察した。「ご老台《ろうだい》、われらと協定を結ぼう。こうしたものの造り方を教えてくれ。おれは気が短く、心根のよこしまな小人だということを忘れよう。扉をもぎとると脅迫したことは謝る」

セルルは壮重に首を傾けた。

「遺憾ながら、それはとうてい不可能ではなかろうか。学ぶがよい、友よ。そなたたちの誰かに憶えてもらわねばならぬのじゃよ……あの操作法をな。来なされ」

セルルは先にたって塔に入った。

それは年代をへた建物で、〈午後の文明〉の飛行艇につきまとっているものと同じ、深海の薄あかりにみたされていた。階数は十階で、各階には五角形の部屋が一つあった。

そのうちの三室は個人の空間にふりむけられ、長椅子が入り、絨緞がしかれていた。その他の部屋には〈廃原〉から掘り出された彫刻のような、素性のいかがわしい調度品がおさめられていた。光の幕がかかっており、揺れうごいた。くぐもった電気の声がながれていたが、その機能は不明だった――

「緑。緑が十。計算中」ささやく声がした。

小人のトゥームはその中を歩き、表情は穏やかで間がぬけていた。不意に彼が言った。「おれは四十年を無駄についやしてしまった。砂漠の破片を拾いあつめていないで、はやくここに来るべきだった——」

未完成の金属鳥の骨組が作業台の上におかれていた。鶩木菟《みみずく》、戦闘隼、肩黒鳶などは完成していたが力なく横たわって、その小さな野性の眼に生命をふきこむエネルギー注入の儀式を待っていた。

そして最後の部屋、塔の最上部には五つのだまし窓があった。ヴィリコニウムの玉座の間に並んでいるもののほぼ正確な複製であり、〈帝国〉のどこにもみられない風景を映しだしていた……

彼らがその部屋で活気をとりもどすと、鳥造りのセルルは淡々とした調子で《ゲテイト・ケモジット》のこと、おのれの数奇な生涯のことを語った。

わしはこのところそなたらの到着を待ちわびておった。そなたらは時間が残りすくないことを理解せねばならぬ。この事態に対するわしの干渉が具体的かつ肯定的なるものとなるためには、そなたらの協力をあおがねばならぬ。もっと早く実行するべきだったのかもしれない。気にはすまい。

さて。そなたらはカンナ・モイダートによってヴィリコニウムに課せられた脅威を知っておろう。しかしながら、はるかに本質的な脅威、北部人が——無知と迷信の井戸の中から——《ゲテイト・ケモジット》、すなわち『脳を盗む者』をよびさまし、モイダートがそれを用いたことによって避けがたくなった脅威についてては知ってはおるまい。

この脅威について明らかにせねばなるまい。そのためには——同時に——そなたらの心をわしの立場にしっかと引きよせなければならず——わし自身と、奇妙なる住居について少し話さねばならぬ。すまぬが、どうか口をはさまんでくれ。浩瀚《こうかん》な絵図を大まかにえがきだすまで質問を控えてもらえれば、事は速くすむじゃろう。

さて。

まずはじめに、明らかにしておきたいのだが、わしがこのいくさに関わっておるのは政治的な理由からでは全くない。ヴィリコニウムの勝利は、わしにとって北部族の勝利と同じで、重要ではない。ただひとつの例外については——グリフ卿、座って聞いてくれぬか——これから話すとしよう。

わしの関心は地球上の人類の絶滅をふせぐことにある。それはすなわち、この大陸の人類ということじゃ。というのも、これは同じ一つのものだからだ。

きっとそなたらはわしが何者かと問うことだろう——

悲劇ではあるが、わしにも判らぬ。忘れてしもうたのじゃ。この塔にやって来たのがいつだったのかも判らぬが、ただ少なくとも一千年はここにおる。

わしがここにいた間に、そなたらが〈午後の文明〉と呼ぶであろうものが崩壊していったこと、これは疑っておらぬ——その時にはすでにわしはここにいて、少なくとも一世紀はすぎておった。しかしわしが実際に、神秘的といってよい種族に属していたのかどうかも思いだせぬ。そなたらにとって彼らが遠い存在であるように、わしにとっても遠い存在なのじゃ。

わしは、おのれが不死であるのか極端な長寿に呪われているかのどちらかであることも疑ってはおらぬ。だがその秘密は〈時〉の中で失われてしもうた。ふりかかった厄病なのか、さずけられた刑罰なのか、わしには判らぬ。わしの記憶で信頼がおけるのは、おそらく過去に二百年ばかりさかのぼったところまでじゃろう。その先はない。

これが呪いの眼目であることは、そなたらにも判ろう。記憶は長つづきせぬ。生涯の記憶を一つの頭におさめれば、もうほとんど余裕はなくなる。千年の生涯ともなれば、もはや入るべき場所はなくなるなるわけじゃ。

人間であったのかどうかさえ、わしには思いだせぬ。

地球には〈過ぎ去りし文明〉の最盛期に多くの種族が——あるいは意に反して——興った。いくつかの種族は踏みとどまったが、〈錆の砂漠〉の隆興をまねいた環境の急速な崩壊によって孤立し、地球経済が技術を支えきれなくなり、大きな飛行艇が空を飛ばなくなった時、砂漠にのみこまれていった。

少なくとも二つの種族がその崩壊をきりぬけ、その後、わしらの今の状況に適応することに成功したのじゃ。

わしは第三の種族を代表しているのやもしれぬ。

しかしながら。

それは今のわしらの目的にとっては二義的なことだ。そなたらが目の前の光の窓に注目するならば、〈年上の女王〉の機械の従者が何をするかについて、予測しうることを伝えて進ぜよう。

さよう、陛下、あなたがたが「窓」と呼んでいるものは、少なくともわしと同じくらい古くからここにある。わしが造ったのだろうが、思いだせぬ。光と音に関するいくつかの機能を発見するまで、この窓も、王国にはみられない土地の固定した風景を映すだけであった。今では一つ一つ——最近になって少しばかり理解できた原理により——わしの鳥の眼に連結されておる。それゆえ、鳥がどこを飛んでいようとも、わしには見える。

さて。第一の光の窓を操作してみよう。見られる通り、カンナ・モイダートがデュイリニッシュを我が物とするのにほとんど困難はない——

大きな金属製の扉がねじまげられている。風を受けて扉はあちらへこちらへと揺れるが、音はきこえない。外にせりだした壁の下には死体の山、北部人もヴィリコン人も解きほぐせないほどにからみあっている。城壁の上に人影はない。都市の中へと移動しているのは、略奪した毛皮を着こんだ発掘人の偵察隊。炎が都市の平屋の武器庫を黒くこがしている。レプリカ広場の端にあるブルー・メタル・ディスカヴァリーは壊滅状態だ。一匹の犬が広場の中央の、身体を丸めて動かない頭のない人物の臭いをかいでいる。商人の死体だ……

あそこにモイダートは小人数の保守部隊を残していて、今しがた食料調達の旅をおえてアルヴスへ戻ってきたのを見たばかり。そしてヴィリコニウムにむけて移動していった——

パステル都市。五千人の北部兵がプロトン・サーキットにながながと連なって行進し、顔を勝利に紅潮させている。アーチスト・クオーターの、とある宿屋。こぼれた酒、おが屑、吐瀉物。列をなす避難民。パステル・タワーは最後の戦闘の際に損傷をうけた。近衛飛行隊の最後の一艇が、包囲されたミングレーを救ったベネディクト・ポースマンリーのひそみにならおうとして、帝国に残されている最後のエネルギー砲の動力源を爆破させるという無益な試みをしたのだ……

モイダートの南への進軍はすばやい。ここで、ソウブリッジの虐殺を生きのびた残存集団と闘っている《ゲテイト・ケモジット》を見よう――

あの恐るべき黒い前哨線が、急な丘の斜面をのぼり、エネルギー剣を一せいにふるっている。死者は苦悶の跡をみせて手足を投げだしている。鼻も口もない黒い顔が急激に接近する。二等辺三角形に配置された三つの黄色の眼、感情は読みとれず、異様で、不気味……

これを心に留めておかれよ。これこそヴィリコニウムの真の敵じゃ。申し訳ない、クロミス卿。陛下にこれほどの心痛を与えるつもりはなかったのじゃが。第四の光の窓は省くと致そう。そしてもっとも重要なものへと移ろう。これは今、そなたらが後にしたばかりの町、レンドルフットで起きていることじゃ――

夜。町の中央の通りでゆらめきちらつく松明の炎。やがて光は一群の漁師をうきあがらせる。彼らは舗石の上に横たえられたものの上にかがみこんでいる。画面が急に変る。上方からの眺め。衝撃をうけた白い顔。涙、肩掛けをはおった女。舗石の上には、死んだ子供、頭の上部はきれいに切りとられ、頭骨の中にはなにもない……

最後にそなたらが《ゲテイト・ケモジット》として知っているものの来歴を検討し、わしがそなたらをここに呼びよせた目的について論ずるとしよう。おまちなされ、グリフ卿、わしの話はすぐに終る。どうかしまいまで聞いてくれ。

〈中世期〉が終わろうとする深刻な内紛の時期に、〈午後の文明〉の最後のものが一つの技術を開発した。それを使えば、兵士がどれほど傷つき、損傷を受けていても、身体は——脳が無疵である限り——生きかえらせることができるのじゃ。

栄養剤の水槽にひたされた脳皮質は、新たな肉体を〝成長〟させる種として用いられる。どのようにして行なわれるのか、わしには見当がつかぬ。途方もないことのように思えるが。

《ゲテイト・ケモジット》はこうした軍備競争の結果なのじゃ。奴らが造られたのは人殺しのためだけではなく、脳組織を破壊することによって、殺した者が生きかえるのを阻むためでもあった。そなたらが評したように、身の毛のよだつものだ。しかし、このような言葉を使いたくはないが、悪い夢などではなく、一千年をへてわしらが対応しなければならなくなった現実でもある。

カンナ・モイダートが〈褐色の大廃原〉の北部で、地下の兵営かどこかに眠っていた人造人間の大部隊を発見したことは明らかじゃ。わしはそのことを、何年か前に、わしの装置の特殊な計器が奴らの目覚めを探知した時に知ることになった。(その当時は、探知機がいったい何を知らせているのか確かなことは判らなかった――十年がすぎて、わしはその問題を解明した。その時には、戦争はもはや避けがたくなっておった)

さて、クロミス卿。

わしの塔の記録は一つのことを明らかにしておる。それは次のようなものじゃ。いったん目覚めたならば、あの人造人間たちは内に組みこまれた、たった一つの指令を遂行する――

殺戮じゃ。

万が一、作戦が終わった時にカンナ・モイダートが奴らの動力を切ることができなかったならば、奴らの殺戮は続行されるじゃろう。殺す相手が政治的にどちら側についているかにはおかまいなしじゃ。

年上の女王はヴィリコニウム帝国を完全に掌握することになるやもしれぬ。

しかし、そうなってしまえば、孤立した最後の抵抗軍が掃討されて《ゲテイト・ケモジット》の戦うべき戦争がなくなってしまえば、たちまちにして奴らは年上の女王に牙をむくじゃろう。すべて武器なるものは両刃の剣。それをあやつる者にとっても、犠牲となる者にとっても恐ろしいのが武器の本質ではある――しかし《ゲテイト・ケモジット》は最終兵器であって、環境を蹂躙し、政治問題に荒々しい解決をつけることに専念する技術の究極的な産物なのじゃ。奴らは生命を憎んでおる。そのように造られておるのじゃ。

九

静寂が塔の部屋を支配していた。五つのだまし窓は緑の薄明の中でちらつきつづけ、遠方の残虐行為と断末魔の苦しみを黙々とくりかえし伝えていた。鳥造りの年老いた黄色い顔に表情はなく、手はふるえ、おのれの予言のせいで生気が失せているようだった。

「これは暗澹《あんたん》たる絵図だ――」小人のトゥームは酒をのみ、舌つづみをうった。彼はその画面を目にしてもほとんど動じることがなかった。「しかしおれが思うに、あんたは解決策をもっている。ご老台よ、われらをここへ呼びだしたのは、他のことではないだろう」

セルルはかすかに笑った。

「その通りじゃ」

トゥームは片手で殴りつけるしぐさをした。

「では核心に入ってもらおうか。手当たりしだいに殺したい気分だ」

セルルはたじろいだ。

「わしの塔には永い記憶がある。多くの情報がここに納められておる。それを解読しておったところ《ゲテイト・ケモジット》が、一つの人工頭脳、小さな町ほどもある複雑な頭脳にあやつられていることを発見した。

「記録は、それがどこにあるかという段になるとあいまいになっておるが、わしはその所在をモナデリス山地の南の二か所にしぼった。残るは、誰かがそこへ行くことなのじゃ——」

「そして？」

「そして、ある単純な操作を行なうのじゃ。それについてはわしが教えよう」

セルルは揺れうごく赤紫の光の柱の中に足を踏みいれ、渦巻状の機械装置の上にてのひらをかざした。一つまた一つとだまし窓は消え、彼らの苦痛はとりのぞかれた。セルルはテジウス＝クロミスを振りかえった。

「わしは、そなたらの一人、あるいは全員にそれを行なってもらいたい。わしの素性や数奇な人生を脇におくとしても、わしは齢をくいすぎておる。モイダートがパステル都市を越えて進軍している今となっては、わしが生きてそこにたどりつくことはできまい」

おのれが目撃したもののために感覚を失っていたクロミスは、首をうなずかせた。彼は虚ろな窓を見つめ、レンドルフットの死児の顔にとりつかれた。

「行くことにしよう。このようなこととは予想もしていなかったが。トゥームならば、グリフやわたしよりも学ぶのは早かろう。トゥームに教えられるがよい。

「われらにはあとどれくらい猶予期間があるだろうか？」

「おそらくは一週間。南は抵抗しておるが、モイダートの障害にはなるまい。週があける前に出立の準備をととのえてもらわねばならぬ」

鳥造りの長い語りのあいだ、メスヴェト・ニアンはさめざめと泣いていた。そしてようやく立ちあがって言った。

「恐ろしいことです。わたくしたちはつねづね〈午後の文明〉を人類の歴史の最高の境地とみなしてきました。あの文明は、懸命な努力によってつちかわれた階梯だったのですね。にもかかわらず、誤ちによって損なわれてしまいましたが。

「どのようにして彼らはあのようなものを築いたのでしょう？　なぜ、いつ、星々を手中におさめたのでしょう？」

鳥造りは肩をすくめた。彼のローブの幾何模様は、せわしない異国の動物のように移りかわり引きのばされた。

「わしに思いだせと指図なされるのですか、陛下？　わしにはとてもできそうにない」

「愚かだったのだ」とバーキン・グリフは言った。太った正直な彼の顔は当惑をしめし、傷ついていた　物事を自分にあてはめて感じるのが彼の常だった。「まぬけだったのだ」

「狂って、破滅にむかっていった。そのことはわかっておる」とセルルがいった。

テジウス＝クロミス卿はひとり鳥造りの塔の中を歩きまわり、上階の窓から雨や入江を眺めやって時間をつぶすと、魚喰鷲の絶えまのない荒々しい啼き声や枯れた白い松のきしみに触発されて、悲しく哀れな詩をつくった。彼の手は銘なき剣の柄をはなれることはなかったが、心の安らぎは得られなかった。

小人のトゥームはもっぱら機械に心を奪われていた――彼とセルルが五階にある作業場を離れることは稀だった。食事をすることがあるとしても、その仕事場でとった。バーキン・グリフは気むずかしくなってふさぎこみ、傷ついた足の痛みのぶりかえしを経験した。メスヴェト・ニアンは彼女のために開けはらわれた部屋にとじこもり、臣民の死をいたみ、自分の受けついだものの怪物性をしぶしぶ受け入れようとした。

無為の状態は兵士を退屈させ、鬱屈が詩人をうちまかし、全く所をたがえた責任感が女王の心にとりついた。それぞれ異なった方法で彼らは〈鳥の王〉に教えられたこと、そしてまた彼が提示した謎によって、徐々に浸みこんできた無力感に対決し、それを打ち負かそうとした。ある程度はそれぞれ成功した。だが、セルルがすべてを終わらせた。彼らが到着してから五日たった日の午後、塔の最上階に彼らは呼びあつめられたのである。

彼らは別々に到着し、最後がクロミスだった。

「これを見てもらいたい」とセルルが言っているときに、クロミスは部屋に入った。

老人は疲れをみせていた。顔の骨の上にきつくはりつめた皮膚は、ランプの傘の油紙のようだった。眼は頭布にかくされていた。不意に、セルルが人間ではなくなったように思えて、遙かな過去のある時に無辺の虚空をわたって地球にやってきたということが事実かもしれないとクロミスは納得した。

純粋に人間的な問題に対して、もしセルルが感じられるとして、どのくらい共感できるのだろうか？　巻きこまれることはあるかもしれないが、決して理解することはないのだろう。クロミスは〈廃原〉で見た大蜥蜴と、それが焚火に魅了されたさまを思いうかべた。

「これで全員が揃ったようだな」と鳥造りが小声で言った。

バーキン・グリフはむずかしい顔をして、不満をのべた。

「トゥームはどこにいる？　おれには見えないぞ」

「小人どのは仕事をしておるはずじゃ。この五日のあいだに、あの男はすべての技術を司る基本原理を吸収した。おどろきあきれておるのじゃろう。しかしわしとしては、あの男に仕事をつづけてもらいたい。これから話すことについてはすでにあの男は知っている」

「動く絵を見せてくれ」とグリフ。

年老いた手が光の柱の中を動いた。セルルが頭をかがめると、彼の後ろに窓がちらついた。

「禿鷲は今朝はヴィリコニウム上空を飛んでおる。見るがよい」

アーチスト・クオーターの道路の光景。おそらくはシング・アレーかソフト・レーンだろう。倒れそうな家々が音のしない風に身をよせあっている。長い布が雨どいに巻きついて垂れている。舗道に打ちつけられて曲がった針のような目をした猫は、舌をだして腐ったような臭いのバターをちびちびと舐めている。その他に動くものはない。

おぼつかない足どりで横にゆれながらクォーターのウエスト・エンドからやってくるのは、三人の北部人。革の脚絆には汗と血と良質の赤葡萄酒がこびりついて殻のように固まっている。互いに深く寄りかかって、酒瓶を回す。口は規則的に開いては閉じ、水鉢の中の魚の口のようだ。

彼らは呆けて気づかない。

彼らは戸口の動きを見すごし、そのために死ぬことになる。

猫のように狡猾に、音もたてず、黒く大きな影が男たちの後ろの道路にしのび出る。巨大なエネルギー剣がふりあげられ、ふりおろされる。愚かでもうろうとした顔がゆがむ。手が絶望的に眼の前に差しだされる。彼らは歯をむいて叫ぶ。そして、三角にならんだ黄色い眼は、臨床医の超然さで死体を検分する……

「始まりおった、見ての通りじゃ」鳥造りが言った。「これが都市のそこかしこで起こっておる。人造人間がカンナ・モイダートの臣民と遊撃戦を演じておる。彼らはまだ今のところ何が起こっているのかを充分には理解していない。だがモイダートは統制を失いつつある」

バーキン・グリフは立ちあがり、忌わしげにだまし窓をみつめ、跛をひいて歩きだした。

「鳥造りよ、おれはここに二度とこなくてすむように手を貸してやることにする」と言って、部屋を出ていった。「あんなものは二度と見たくない。そなたの窓は、おれが生涯かけて憎んできた敵を憎めなくしてしまった。そして別の敵を見せつけて、流転する状況のほうへおれの足を向かわせるのだ」

セルルは肩をすくめた。

「あとどれくらいでわれらは動けるのだ?」とクロミスは尋ねた。

「一日、あるいは二日。小人はもうほとんど準備ができておる。わしはすべての鳥を呼びよせている。グリフ卿がどう考えているかは知らぬが、わしは暴力沙汰の覗き屋などではない。わしにはもはや、モイダートの凋落《ちょうらく》を見る必要はない。そなたらがまもなくたどることになるはずの道すじの上空に鳥たちを移動させておくほうが、役立つことじゃろう。

「鳥たちが戻る時には、目は釘づけになるじゃろう、クロミス卿。そうそうは見られぬ光景となろう」

クロミスとメスヴェト・ニアンは連れだって部屋を出た。外で彼女は立ちどまり、クロミスの眼をのぞきこんだ。彼女も年をかさねてきた。少女の面影はうすれて大人の女性へと変り、そのことを彼女は嫌っていた。顔はおちついて、口もとはひきしまっていた。美しかった。

「クロミス卿。わたくしはこれから先、このような責任を背負って生きていきたくはありません。間接的には、すべてはわたくしの罪なのですから。わたくしはとうてい強い女王とはいえませんでした。

「このいくさが終れば、退位します」

クロミスはこれほどはっきりとした反応を予期してはいなかった。

「陛下、あなたの父君も生涯のほとんどの日々、同じ考えをおもちでした。そしてそのような道がご自身に許されていないことも御存知でした。あなたも御存知のはずです」

彼女はクロミスの胸に顔をあてて泣いた。

二十四時間のあいだ、塔のまわりの空は鳥の群れで黒くなった。北からの風にのって、叩きつけられるように戻ってきたのだ。

モナー山地の麓からは、髭鷲や鳶《とび》。

森林からは幽霊のような鷲木菟《みみずく》。

リーデイル低山地の農地からは、不気味な長いとさかをもつ熊鷹の大隊。

〈褐色の大廃原〉の周縁からは、蜥蜴鵟《とかげのすり》の中隊。

百羽の稚児隼、二百羽の魚喰鷲――獰猛な嘴をもつ千羽の肉食鳥が、長大な翼となって殺到してきた。

クロミスは若き女王とともに窓際に立ち、夜から朝にかけて姿をあらわす鳥たちを眺めた。正確な編隊を組んで塔を周回するもの。翼でとらえた空気を打ちつけ、鐘のような音をたてて着地するもの。小さな島の岩や暗い浜辺に点々と散らばるもの。鳥たちは松の木にも群がっており、クロミスはすべての樹が枯れてしまったその理由を知った――セルルはかなり以前から鳥たちを必要としていて、鳥の長爪がくまなく樹皮をはがし、鋼鉄の体がすべての小枝を折ってしまったのだ。

「鳥は美しいですね」女王はささやいた。

しかし鳥は、その美しさにもかかわらず、その造り主を破滅させたのだった。

……ソウブリッジの南のむきだしになった土地、敵が到着する前に村人たちが穀物倉に火を放った場所で、一人の飢えた北部兵がすばやく飛ぶ梟《ふくろう》の群れに弓を射かけた。ある種の好奇心が彼をかりたてたのだ。それまで一度もそのようなものを見たことがなかったのだ。適確な判断というより幸運によって、彼は一羽の鳥を射おとした。

そして食べられないことに気づいた時、彼は困惑に顔をゆがめ、それを隊長のところに持っていった……

夜明けは入江の玄武岩の崖をこえて、おぼろげに不気味におとずれた。光はクロミスが一晩中ながめていた窓にあたり、彼のきびしい表情をやわらげ、松の木にとまる鳥の羽根をなで、最後に帰還する鳥の群れの嘴を銀色にそめた。不恰好な灰色の禿鷲が七十羽、三メートル幅の翼を水面の上でゆっくりとはばたかせている。

さらに光は、飛んでいく鳥の後ろに静かにうかぶ巨大なものにあたり、輪郭をうきあがらせた――その長く黒い胴体には、〈狼の頭〉と〈三つの塔〉の印がついていた。

クロミスは一人だった。女王は数時間ほど前にひきさがっていた。彼はしばらくのあいだ、入江の上空を行きつ戻りつする飛行艇を見つめた。外殻は傷つき、孔があいていた 二分か三分ののち、艇は崖を越えて西方に消え、彼は通りすぎたのだろうと思った。だが艇は戻ってきた。空にうかび、ためらうように旋回し、羅針盤の針のように探索していた。

考えこみながら、クロミスは五階の作業場にむかった。剣をぬき、その柄頭で扉をかるく叩いた。

「セルル！　発見されてしまったぞ」と彼は叫んだ。

彼は銘なき剣に目をやり、それから鞘におさめた。

「おそらくは、やつらを寄せつけないことはできよう。塔には防御の仕組みがそなわっておる。やつらの武器の種類にもよるじゃろうが」

彼らは上の階に集まっていた。メスヴェト・ニアンは寒さにふるえ、バーキン・グリフは朝早いことに不平をのべた。睡りが足りず、口がかわき、感覚が鈍っていたクロミスは、事態のすべてを非現実的なものと感じた。

「あのたぐいの艇では、一機で五十人ははこべる」と彼は言った。

飛行艇はその時、塔と陸地をむすぶ築堤の上に浮かび、亡霊のようだった。艇は降下しはじめ、速度をゆるめて、崩れた石の上に着陸し、舳を島に向けた。

「歩兵どもがわざわざわしらに気をくばることはあるまい」とセルルが言った。「それに扉が防いでくれるじゃろう。鳥もおる」

艇の重みがかかった築堤は、ずれをおこし、きしみをあげ、おちついた。かなりの石が崩れて、入江にすべりおちた。所によっては、三十センチほどの水が黒い船体をひたしていた。その背後では、輝きをます光の中で、丘陵がおそろしげな砲金色にそまっていた。セルルの魚喰鷲は倦むことなき旋回をはじめた。

五つのだまし窓は同じ光景を映しだした。水面。無音の飛行艇。

舷側には乗降口が開いていて、傷口のようだった。

そこから《ゲテイト・ケモジット》があふれだし、胸よりも高く剣をかかげた。

バーキン・グリフは噛みしめた歯の間から音をだしていた。負傷した足をなでさする。「ここの防御設備とやらを見せてくれ、鳥造り。さあ見せてくれ！」

「あれにつきそっている人間は二人だけですよ」と女王が言った。「将校かしら、それとも奴隷かしら？」

彼らは三列縦隊になって築堤を進んできた。五十本以上ものエネルギー剣、百五十もの底しれない深さの黄色の眼。

鳥と《ゲテイト・ケモジット》が出会った。

セルルの手が計器盤の上を動きまわり、無数の鳥の群れを島から浜辺にむかわせたので、あけぼのの光はかげった。雲霞《うんか》のように鳥は《ゲテイト・ケモジット》に襲いかかり、声をひとつに啼きわめいた。侵略者の姿はかき消された。

剣がその雲の中できらめき、金属を脂肪のように断ちきった。鉤爪は一掴みの釘のようになって、三角形にならんだ眼を捜しもとめた。何百羽もの鳥が叩きおとされた。しかし、鳥の群れがとびはなれてみると、二十体の人造人間が切り裂かれ、半分は水につかり半分は水の外に出て、残りは飛行艇に退却してしまっていた。

「ほう」とグリフは言い、そのあとしばらく声を失った。「ご老台、そなたも噛みつく歯をもたないわけではないのだな。それにやつらも不死身ではない」

「その通りじゃ。しかし、わしはおそれておる。下方のあそこを見よ。カンナ・モイダートは〈砂漠〉からさらに多くのゴーレムどもを掘りだしたようだ――」

セルルはクロミスに顔をむけた。

「行かねばならぬ！　今すぐここを発て。塔の下には地下室がある。そこには馬が待機しておる。隧道は玄武岩の下を貫き、ここの南一キロほどの場所につながっておる。小人はいざとなればいつでも出立できる。人工頭脳の所在地についた時には、あの男の指図に従うのじゃ。

「行け。トゥームをつれて、今すぐに！　あの男の甲冑は、わしが補修しておいた。馬のわきにおいてある。直ちに出発するのじゃ！」

そう話す彼の眼は、恐怖に見ひらかれた。

鳥がくりかえし攻撃をしかけているにもかかわらず、《ゲテイト・ケモジット》は船の横の築堤にわずかの区画を確保していた。その場所で、四体の《ゲテイト・ケモジット》が重そうな装置を組みたてていた。彼らの仕事ぶりは思慮ぶかく、あわてることもなかった。

「あれは持ち運べるエネルギー砲だ」とバーキン・グリフが小声で言った。「あんなものが帝国に存在するとは思ってもみなかった」

「多くのものが地下にはあるのじゃよ、グリフ卿。さあ行け！」とセルルが告げた。

塔が鳴動した。

菫色の火球が大砲の筒先から発射されたのである。岩も樹も蒸発した。五百羽の鳥が閃光を発して歪んだ金色の火の球となり、心ならずも、生まれかわることなき不死鳥になった。セルルは計器盤にむかった。

塔は低い音を発しはじめた。彼らの頭上、塔の先端で何かがくだけて飛び散った。オゾンが空気を汚した。

雷光が島をよぎってとびだし、飛行艇の機体を青白い炎で際だたせた。

「わしも大砲くらいはもっておる」と鳥造りは言った。老いさらばえた彼の顔にはほほえみがあった。「あの鳥のほとんどは極めて精密で、話せるようになっておった。話せるというのは、わしが耳にした中では、生命の定義として適切なものじゃ」

築堤の周辺の水面は沸騰しはじめていた。

クロミスは女王の手をとった。

「ここはわれらがいるべき場所ではありません。古代の武器がここで目覚めたのです。彼らに闘わせておきましょう」

塔を支える岩が不吉に揺れた。

「あの老人を連れていかないのですか？　殺されることは目にみえていますよ——」

「わたしにはあの男が来るとは思えません」とクロミスは言った。彼は正しかった。


小人のトゥームは疲れた眼をして陶然としていた。

「おれは五十年の人生を無駄にしてきたよ。行かねばならぬらしいな」

百段の階段を下ると、下の洞穴につながっていた。

奇妙な旅だった。馬は訓練不足のためおびえがちで、トンネルの照明は暗かった。湿気が壁に薄い膜をつくり、茸は狂人の夢からぬけだしてきたような壁をつくった。音のしない巨大な機械が、天然の岩を溶かして造られた窪みの中に据えられていた。

地上の戦闘の震動はかすれて消えていった。

「われらは入江の下にいる。死人が骨をぬかれるという、世界の裏面だ」

彼らは馬にのって冷たい炎の柱の間を通りぬけねばならなかった。そこにはこのようなものが発見された。

白骨化した馬と騎手。大きくて誰にも持ちあげられないほどの剣。測れないほどに大きな蜘蛛の巣。美しい王女の木乃伊《ミイラ》と化した遺体。

音は反響せず、彼らとともに折れまがる通廊を下った。

「〈時〉の外に出たと言われても信じられそうだ」とテジウス＝クロミスは言った。

ようやく彼らは地中から外に出て、西の崖の淵に立ち、下を見た。セルルの塔は色のついた煙の棺衣につつまれて見えず、煙の中から雷光が閃めき、輝いた。築堤はおちこみ、場所によっては石が溶けていた。入江には蒸気がたちこめていた。

冷たい霧に囲まれて、彼らは南や西に馬をむけ、レンドルフットへ、さらには、〈樹懶《なまけもの》の森〉へとむかった。希みのない闘いにむかうセルルを残して出立したとき、魚喰鷲が一羽、煙の上に高く浮かび、旋回した。

小人のトゥームは五階の部屋での逗留のことや、そこで学んだことなどを決して誰にも話さなかった。彼が任務に必要となる以上に知識を吸収したこと、鳥造りがそれにふさわしい熱意ある生徒だとみていたことは確かだった。また、年齢も出自も忘れた男セルルについて話すよう求められても、一言も話さなかった。だが、老境に入ってからは、時おり半ば自分につぶやくように語ることがあった。

「われらは真理ともいえないものや無意味なもののために人生を無駄にしておる。無駄にしておるのだ」

十

カンナ・モイダートは南部へ深く侵攻し、ミングレーに達したところで足止めをくらった。町は陥落したが、海岸近くの荒涼とした道路で、《ゲテイト・ケモジット》はその先にはすすめないことを察知した。彼らは市民を惨殺し、そして、目的も情熱も全く欠いたまま、主人たちに牙をむいた。北部兵たちは血と魚の臭いの中で死んでいった……

一方、ソウブリッジやパステル都市の裏町では、死神は正確な機械の手足をもっていた……さらに大きな戦争がはじまっていた……おそらく戦争は終ってはいなかったのだろう。人造人間たちは千年以上も昔に発動された任務を果たしつつあるのだろう……北部人たちが絶望的に請いもとめたのは敵だった……

「許されてはならない光景だ」

テジウス＝クロミスと小人のトゥームは南部の雨にぬれた山陵の頂きに立っていた。それはモナデリス山地と海とをへだてる細い首のような陸地だった。

周辺の土地は塩基質《アルカリ》で不毛で、石灰岩の隆起したその地域には、ほとんど降りやむことのない雨による深い峡谷が幾列も条を刻んでいた。所によっては、数千年にわたる侵蝕に耐えた岩層が高くなめらかな歪んだ柱となり、周囲の土地を圧倒して立っている。

「鳥造りによれば、古い街道があそこを貫いているという。われらが求めているものは、その尽きるあたりにあるらしい——おそらくは。そなたはそれと確認できる自信があるか？」

その土地の手足の形をした奇怪な岩塔の上では、くすんだ茶色の空に灰色の雲がくりだし、風はきつかった。トゥームは大きな鋼鉄の指を外骨格の左足にいらだたしげに打ちつけていた。

「いったい何度言わせればわかるのじゃ？　と言ってセルルは教えてくれたよ」

彼らが旅にでて五日がすぎた。第一夜は、レンドルフットと、そこに駐屯する動揺した北部人の部隊を首尾よく回避し、干潮時にガーヴァン湾の大きな入江を渡渉した。だが翌日の午後、モナデリスの南西の影に住む小作農民から、この地域には《ゲテイト・ケモジット》の前哨部隊がうろついているという警告を受け、以後、彼らの移動は用心深いものとなった。

やがて〈南の森〉の先触れの林が彼らの行手をはばんだ。

大地はそこから八キロにわたってなだらかに傾斜し、石灰岩が見あたらなくなるにつれて荒廃の度合いも着実に薄れていった。低木の林と針金雀枝《はりえにしだ》が姿を現わし、さらに白樺の木立にかわり、やがて、樹々は黒い線となり——数百メートルにわたる山稜から海辺の白亜の穴に至るまで、暗くかたまってのびており、樹木の壁のようだった。

「さて。是非もなかろう」とクロミスは言った。

彼は前方を見つめている小人をのこし、すべりやすい山陵の北の斜面をくだって、心もとない張出岩の下で馬とともに身を丸めているバーキン・グリフとメスヴェト・ニアンのもとにむかった。雨は彼らの外套を身体に、毛髪を頭にはりつけていた。

「道の見通しがいいのは森までだ。あそこで何かが動いても、感知するのはむつかしかろう。ここで待っていても何の得にもならない。グリフ、そなたもわたしも樹々を突っきる道のことを考えたほうがよさそうだ」

半日とたたぬうちに、一行は緑の大聖堂の中で道にまよった。

下生えはなく、樹幹と曲った枝があるばかりだった。馬はからみあった根に足をとられ、進捗の具合はのろかった。下枝の中には動きも音もなく、上の方がすぼまっている灰色の空間からしみだしてくる湿気がぽつんぽつんとしたたっているだけだった。松林は樫や梣《とねりこ》の密集する茂みへとかわり、小道さえもなかった。樹々の中を通っているのは、彼らの心がつくる目標もわからぬ道だけだった。

日のさかり。

巨大な青白い毒芹《どくぜり》と色素をなくした刺草《いらくさ》の小草原で、矮人のトゥームは仲間からはずれた。

「おぬしらの仕事もしなければならぬとは厄介極まりないのお。ここにいてくれ」とつぶやいて、彼は太股ではなれてゆき、大きな斧でまっすぐに道をひらき、腹いせに若木をひきぬいた。

からみあう苔が、草地をまるくとりかこむ木々の幹の南側に生えていた。大きな皿のような湿った茸属が太い幹の裂け目からとびだし、腐りかけていたのか、触れるとはじけた。光は苔灰色で、鬱陶しかった。

「あまりにも西に来てしまったな」と言って、バーキン・グリフは居心地悪そうに周囲を見まわした。「地面も傾きはじめたぞ」そして一瞬おいて、自己弁護のためにつけ加えた。「鳥造りがあけっぴろげだったとは言いかねる」

「誤ちの責任はわたしにもある」クロミスは認めた。

メスヴェト・ニアンは身ぶるいした。「この場所は好きになれません」

それ以上の発言はなかった。声はものうく、響かず、会話は墓石をおおう芝生のように、あるいは果てしない腐葉土を踏みしめる蹄の音のように吸いこまれて消えた。

日の暮れるころ、矮人は少し気鬱をなおして戻ってきた。彼は女王に頭を下げた。

「トゥームです、陛下」と自己紹介をした。「おそるべき行状をもつ巡歴の小人です。機械工にして、道をひらく者――」ここで、夜蔭の繁みに関心を示すようになった二人、クロミスとグリフを愚弄するように眺めやった。「――なんなりとご下命下さい」

トゥームは陰気に笑った。

彼は先にたって、棘のある大きな黒山査子《くろさんざし》が影をおとす見分けにくい小道を進んだ。周囲の光は乏しかった。太陽が音もなく樹々や雲の彼方のどこかへ姿をかくしたころ、彼らは南北にはしる広い荒廃した空間に足をふみいれ、闇の深まった。

蓬《よもぎ》や薊《あざみ》がそこには鬱蒼と茂っていたが、一辺が二十メートルもあり、森の下生えの中に埋まっている巨大な傾いた岩板は、隠しきれなかった。かつて、ガルガンチュアに似つかわしい幅広の幹線道路として造られたものだった。湿った苔も、死滅した言語が深く刻まれている高い巨石《メガリス》を完全に覆い隠すことはできず、その巨石が連なって森の中の都市、シング・フィフティ、驚嘆すべきセルルの塔の記憶をもこえた時代の南部の首都につづいていた。

彼らは草におおわれた岩板の風下の道路上で露営した。焚火は〈時〉を越え、そしておそらくは空間をも越えてなまけものを呼びだした……

「何かがあそこにいる」とバーキン・グリフが言った。

彼は身体をおこし、ゆらめく炎を背にして立ちあがり、おそろしいほど静かな森をのぞきこんだ。幅の広い剣をひきぬく。

炎と静けさ。

「あそこだ」かすれ声で言う。彼は前方に駆けだして影の中にはいり、長い剣を頭のまわりで振りまわした。

「やめなさい!」メスヴェト・ニアンが叫んだ。「グリフ卿——そっとしておきなさい!」

足をひきずって、ゆっくりと、光の中にあらわれたのは三匹のなまけものだった。グリフは三匹とのあいだに間隔をおいた。彼の武器は炎を反射し、呼吸は遅く、重くなった。

なまけものはまばたきをした。大きくどっしりした後足で立ちあがり、前足をもちあげた。指の一本一本には鉄をも断たんばかりの爪がそなわっていた。橙色の焚火の光の模様が、厚く白い毛の上を移っていった。

四メートル余りの高さから三匹は黙ってグリフを見おろし、静謐な茶色の眼は近視なのか、彼を見すえていた。毛むくじゃらのつぶれた頭を右に左に動かした。グリフはあとずさりした。剣のように細身で身軽で、炎にはりあうような髪をもつメスヴェト・ニアン、女王でもあり女帝でもある彼女は、グリフと大懶獣の間に割って入った。

「ようこそ。なまけものさん」と彼女はささやいた。「王宮のあなたの親戚からよろしく言うよう頼まれてきたのよ」

なまけものがそれを理解するはずはなかった。だが賢しげに頭をうなずかせて、女王の眼をのぞきこんだ。一匹また一匹と腰をおとし、ゆっくりと焚火にむかい、くまなく検分した。

「あれは〈女王の獣〉なのですよ」メスヴェト・ニアンはバーキン・グリフに言った。「かつてはそれ以上のものだったのかもしれませんね。わたくしたちに危害をくわえるおそれはありませんよ」

二日目にはシング・フィフティに到着した。それは零落した都市であり、二十五平方キロにわたって塔が崩れ、やわらかな地面に沈みこんでいた。

街角や広場は幾尋《ひろ》もの深さの汚れた水の下に沈んで、鼻をつく臭気の湖となっており、水面は褐色の枯葉に厚くおおわれていた。黒い蔦は〈午後の文明〉の耐久性のある金属にからみつき、パステル都市の地理やセルルのローブに移りかわる図形を思いおこさせる薄浮彫の上に、その曲がりくねった刻印を残していた。

そして至るところに、樹木や火跡地雑草や青白い毒芹があった。シング・フィフティは千年をけみした厚い繊維のような植物の根によって緑の死を迎えたのだった。

崩れた塔のあいだをぬって動いているのは、死滅した大都市の住人、大懶獣だった。水没した部屋に住みつき、夜となく昼となく水に閉ざされた道路を思慮ぶかげに動きまわり、一千年ものあいだ、自分たちが相続したものの存在理由をあばきだそうと努めているかのようだった。

小人のトゥームは部隊をひきいて、都市の中心にある崩れおちた円環に入りこんだ。

「ど真中には、卵型の広場に塔が一つ立っている」彼は首をふって、あたかも頭の中で講義を聴いているかのようだった。「広場の下の洞穴におりていくには、まずそこに入らなければならない。ある種の防御装置が今でも作動しているかもしれない。だがおれにはその仕掛けがわかっている。そう望みたい」

進むにつれて地面は急激に下降し、シング・フィフティは壮大な円形劇場の椀の中に建設されたかのようだった。水たまりや気持ちの悪い濠を越えなければならなかった。流水がひんぱんにあらわれ、舗装のひび割れから泡をたてて水がふきだしていた。

「こんなことになっているとは思いもよらなかった。掩蔽壕は水につかっているだろうな。モナデリスの山麓から流れだした水で、この始末だ。樹木のためにはなったが、おれたちの助けにはならないぞ」

トゥームは目標地点に近づいていたが、その近さがどれほどなのか、想像できなかった。そして広場についてみると、新たに学んだ技術はすべて何の役にもたたなかった。

なぜなら、シング・フィフティの市街の中心には、完璧な卵型をした澄んだ水の池があったからである。

その中央には、まるでトゥームの折れた歯の根のように、高い塔の先端が一メートルほど突きだしていた。深みには、おびただしい水草がみえ、掩蔽壕の入口を覆ってふさいでいる黒く厚い沈泥の中に根をおろしていた。

衝撃をうけて沈黙する中で、バーキン・グリフがつぶやいた。「ここは始める前に終ってしまった。水没している」

メスヴェト・ニアンはトゥームを見た。「どうするのですか?」

「する、ですって?」トゥームは苦々しく笑った。「身を投げるのですよ。陛下はお好きなように。わたしには何もなしとげられません、ここでは」

彼は大股に歩いて少しはなれ、座りこんだ。そして彼をあざむいた水の中へ枯木や石をこれでもかと投げこんだ。

「あそこには至りつけない」とクロミスは言った。「今夜はこの都市のもっとかわいた場所で眠り、朝になって動こう。

「セルルの話では、人工頭脳の据えられた場所は特定されていない。そのことについては警告をうけたはずだ。〈錆の小砂漠〉にあるという第二の目標を検分してみよう。

「もしそこでなかったら、ここに戻ってくればいい――」

小人のトゥームがせせら笑った。

「そして野鴨のように潜るのか？　ばかげている。おれたちは運命《ゲーム》に見はなされたのだ」

クロミスは剣の柄をなでまわした。「われらは、〈褐色の大廃原〉に入ってからこのかた、長いあいだ運命には見はなされている。それでもこうして生きているではないか。われらにできるのはこれだけだ」

「ああ全くその通りだよ」穏やかで皮肉のこもった声がすぐ後ろからきこえた。「ここはおまえらが見はなされる場所だ、おれはそう思う」

クロミスは振りむいた。恐怖が彼の頭の中に花をさかせ、剣は皮の鞘からひきだされた。

ノルヴィン・トリノアが目の前に立っていた。

二十人の北部兵がその後ろにひかえており、彼らの手の中で、エネルギー剣がぱちぱちとはぜるような音をたてていた。

「好機をつかんだあの時に、おれを殺しておくべきだったようだな、クロミス卿」と言って、トリノアは芝居がかったしぐさで首を振り、溜息をついた。「ただし、こんなことになるとは思ってもいなかっただろうが」

トリノアはクロミスからグリフに目を転じた。ソリスマン・カールメーカーの短剣によってつけられた傷跡が彼の顔の片側から表情を奪っており、そのため、笑う時にも片方の目と口の半分しか反応しなかった。彼はこの前クロミスが戦場で見た時の外套と鎖かたびらを今も着ていた。北部兵の革の衣装と同じように、血と酒が浸みこんでいた。

「無沙汰だな、グリフ」とトリノアが言った。

バーキン・グリフは歯をむきだした。

「ごますりめ。手下どもはおまえの命を救ってはくれないぞ。たとえおれが奴らに殺されるとしても、その前におれはきさまの内臓をえぐってやるからな」彼は幅広の剣を十センチほどトリノアに見せた。床に唾をはきつける。一歩足をふみだす。「腹わたを床にぶちまけてやるぞ」と彼は断言した。

クロミスは彼の肩に手を当てた。

「やめるのだ、グリフ、やめろ」

トリノアは笑った。彼は外套を後ろにはらい、おのれの剣は鞘に戻した。

「テジウス＝クロミスにはわかっている。英雄的な行為も戦略家を前にしては無力なのだ。メスヴェンがそのことを何年も前に教えてくれたはずだ」

「おまえが一番おぼえが早かったな」クロミスは素っ気なく言う。「グリフ、われらはトリノアを四度でも殺せる。だが、始末した時には、二十本の《バーン》に直面することになるのだ。トゥームといえども、それには耐えられまい。

「いかにうまく闘っても、陛下のお命は守れまい」

ノルヴィン・トリノアは若き女王に向かって薙ぎはらうような礼をした。

「さよう。さすがすばらしい解説ですな、クロミス卿。しかし、一つだけこれをきりぬける道がある。わかっているだろうが、おれは小人がほしい。

「説明させてもらおう。おれが探索しているのはおまえたちと同じものだ。それに、実は、このシング・フィフティにいても時間のむだだと教えてやってもよいのだ。もっとも、おまえたちの関心が純粋に考古学的なものならば話は別だが。

「このところしばらく、われらの連携関係については、少しばかり気をもんでいた。パステル都市のわれらの親愛なる陛下の図書館で――」彼は再び敬礼した。「――ある調査をしていたところ、《ゲテイト・ケモジット》がいかに頼りにならない兵器であるかが判ったのだ。おれと全く同様おまえたちにも、判ってはいるだろう。奴らは奴らのためにだけ働くのだ。(しばらくは控えてもらおう、グリフ卿。耳を傾けても傷を負うことなどないぞ)無論のこと、おまえらも知っているだろう。ところでおれは、どうしても、どこにあるかを知りたいのだ。

「おれはこの問題に対する解決策の一端にたどりついた。機械の正確な所在地がわかればそう、奴らの動力を切ることもできるだろう。

「さて、おれはここでのおまえたちの話をつぎあわせて、おれには得られなかった情報を小人が承け継いだことがわかつた。手短にいえば、おれの仕事のためにトゥームが必要だということだ。トゥームをわがものにしようとすれば、トゥームの命を奪うことになろう。そこでだ、この件に関しておれのために働くことはわれら全員の最大の利益になるのだということを説得してくれ。さすればおまえらを生かしておいてやろう。女王もな」

この一人語りのあいだずっと、トゥームは小さな池のふちに座り、動かなかった。ようやく彼は斧を解き放って、立ちあがった。ノルヴィン・トリノアの狼たちは不安げにざわめいた。彼らの剣は火花を発した。小人は甲冑に与えられた、ゆうに三メートル半はある身体をのばして、裏切者の上にそそりたった。

トゥームは斧をふりあげた。

彼は言った。「トリノア、おれは陋巷《ろうこう》の生まれだ。ミングレーの戦役のときに、並んで戦った三人の男に対してこのような仕うちをするとわかっていたら、おまえが眠っているすきに肋骨のあいまに《バーン》を突きたておけばよかったよ。おまえのために仕事をしよう。そのためにここにやってきたのだから。すべてが終わったそのあとは、おまえの金玉を切りはなして、口の中に縫いこんでやろう。

「それまでのあいだ、メスヴェト・ニアンには危害を加えないだろうな」

そして彼は力をぬいて、斧を脇におとした。

「よかろう。では、休戦を宣言しよう。あてにはならないだろうが、おまえの繊細なる感情をさほど傷つけることもあるまい。武器をもつことも許してやろう」トリノアはクロミスの不意のおどろきをみて笑った。「だが、おれの部下を一人、四六時中、女王につけておく」

「飛行艇は市街の南の端にとめてある。ただちに出発するとしよう」

しばらくののち、荒々しく残酷な〈狼の頭〉の紋章の真下に乗降口が開いている黒い艇に乗りこむ際に、クロミスは尋ねた。

「いかにしてわれらを発見したのだ？　森を抜けるわれらの後をつけることはできなかったはずだし、ましてや荒れ野ではわれらに見つけられないはずがない――」

トリノアは当惑したようだった。ややあって彼は歪んだ笑みをみせた。

「まだ気づいていないのか？　全くの幸運だよ。おまえらが都市に入る前から、われらはここにいたのだ。あれがよかった。新鮮な肉を調達しようと立ちよったのだ。あの時は、砂漠での長期逗留を想定していたのでね」

そして彼は、飛行艇の脇の大きな屍の山を指さした。白い毛皮は血糊に汚れ、近視の眼は生命を失って、くすんでいた。乗組員たちはそれに鎖をつけて、船倉にひき入れる準備をしていた。

クロミスはシング・フィフティの植物のからまった風景を眺めわたした。

「きさまは人間というより畜生だな」と彼は言った。

ノルヴィン・トリノアは笑った。そしてクロミスの肩をつかんだ。「畜生であることを忘れてしまえば、クロミス卿よ、負けのはじまりではないか」

十一

褐色の、変わりばえもしない砂漠が、滑空する飛行艇の竜骨の下をすべっていった。この〈小廃原〉は、どの点をとってもデュイリニッシュ北部の広大な死の領域に似かよっており、かつてシング・フィフティの統治下にあった工業を受けもつ地域の破壊された残余の姿であった。テジウス＝クロミスとバーキン・グリフと小人のトゥームは死んだ大懶獣と一緒に船倉に閉じこめられ、脈動する結晶の甲板を休みなく歩きまわった。メスヴェト・ニアンの首にエネルギー剣を押しあてたノルヴィン・トリノアは、小人に甲冑をあきらめるよう強制したが、斧をもつことは許していた。トゥームは古代のひねくれた子供のようだった。

「有機頭脳の守備のすきをつけば、好機が回ってくるかもしれない」と言って、彼は斧をなでまわした。そして肩をすくめた。「実際には、何かを見おとして、われら全員が死んでしまうかもしれないが」

飛行艇は上昇気流をうけて傾いた。船倉では白い死骸が横すべりした。クロミスはただ一つの舷窓から下方の砂漠を見つめた。知らぬ間に、彼の指は銘なき剣の柄をひきぬこうとしていた。

「どんなことになるにせよ、戦闘に至ってはならない。判っているだろうな、グリフ？　陛下の身の安全について確信がもてないままに戦いをしたくないのだ」

グリフは不興げにうなずいた。

「言いかえれば、何もしないというわけだな」

彼が話していると、隔壁の扉が開いた。ノルヴィン・トリノアが両脇に狼をしたがえて入ってきた。彼は垂れさがった口ひげをひっぱった。

「称賛すべき計画だ。最も賢明だろうな」彼はちらりとグリフを見て、それからトゥームに顔をむけた。「小人殿、到着したぞ。そこから下を見て、この場所がおまえの情報で指摘されていたところかどうか教えてくれ」

トゥームは舷窓に近づいた。

「砂漠だ。砂漠だということは、確かに、指摘された」彼は虫喰いの歯をみせた。「トリノアよ、おまえもありきたりのまぬけぶりをさらすのだな。着陸してみなければ、何も確かなことはいえないではないか」

反逆者は素っ気なくうなずいて、去っていった。数秒後、飛行艇は下降しはじめ、低空域の風の中に入るときに少しはねた。

トリノアの操縦士が艇を着陸させたのは楯の形をした黒い岩塊の上で、地獄のふちのうねる砂丘にうかぶ小島のようだった。発動機が脈動を止めると、船体の外から断続するかすかなシューという音がきこえはじめた。〈時〉は侵蝕であり、氷のような風が、岩の表面に砂塵の噴流を吹きつけているのだ。千年ものあいだ、そうして吹きつづけていたのだろう。

彼らは艇の風下に立ち、うずまく風のために外套は身体に巻きついた。砂塵が目や口に入った。クロミスは丸くなった華奢な女王の肩を見た。われらは腐蝕した人間に他ならず、風はわれらの眼に白き氷のおおいをかけるのだ、と彼は思った。われらが住んでいるのは、荒れはてた〈月〉なのだ。ベネディクト・ポースマンリーが飛んでいったのは地球だったのだ……

「どうだ?」とトリノアが言った。

百メートル先には、湾曲する砂丘の脇腹がせりあがっていた。そこから、壊れて溶けた荷揚機の末端が突きだして、ねじれた鋼鉄の樹の木立のようだった。輝くもの、磨きあげられたもの、腐蝕したもの。この廃墟を無言で見つめていたクロミスは、古代の風の押しころした叫びの底に、低いうなりを聴きとった。足もとの岩がかすかに震動していた。

小人のトゥームは歩きまわった。かがみこんで、岩に耳をあてた。そして再び立ちあがり、革の脚絆の埃をはらった。

「ここが目的の場所だ。砂丘の底を掘りはじめるのだ」トゥームはクロミスに生意気な笑いをみせると、大声をだした。「狼たちにはもぐらになってもらおう。彼らがいなかったら、何週間もかかっていただろうな。たぶん、おれたちは裏切り卿に感謝すべきなのだろうよ」彼は荷揚機の森を調査するために意気揚々と歩いてゆき、長い白髪は風の中でからみあった。

不機嫌な愚痴をもらしながら、北部兵たちは仕事にかかった。そして翌日の正午ごろ、彼らの労働のおかげで、砂丘の横腹に長方形の扉があらわになった。細長いわずかの隙間が、鳥造りの塔の建設に用いられた素材と同じ、黒曜石のような風化しにくい物質で封印されていた。

扉の製作者は、そこに象形文字を深く刻みこんでいた。〈時〉も砂漠も、この文字に関してはその男と張りあうことはできなかった。封印はつい前日に造られたかのようになめらかで、謎の文字も同じく明瞭だった。誰もそれを読めないことが残念に思われた。

トリノアは狂喜していた。

「扉を見つけたぞ」と言って、彼は口ひげを引っぱった。「さあ、われらの小人が鍵を合わせられるかどうか見ものだ」彼はトゥームの肩を陽気にたたいた。

「身のほどを知れ」と小人はつぶやいた。

トゥームは扉の前に立ち、声をださずに唇を動かした。おそらく、五階の部屋での見習い修行のことを思いおこしていたのだろう。彼は膝をついた。一列に並ぶ象形文字の上に手をかざす。赤い光がぱっとともり、次々と光った。彼は何ごとかをつぶやき、それをくりかえした。

「**そなたを求め訴える**」不意に扉から正確で虚ろな祈祷の声がした。「**そなたを求め訴える。バア、バア、バア。ウロ＝ブン＝ドス——**」

集まってきていた北部兵たちは鋤をとりおとした。彼らの多くは指で宗教的な印をつくった。目を丸くして武器を握りしめ、口をあんぐりと開いて息をついた。

「**犬の月、犬の年、バア、バア、バア**」扉は低くうなった。

この宗教的な音節の一つ一つに対して、トゥームは適切な答えをかえした。その対話が数分つづいたあと、静寂がおりたち、彼はまた、いにしえの刻印文字に手をはしらせる作業をはじめた。

「ゴレボグ！」と扉が叫んだ。

一瞬、強烈な白い光があふれて矮人の姿はかすんだ。彼はよろめいてそこをはなれ、衣服をたたいた。こらえきれずに笑った。髪からは煙がたち、脚絆はくすぶっていた。彼は指に息をふきかけた。

「扉の機械が長い年月のあいだに狂ってしまっていたのだ。こいつはおれを――」ここで彼は誰も知らない言葉を口にした。「――したが欺してやったよ。見ろ」

ゆっくりと、音もたてずに、黒曜石の平岩が下の方に開き、やがて、機械仕掛けのたるんだ口の下唇のように砂塵の上に止まり、それを圧縮した。その奥には傾斜する通廊がのび、色の変遷する淡いパステル調の輝きに照らされていた。

「おまえの扉が開いた。防御装置ははずれたぞ」彼はトリノアに告げた。

トリノアは頬の傷跡をこすった。

「そう願いたいものだな。テジウス＝クロミスが最初に入れ。思い違いがあるかも知れないからな、彼と扉の間で。そのつぎは女王だ」

何も事故はおこらなかった。

クロミスが掩蔽壕に入ろうとすると、扉は悪意をこめて囁きかけたが、手だしはしなかった。光の波長が数回かわるあいだ、彼はゆるやかに傾斜する通路の消失点をみつめて立っていた。聞きとれないほどにかすかな音楽の響きが彼をつつんだ。壁面に生えているのは結晶の塊で、〈金属塩の湿原〉を思いおこさせた。塊は規則的に脈うっていた。

彼は全く恐怖を感じなかった。

「そこを動くなよ、クロミス卿」トリノアの声は、開いた扉からのびる回廊の影響を受けたのか、くぐもって遠くに感じられた。「降りてゆくから、そこで出会えるだろうな――」

トリノアは剣をぬいて入った。にやりと笑う。

「おまえが何かたくらんでいた場合にそなえたのだ……むろん、そんなことはあるまいと高をくくってはいたが」彼は声をはりあげた。「まず女王を降ろせ」

隊列をととのえた時、北部兵たちはやつれて黙りこみ、視線を床に釘づけにして命令を開きのがすので、トリノアはトゥームを先頭にたてた。「いかような……防御設備があろうとも……発動しないようにするのだ。忘れるなよ小人、どこに短剣が突きつけられているかを。誰が持っているのかもな」


その通廊は地中に三キロほどのびていた。歩きはじめてすぐ、傾斜が水平に戻ったことが判った。壁の性質も変化していた。結晶の塊に代って、一・五メートル間隔で並ぶ一メートル平方の窓があった。その窓の奥に、はっきりと見分けられるものは何一つなかったが、乳色の光にみたされていて、その中に漠然としてはいるが恐ろしげな有機体が浮かんでいた。

もう曲り角はなかった。踏みしめる足の音が反響した。

交差路もなく、脇道もなかった。彼らは口をきかなかった。

彼らはようやく大きな円形の部屋にたどりついた。中央には光の柱と、大きな影の枝が、理解不可能な紋様を織りなしており、〈時〉の終りの精霊の踊子のようだった。天井と壁はどこも緑の金剛石《ダイアモンド》で、完璧な半球を形づくっていた。彼らが通ってきたものを含めて、十二本の通廊が十二個の迫持《せりもち》からのびていた。その他には、全く特徴らしきものはなかった。

光と闇の柱と円筒は、ちらつき、からみあい、その性質がいれかわり、動く方向が逆転した。明るい光の点がその中に不意に現われ、昆虫のようにとびまわって、消えた。一つの和音がその場所をみたしていた。高い大聖堂の反響音。

クロミスの目には機械と認めうるものは何も映らなかった。

「はじめたほうがよかろう」とトリノアは小人に言って、不安げにあたりを見た。その声は金剛石の壁に捕えられ、はねかえされた。それに反応するかのように、脳の働きを視覚的に表示する画面の活動が激しくなった。「われらに気づいているのだ。おれはできるだけ早くここを立ち去りたい。そうだろう？」

しばらくのあいだ、小人はトリノアを無視していた。醜悪な彼の顔だちは柔和になり、抜け目のない眼には輝きがやどった。彼は有頂天になっていた。急に下品に笑い、踵を軸にゆっくりと回転すると、裏切者と顔をつきあわせた。

「いやはや」彼は皮肉っぽく言った。「あせってもらっては困る。こいつを理解するには一世紀はかかるだろうよ」彼は肩をすくめた。「おっと、思いだした。短剣をかまえているのはおぬしだったな」彼は悲しげに首を振った。「きっと役たたずにしてみせる。それには一週間——あるいはもう少しかかる。問題は正しい……組合わせを見つけられるかどうかだ。一週間、それより短くては無理だ」

トリノアは傷跡に指をはわせた。

それから三日ほどのあいだ、クロミスはトゥームや女王の姿を一度も見かけなかった。彼らはこの複合施設の中央の部屋に留めおかれ、やる気のない北部兵の眼と剣で不断に監視されていたが、一方でクロミスとグリフは飛行艇の船倉に閉じこめられ、死んだなまけものとともにわびしい幽閉をしいられたのだった。

毎日、北部兵が食料を運んできた。

クロミスは内にこもりがちな性質のおかげでそうした状態と折り合いをつけることができ――舷窓から相も変わらぬ廃原をながめながら詩をつくった。しかし結局はそれによって過ちを犯し、おかげで、彼はバーキン・グリフの気分の変化に気づかなかった。

幽閉はメスヴェン団の大立者を消耗させた。グリフはいらだちをつのらせ、答えのない質問をして困らせた。「機能を停止させたあと、われらはどれくらい生きていられると見つもっているのだ？　言ってくれ」とか、「小人は機械にしか関心がない。われらはここで朽ちはてるのか？」とか。

彼は一日に二回、幅広の剣をとぐことに精をだした。

やがて彼は、血まみれの毛皮が重なったその上に鬱屈としてひきこもり、反抗の歌を口ずさんだ。彼は狂暴に指をたたきつけた。

毎日、北部兵が食料を運んできた。

中央の部屋を発見してから六日目、バーキン・グリフは船倉の扉の後ろに立ち、砥石で剣をといだ。扉がひらき、看守が入ってきた。

男は右手にエネルギー剣をもっていたが、それは役にたたなかった。

グリフは二つ折りになった死体を見おろして立ち、どくどくと血をふきだす腹の傷口に満足げな視線を向けた。そして男の外套のふちで幅広の剣をぬぐうと、鞘におさめた。彼は硬直しつつある拳から、はぜる音をたてるエネルギー剣をもぎとった　おそろしいほどの光が彼の眼にやどっていた。

「さあ」とグリフが言った
クロミスは恐怖のために身体から力がぬけ、動きが鈍くなっていることに気づいた。

「グリフ、狂ったな」と彼はつぶやいた。

バーキン・グリフは同じ眼の高さでクロミスを見つめた。

「われらは臆病者になってしまったのか?」

そしてグリフは身をひるがえし、すばやく静かに、船倉から走り出た。

クロミスは女王の死を意味するしかばねの上にかがみこんだ。遠くで、苦痛と驚愕の叫び。グリフが艇の前部で北部兵に出くわして、たけり狂ったのだった。

銘なき剣を手にして、クロミスは殺戮のあとをたどった。操縦室には、三つの死体。不様に手足をひろげ、顔には驚きの表情をうかべ、血が壁にとびちっている。異臭がした。乗降口が大きく口を開いていた。風が砂漠から吹きこみ、死者の眼は細かい砂塵に埋まった。

外にでると、身体は風にひっぱられた。五つ目の死体が掩蔽壕の入口にあった。彼が中に入ると、扉はうめき、きしんだ。「ウルブンドス」と言って、扉は忍び笑いをもらした。クロミスがグリフに追いついたのは、頭脳室に通ずる回廊を中ほどまで下ったときであり――あまりに遅すぎた。

裂けた藍色の鎖かたびらは血にまみれ、人を殺した手も赤く染まっていた。最後の犠牲者となった男の死体を中において、グリフはノルヴィン・トリノアにむきあった。そして裏切者の後ろには、はぜる音をたてる剣をもって、十人の北部の狼が立っていた。

トリノアはクロミスの到着を認めて、皮肉をこめてうなずいた。

「こんな愚かしいことになるとは予想もしなかった。もうおまえたちと契約は結ばないことにしよう。無駄だということがわかったからな」

バーキン・グリフは死んだ北部兵の胸に踵《きびす》をうずめた。目でトリノアの目をさがし、とらえた。

「おまえたちの女王を手にかけたのはおまえだぞ」とトリノアが言った。「そのうえ、自分にも手をかけることになるのだ」

グリフは一歩ふみだした。

「聞け、ノルヴィン・トリノア」と彼は小声で言った。「おまえのおふくろは豚にはらませられたのだ。そして十歳のときには、おまえに病気をうつした。それ以来、おまえはカンナ・モイダートの尻の穴をなめているのだ。

「だが、このことは言ってやろう。おまえの中にはまだ、今のおれと釣りあうほど立派にメスヴェン団の矜持があるはずだ、けがらわしい無頼漢どもがいなければ――」

彼は北部兵のほうをふりむいて、「戦闘の輪をつくれ」と言った。

トリノアは傷跡に指をはわせた。彼は笑った。「闘ってやろう。それで何かが変るというわけではないがな。メスヴェト・ニアンには四人の男をつけてある。おれがすぐに戻らなければ、女王も小人も殺せという指令を与えてある。判るだろう。生きようと死のうと、それがおまえだろうとおれだろうと、何も変りはしないのだ」

バーキン・グリフは奪ったエネルギー剣を拾てて、幅広の剣を鞘からひきぬいた。


死んだ北部兵は運び去られた。通廊の窓からもれる乳白色の異様な光の中で、戦士たちはじかに顔をあわせた。良い勝負とはとてもいえなかった。グリフは頭ひとつ背が高く、手も遠くにとどいたが、飛行艇の船室でおおかたの体力を使い果たしていた。じわじわと兇暴な怒りがもりあがり、彼は身体をふるわせた。トリノアは落ちつきはらってグリフを眺めた。

メスヴェン王ありし日々には、彼らは二人ともテジウス＝クロミスから多くを学んだ――しかし、鎖蛇のようにすばやいクロミスにはりあえたのは一人しかいなかった。

二人はぶつかりあった。

窓の向こうでは、濃密な液体の流れにのって、奇妙なものが動き漂っていた。

二つの刀は空中に白い蜘蛛の巣をつくった。北部兵たちは喝采し、賭けをした。二人は斬りかかり、旋回し、とびあがった——グリフの動きは鈍く、トリノアはしなやかで機敏だった。十五年、あるいはそれ以上前には二人はこのように並んで闘い、朝のうちに五十人は葬ったものだった。おのれの意に反してクロミスはそこに近づき、戦闘の輪に加わり、両手ですばやく突きたて、剣をはねあげて妨たげ……

グリフはつまずいた。

細い一すじの血が彼の胸にはしった。彼はののしって斬りつけた。

トリノアが不意にくつくつと笑った。彼はあえて剣が頬をかすめることを許した。同時にかがみこんで、大きくのばされたグリフの手の下に入り、剣のえがいた円の内側に踏みこんだ。彼は腕をちぢめて肋骨に一撃をくわえた。

グリフはうめき、とびすざり、回転し、傷つくことなく北部兵の輪に突入した。

そしてトリノアは慣性に身をまかせて前方にたおれこみ、肋骨をねらった突きを斜め下向きの一振りに変え、相手の膝下の裂けた鎖かたびらに斬りかかって、膝腱《しっけん》を切った。

グリフの足はぐらついた。

彼は傷を負った足を見おろした。歯をむいた。トリノアの剣が下腹に沈みこんだ時、グリフは哀れな呻《うめ》き声を発した。荒々しくすばやい震えが身体を走りぬけた。血が太腿をつたってしたたった。彼はゆっくりと下に手をのばし、剣に手をおいた。

グリフはゆっくりと腰をついた。せきこんだ。まっすぐにクロミスを見すえて、よく通る声で言った。「好機をつかんだ時に、殺しておくべきだったな。クロミスよ、やっておくべき――」

血が口にあふれ、髭をつたって流れおちた。

テジウス＝クロミスは、かつてはヴィリコニウム、パステル都市の戦士であり博識家であり、自分には剣士よりも詩人のほうが似つかわしいと思いなしていたが、今、沈み彫りのほどこされた非鉄金属の指輪が関節をくだき、爪が掌に血の半月を残すまで、細長く繊細な指を握りしめた。耳を聾する狂った叫びが身中からあふれだした。孤立感が、殺意が、彼の頭の中で苦い花のように咲きほこった。

「トリノア！」クロミスは吠えさかった。「グリフ！　グリフ！」

そして裏切者の手が犠牲となった男の捨てたエネルギー剣にのびるよりも早く――腕を一ふりさせる、あるいは唇に言葉をのぼせるよりも更に更に早く――銘なき剣は柄をも通れとばかりにトリノアの喉に埋めこまれ、切っ先は挺子《てこ》となって首の骨を切りはなし、柔らかな音をたてて頭蓋骨の後ろ側まで貫通した。

テジウス＝クロミスは身をふるわせた。頭をはげしく後ろにそらし、けもののように吠えた。そして死んだ男の胸骨に足をあてて、剣をひきぬいた。

「トリノア、おまえはこれまで一度もあっぱれであったためしはなかったぞ」とクロミスは激昂して言った。「これまで一度も」

クロミスはおのれの死と世界の死に直面して、涙を流した。

「さあ、殺せ」彼は哀願した。「さあやってきて斬ってみろ」

だが、北部兵たちは彼には目もくれなかった。

十二

顔には憎悪と狂気をもえあがらせ、銘なき剣をふるわせて前に構えながらクロミスが眺めていると、北部兵たちは頭脳の部屋へと後退していった。そこで、彼は死んだ隊長の血の流れる硬直した顔を蹴った。狼のように身をかがめ、唾を吐きつけ、兵士たちに品の悪い誰何と、汚ないはずかしめの言葉を献呈した。

しかし彼らはクロミスには目もくれず、彼の後ろを見すえて、恐怖におびえる態度だった。そしてようやくクロミスも兵士たちの凝視の方向を目で追った。

扉の方角から、乳白色の光を通りぬけて足早に現れたのは、一群の男たちだった。

背が高く、背すじがのびており、外套は黒と緑、また緋色と、とんぼの背甲の目をあざむく色だった。黒い髪は面長の白い顔から肩にまで垂れ、長靴は黒曜石の床を打ちならした。まるで〈時〉の外を歩くように、速い足どりで横を通りすぎる、その時、クロミスは彼らの武器が奇妙なおぞましいものであることを見てとった。そして彼らの眼が、浮足だった北部の狼たちに破滅をもたらすものであることも。

その先頭で意気揚々と歩いているのは小人のトゥームだった。

斧は分厚い彼の肩に軽々と吊り下げられ、髪は戦いにそなえて後ろにたばねられていた。見るもおぞましい歯の隙間から口笛をかなでていたが、バーキン・グリフの死骸を目にして息をのんだ。

大きく叫び声をあげながら、トゥームは前方にとびだし、武器をぬきはなった。退却する北部兵に襲いかかると、異様な美しい人々もみなその後につづいた。珍しい剣が低くうなり、歌った。

自分の見ている夢のただなかに転送された男のように、クロミスは小人を見つめた。鎖の中に足をしばりつけて身体をしっかり支え、頭のまわりに大きな円をえがいて斧をふりまわしていた。奇妙な一座が鋼鉄の炎のようにゆらめきながら北部兵の中を通りぬけていくのを眺めた。そしてその男たちが優位にたっていることを確信した時、クロミスは銘なき剣を放りだした。

狂乱の時はすぎた。死んだ友の頭をかかえて、彼は泣いた。


メスヴェト・ニアンがそこにいるクロミスを発見した時、彼はある程度の冷静さをとりもどしていた。震えていたが、女王の外套を受けとろうとはしなかった。

「ご無事でなによりでした、陛下」と彼が言うと、女王は頭脳の部屋に彼を導いた。彼は剣をおきざりにした。もう使い道はないと見てとっていた。

部屋の中央では、心をゆるがす奇妙な舞踊が展開していた。

頭脳が踊り、光の柱と影の柱がつぎつぎに交代していった。見分けられないほどに微妙に変化する形、色、無限に変化するリズム。

そしてその棒や柱の間をぬって、十三のほっそりとした人影が動き、彼らの衣装は斑らな光をあびて炎と燃え、細面の白い顔は恍惚としていた。

頭脳は長々と一つの和音を奏で、踊りの足はすばやく動き、金剛石の丸天井はその舞踊《バレエ》の映像を投げかえした。

この演舞場をはなれた片隅に、小人のトゥームが座っていた。乞食の身なり、大地に縛りつけられた体形、手に顎をのせ、醜い顔に笑みをうかべ、動きのすべての陰影を眼で追っている。斧は脇におかれていた。

「美しい人々だ」とテジウス＝クロミス。「殺人狂の小人があのように美しいものを発見しなければならなかったとは、哀れなことだな。なぜ彼らはあのように踊っているのだ？」

トゥームは低く笑った。

「評価していると言えば、嘘になるだろうな。やつらはおれの粗野な手の技《わざ》より何倍も効果的な人工頭脳との意思疎通の方法をもっているらしい。ある意味では、今この瞬間、彼らは頭脳そのものなのだ――」

「いったい何者なのだ、トゥーム？」

「〈午後の文明〉の者たちだよ。彼らは〈復活者〉なのだ」

クロミスは首をふった。踊り手たちは身をゆすり、彼らの外套は鮮緑と黒のつむじ風となった。

「こんなことがわたしに理解できるとは思わないでくれよ」

トゥームはとびはねて立った。突然、彼はクロミスや女王から離れ、頭脳の舞踊のパロディとはとてもいえない奇妙な踊り、悲しみとユーモアにあふれた模倣の踊りに興じた。彼は手をたたき、高らかに笑った。

「クロミス、あれは天才の手ぎわだったな。聞いてくれ――」

トゥームはまた座りこんだ。

「おれはトリノアに嘘をついていた。《ゲテイト・ケモジット》を扱うほどやさしいことはなかったのだ。あのゴーレムどもは、おれがこの部屋に入って二十分とたたないうちに動かなくなった。どこにいたにせよ、凍りついてしまい、機械は機能を停止した。おれの知っているのは、奴らが錆びはじめていることだけだ。セルルがそう教えてくれた。

「セルルが教えなかったのは、この頭脳と対話ができるということだった。これは自分で、次の二十分で学んだ。それから――

「クロミス、セルルはまちがっていたのだ。彼の解釈の一つの重大な欠陥が、今日見たようなことにつながってしまった。セルルは《ゲテイト・ケモジット》を単純な破壊者だとみていた。だが、北部人たちが奴らを頭脳を盗む者と呼んだとき、彼らのほうが真実に近づいていた。《ゲテイト・ケモジット》は収穫人だったのだ。

「〈午後の文明〉全盛のころの奴らの役割は、戦士たちの復活を阻止することなどではなく、その頭蓋骨の中味をここや、同じような集結地に運び、人工頭脳に引き渡すことにあったのだ。これは死んだ友軍兵士に対しても、実際に《ゲテイト・ケモジット》が葬った仇敵に対しても同等と思う。

に適用された——彼らは戦争をわれらとちがったふうに、おそらくは、遊戯《ゲーム》として見ていたのだ
「カンナ・モイダートが《ゲテイト・ケモジット》を単なる戦士として用い、彼らのすべての機能を否定した時、彼女は破滅を招きよせてしまったのだ。

「ところで。この場所にある『窓』の一つ一つは、実はすべて培養液の水槽で、その中には死者の脳髄が浮かんでいる。様々な液体や滋養が注入されると、頭脳は刺激をうけて、切りはなされた身体を再生するのかも知れない。

「ここに閉じこめられて三日目に、人工頭脳はフィムブルシルとロナスを再創造した。あの鮮緑の外套の者たちだ。

「四日目には、ベリンとマダー＝モナドとスレス。あの三人の踊りを見てみろ！　そして昨日は、残りの者たち。そして頭脳はおれと彼らの心を結びつけた。彼らはおれを助けると言ってくれた。そして今日、おれたちは計画を実行にうつしたのだ。

「この部屋からは十二の通廊がのびて、直径数キロの車輪の輻《や》のようだ。〈復活者〉たちは北西の通廊で生まれた。あらかじめ決められていた信号をうけて、子宮から送りだされ、ここにもぐりこみ、トリノアが死に赴いた時に残していた警護兵を葬りさった。おれたち十四人は光の柱の中に足をふみいれた。そこから、複合頭脳の所有する装置によって、われらは外の砂漠に——転移——されたのだ。

「そこでわれらは、トリノアと彼の部下たちを待ちうけた。その時には、もちろん、奴は……

そうでなくとも、巻きこまれてはいたのだ。われらはついに掩蔽壕に入りなおし、そなたが自分を失おうとするところを救いだすのに間にあったというわけだ」

テジウス＝クロミスのほほえみはこわばっていた。

「それは効を奏したようだな、トゥーム。で、これからどうする？　彼らを眠りにつかせるのか？」

小人は眉をひそめた。

「クロミス！　おれたちは〈復活者〉の軍隊をもつことになるのだぞ！　今の今も、彼らは人工頭脳を完全に目覚めさせようとしている。おれたちは力をあわせて新しいヴィリコニウムを築きあげるだろう。メスヴェン団と〈再生人〉が、手をとりあって――」

部屋の金剛石の壁が光りかがやいた。頭脳が低くうなった。極地の寒さがテジウス＝クロミスの心に降りてきた。彼は自分の手を見た。

「トゥーム、そなたには判っているのか？　そんなことをすれば、カンナ・モイダートが帝国を破壊したのと全く同様に、確実に帝国を破壊してしまうのだぞ？」

小人は急いで立ちあがった。

「何のことだ？」

「彼らはあまりにすばらしすぎるのだ、トゥーム。あまりにも完成されている。これを押しすすめてゆけば、新しい帝国などというものはなくなってしまうだろう――そうではなく、われらは呑みこまれてしまうのだ。そして一千年の中断ののちに、〈午後の文明〉は長年にわたる地球の支配権をとりもどすことになるだろう。

「悪意があるわけではないのだろう。実際には、この世界に連れもどしてもらったことを彼らは何度も感謝するかもしれない。だがおまえも言ったように、彼らの持っている生命観はわれらとは隔絶しており、われらの周囲にある廃原を造ったのが自分たちであることも忘れてはいないだろう」

〈復活者〉の完璧な身体を目のあたりにしたとき、大いなる悲しみ、痛烈な不完全さの認識がクロミスをおそった。目の前にいる小人の正直そうな顔を観察したが、自分の感情に対応するようなものは認められなかった――当惑はしているだけで、その底では、歓びが持続していた。

「トゥーム、わたしはこれにはどうにも関わりたくない」

〈復活者〉たちを送りだした丸天井の通廊にむかって歩きながら、奇妙な踊りが目に入らないように――その非人間性の虜《とりこ》になり、魅了されないように――頭を垂れていると、ヴィリコニウムのジェーン女王、メスヴェト・ニアンが行手をさえぎった。彼女の菫色の眼はクロミスを射し貫いた。

「クロミス、そのように感じるべきではありません。グリフの死に接して気を滅入らせているだけです。あなたは自分をとがめ、物事をねじまげて見ているのです。お願いですから――」

テジウス＝クロミスはこう言った。「陛下、グリフを死なせたのはわたしです。わたしは自分に嫌気がさしているのです。居るべきではない場所、居るべきではない時間にいることにほとほと嫌気がさしているのです。おのれの誤ちをただすために必要となる果てしない人殺しに嫌気がさしているのです。あの男はかけがえのない友でした。トリノアでさえ、かつてはわたしの友だったのです。

「しかしそれは喫緊の問題ではありません」

「陛下、われらは北部人を野蛮人だと見なしてきましたし、その通りでもありました」クロミスは笑った。「今では、われらこそ野蛮人なのです。見てください、あの者たちを！」

そして、女王がふりむいて、頭脳の舞踊、一万年の死と復活の祝祭を目にした時、クロミスは逃げ去った。

彼は光にむかって走った。友人の死体の脇を通った時、彼はまた泣きはじめた。自分の剣をひろいあげた。そしてその柄で結晶の窓を割ろうとした。通廊は圧迫感を彼に与えた。窓の奥には、死者の頭脳が浮遊していた。彼は走りつづけた。

「殺してしまうべきだったのだ」バーキン・グリフが彼の頭蓋の中のやわらかな空間でささやいた。そして**「ウルブンドス！」**と狂った扉が忍び笑いをもらすと、クロミスはその扉から落ちて砂漠の風の中にいた。外套が音をたててはためくので、クロミスは翼の折れた鴉を思わせる姿となって、よろめきながら黒い飛行艇にむかった。彼の心はおのれを嘲った。彼の顔は濡れていた。

クロミスは操縦室に身をすべりこませた。緑の光があたりをぼんやりと照らし、発動機を始動させると、死んだ北部兵が見えない目で彼を見つめた。彼は行先を選ばず、行先が彼を選んだ。最大の加速をして、虚ろな空にとびだしていった。

このような次第で、メスヴェン団の貴族テジウス＝クロミスは〈再生者の軍団〉の設立にも、〈小廃原〉の奥地での彼らの武装にも、その行軍にも立ちあわなかった。軍旗のひるがえるさまも見なかった。

　また、ソウブリッジの陥落を目撃することもなかった。バーキン・グリフの悲痛な死の一ケ月のち、巨大な小人のトゥームは〈午後の文明〉の歌う男たちをひきいて北部族の大軍と対決し、勝利をおさめたのである。

〈狼〉たちがソウブリッジを焼きはらい、絶望のうちに死んでいった時にも、彼は立ちあってはいなかった。

〈城門の襲撃〉も見ることはなかった。アルスタス・フルソルが――一千の〈復活者〉をひきいて冬のさなかにモナー山地を越えた後――北東の方角からパステル都市を攻撃したのだった。

　そしてまた、北部軍の司令官ロトゴブ・マンゴの壮烈な死も知ることはなかった。この男はアーチスト・クォーターの長期にわたる包囲を突破しようと無益な試みをして、ビストロ・カリフォルニウムで血を流して果てたのだった。

　また、トゥームが都市の反対側からやってきたアルスタス・フルソルをプロトン・サーキットで出迎え、握手を交した時にも、クロミスはいなかった。

　最終的なメスヴェン宮殿の奪還にも立ちあわなかった。この時には、一時間のうちに五百人が命を落とし、トゥームはあの名高い傷を負ったのだった。一同はそこでクロミスを待ったが、彼はやってこなかった。

　王宮の内奥の部屋、その移りかわる光の幕の中へ乱入した際にも行を共にはしなかった。また、女王の獣、なまけもののユシーンの瀕死の体躯の下に、冷たく美しいカンナ・モイダートの死体を、最後にひねり投げられた短剣を発見することもなかった。

若き女王は、年上の女王、彼女の従姉におおいかぶさって泣いたと噂されている。だが、クロミスはそれも見てはいない。

終章

ヴィリコニウムの女王、メスヴェト・ニアンは、日のかげる頃、陸地と海原の間に滅びた国のように横たわる砂丘に立った。切り裂かれたぼろ布のようにすばやく、黒い鴎がうつむいた彼女の頭上をとびかい、争っていた。

彼女は背が高くしなやかな女性で、重々しい朽葉色のビロードのうちかけを着こんでいたが、この時代の慣習に反して肌に彩色はなく、宝石もつけてはいなかった。全く同一のニープの指輪が九個、長い指に輝いている。髪は秋のなかまどを想いださせる色で、やわらかく波をうって腰にまで垂れ、胸のところで渦をまいている。

しばらくのあいだ彼女は渚を歩き、波に打ちあげられたものを調べた。ここではなめらかな小石に、あちらでは透き通った巻貝に格別の関心をはらい、とんぼの背甲の色の墣をひろいあげ、海水で漂白され、奇妙にえぐられた木の枝を投げやった。彼女は鴎を見つめたが、その啼き声は彼女を暗鬱にさせた。

彼女は白い馬勒をつけた葦毛の馬の手綱をとって砂丘を越え、塔に通じる石の道をみいだした。その塔には名がなかったが、塔の立っている長い海岸線にちなむ名前で呼ぶ者もあった。すなわち、バルマカラである。

バルマカラは崩れていた。壁は黒ずみ、折れた歯のようだった。闇の冬、明暗の厳しい冬がすぎて、大地が緑をとりもどす春であるにもかかわらず、塔をとりかこむななかまどの森には命の気配がなかった。

たそがれの深まりゆく闇の森の中で、彼女は塔を倒した結晶の飛行艇の残骸にたどりついた。船は黒く、葡萄酒の赤い眼をした狼の頭が、めくれた胴体のところから彼女を見つめていた――すでに塗料ははげかけていて、威嚇的なところはほとんどなかった。

彼女はそれをやりすごして、扉に達した。馬の手綱をゆわえつける。

大声で叫んだが、返事はなかった。

彼女は五十段の石の階段をのぼり、はやくも夜が塔の外容をのみこんでいることに気づいた。砂塵は半円の窓を褐色にかえ、隅にうず高く積っていた。足音はうつろに響いたが、塔の中には奇怪でおだやかな音楽があった。悲嘆にみちた厳格な音調のカデンツァで、彼女の菫色の瞳には涙がにじんだ。

彼は刺繡のほどこされた青い絹に覆われている壁際寝台に腰かけていた。周囲の壁には戦利品がかかっている。リヴァーマウス戦役において、ミングレー海戦ののちに友人の小人のトゥームから譲りうけた活力をもつ戦闘斧。モナデリス山脈で彼が独力で負かしたソリスマン・カールメーカーの華麗な軍旗。砂漠で発見された奇妙な武器や、天文儀。

彼は女王が入ってきても視線をあげなかった。

彼の指は強く張った楽器の弦を押しさげた。その音調は低く陰鬱だった。彼はモナー山地のクラアチャン山陵でつくった次のような詩を朗唱した。

『鮮やかな幻影。虚ろなる時代のこの地の鮮やかな幻影がわたしには見える‥‥はるか下方では松の木がゆらいでいる‥‥太古の岬に激しく燃えあがる小妖精のなかまどの森をあとにして、油をうったように静かな夕暮の海の中にゆっくりと浸ってゆく‥‥荒廃した丘陵の頂きで、われらはきつい靴に足をおさめるように、荒廃をわれらの細い骨の中に休める‥‥この地の物語、山陵の砕けた稜線のほかには、悲しい風と沈黙しかありはしない‥‥積石道標《ケルン》の上にわたしはもう一つ石を重ねる‥‥わたしを支配するのは、《時》‥‥』

彼が歌いおえた時、女王は言った。「クロミス卿、わたくしたちはあなたが来るのを待っていたのですよ」

闇の中で、彼はほほえんだ。その時も彼はまだ引きさかれた外套と、ずたずたに裂けて痛んだ鎖かたびらをまとっていた。銘なき剣は腰脇にあった。習癖も相変わらずだった。悩みがあり神経質になっている時、彼の手は知らぬまにさまよいでて剣の柄をまさぐるのである。

クロミスは彼の時代の重々しい上品さをこめて言った。「陛下、少しでもわたしに役に立つことがあると感じたならば参上していたはずです」

「クロミス卿、ばかげていますよ」彼女は笑い、哀れみを見せないようにした。「死があなたをここにひきよせ、あなたはけもののように世をすね、身を切り裂いているのです。ヴィリコニウムでは、死について思いなやむことはなくなったのですよ」

「それを陛下は御選択されたのです」

「〈再生者〉たちはわたくしたちと交わりあっています。彼らはわたくしたちに新しい工芸、新しい展望を与えてくれていますし、わたくしたちからは、国土を疲弊させずに生きていく方法を学んでいます。あなたは満足するかもしれませんね、クロミス、あなたが正しかったのですから――〈帝国〉は滅びました。

「しかし、〈午後の文明〉も滅びたのですよ。そして全く新しいものが、この二つにとって代ったのです」

クロミスは立ちあがって、窓際にいった。足取りは静かですばやかった。彼が女王に顔をむけると、その後で赤い血をながして太陽は死をむかえた。

「その〈新しい帝国〉に、本能的な暗殺者の入りこむ余地があるのですか？」と彼は問うた。「あるのですか？」

「クロミス、あなたは愚か者です」そして彼女はその問いに答えることを許さなかった。しばらくして、クロミスは女王に〈名称星〉を見るようすすめた。

「あれです。陛下もこのことは否定できないでしょう。後代のものは誰も、あそこに何が書きこまれているか読みとることはできなかったのです。帝国というものはいずれも落ちぶれて、後裔たちには理解できない言語をのこすのです」

彼女はほほえんでクロミスを見上げ、顔にかかる髪を後ろにかきやった。

「〈再生者〉アルスタス・フルソルならば、その意味を教えてくれるでしょう」

「わたしの気質にとって大事なことは」とクロミスは譲歩した。「それが謎でありつづけることなのです。その男に口をとざすよう命じていただけるならば、わたしとて戻りましょう」

解説　もっとも再評価されるべき作家、M・ジョン・ハリスン

岡和田晃（文芸評論家・ゲームデザイナー・現代詩作家、「ナイトランド・クォータリー」編集長）

現代日本の文学シーンでもっとも過小評価されている、英語圏の作家は誰だろうか？

かつて、それはジーン・ウルフだと言われていた。象徴性を帯びたモチーフの数々と、繊細な〝語り〟が複雑に絡み合い、ゆらぎを内包する大きな物語――らしきもの――が立ち上がる。そのような啓示をもたらす作家として、日本語環境の読者にウルフが再認識されるのは、二〇〇四年に『ケルベロス第五の首』（原著一九七二年）が、国書刊行会〈未来の文学〉叢書の第一巻として刊行されるまで待たなければならなかった（柳下毅一郎訳）。

あるいは、キース・ロバーツはどうだろうか。アンソロジーや雑誌で訳されてきた短編が少なからずあり、それらは商業出版としてまとめられていないが、スコティッシュ・ケルトの作家フィオナ・マクラウドにも通じる哀しみを湛えた名作長編『パヴァーヌ』（原著一九六八年）に限って言えば、サンリオSF文庫（一九八七年）、扶桑社（二〇〇一年）、ちくま文庫（二〇一二年）と、三回刊行されている（越智道雄訳）。

これらの作家とスタイルや問題意識の照応を感じさせつつ、いまもっとも再評価されるべき作家として太鼓判を押せるのが、このたびご紹介するM・ジョン・ハリスンだ。一九六〇年代頃から、J・G・バラードやブライアン・オールディスらによる〝Speculative Fiction＝思弁小説〟とし

てのSFを追究する〝New Wave＝新しい波〟の運動が、イギリスを中心に巻き起こり、その最後衛としてデビューした書き手である。

二〇二一年現在、英語圏ではSF・ファンタジー・ホラーの総称として、〝Speculative Fiction＝思弁小説〟はすでに定着を見せており、日本であっても〝Speculative Fiction＝思弁小説〟的な技法は当たり前のものとなっている。そもそもイギリスは十九世紀以前からの「科学ロマンス」の伝統があり、「SF」と「主流小説」に悪しき意味での垣根を設けない発想が浸透していた。だからこそ、〝New Wave＝新しい波〟以降の一九八〇年代には、SFの本質を「アイデア」に置くのか（代表格はイアン・ワトスン）、「スタイル」に置くのか（代表格はクリストファー・プリースト）、という議論が取り沙汰されたが、そんな陰に隠れ、いたずらに難解だと敬して遠ざけられてしまったのが、M・ジョン・ハリスンだったと言えるのかもしれない。

何としてでもその面白さを伝えたい。そんな想いから、私が編集長をつとめる「ナイトランド・クォータリー」では、Vol.17からVol.20まで〈ヴィリコニウム〉シリーズに属するハリスンの代表短編を連続掲載、翻訳は日本で最初に同シリーズの第一長編『パステル都市』（原著一九七一年、サンリオSF文庫、一九八一年）を訳した大和田始氏にお願いした。本書はそれらを合本化したもので、訳文には初出時からいっそう磨きがかけられている。

この連作は、舞台の地名から〈ヴィリコニウム〉シリーズと呼ばれているが、ヴィリコニウムとはある作品では特定の場所を指すようであり、別の作品では無何有郷のごとくに仄めかされている。そんな幾重にも重ねられた寓喩の襞を掻き分けながら、何が起きているのかを読み解いてゆく愉悦がある。根底に横たわるのは、〈死〉への畏怖だ。

神話的な構造を伝える魔術的な体験を読み手に与えながらも、確かな文学史的伝統の裏打ちがあり、批評的な味読にも堪える。そうした意味では、類型的な「物語」というよりは、二〇世文学の伝統を継承したものと言うのが正確かもしれない。具体的にはT・S・エリオットらのモダニズム詩や、それらを論じた神話批評や新批評と呼ばれる潮流が背景にある。あるいはマーヴィン・ピーク〈ゴーメンガースト〉シリーズのようなゴシック文学の再生とも言うべき作品群ともなっている。さらに言えば、ジーン・ウルフの超絶技巧と、キース・ロバーツの幻視力にも通じる書き手と言えるのかもしれない。

シリーズ出発点たるダークファンタジー「ラミアとクロミス卿」や、その長編版『パステル都市』は、白面の戦士エルリックらを主役に据えたマイクル・ムアコックの反ヒロイック・ファンタジー・サーガ〈永遠の戦士《エターナル・チャンピオン》〉の屈折した人物造形に、それと相反する躍動感を兼ね備えている(実際、M・ジョン・ハリスンはこの系譜に連なる〈ジェリー・コーネリアス〉シリーズのオマージュも書いているのだ)。プリースト『逆転世界』(原著一九七四年、安田均訳、創元SF文庫、一九八三年)や、フィリップ・リーヴ〈移動都市〉シリーズ等にも〈ヴィリコニウム〉の影響は垣間見える。

この世界をヴィジュアル化した一人に、イアン・ミラーがいる。〈ゴーメンガースト〉や、ゲームブック〈ファイティング・ファンタジー〉のアートワークで知られる彼は、M・ジョン・ハリスンの *The Luck of the Head* を原作とするグラフィック・ノベルを描いており(一九九一年)、コラージュの技法を駆使したゴシック・パンクの破壊的傑作に仕上がっている。

レトロスペクティヴに機械文明のあり方が問い直されるという意味で、『パステル都市』は『パヴァーヌ』と並んでスチームパンクの祖型にも準えられる。狭義の小説のみならず、RPG〈ダンジョンズ&ドラゴンズ〉の背景設定の一つであるマジカルパンクな世界・エベロンには、〈ヴィリコニウム〉に通じる雰囲気もある。

また、宮崎駿〈風の谷のナウシカ〉の系譜に連なるSF・幻想文学の先行作として、私が知る限り二十年以上前から、フランク・ハーバートの〈デューン〉シリーズやオールディス『地球の長い午後』（原著一九六二年、ハヤカワ文庫SF、邦訳一九七七年）と並んで、『パステル都市』の名が挙げられるのは珍しくなく、近年は英語圏のファンダムにまでこの仮説が伝播している。それもそのはず、『風の谷のナウシカ』の設定や登場する地名には、『パステル都市』を彷彿させるものが散見されるのだ（本書の一三三頁の〈錆の砂漠〉と『風の谷のナウシカ』7〔徳間書店、一九九五年〕の「砂はすべて錆とセラミック片」など）。

私は東海大学文芸創作学科の幻想文学論の講義にて、〈ヴィリコニウム〉シリーズを学生と読んでいったことがあるが、本書に収めた「奇妙な大罪」を「色」のキーワードでテマティスム批評的に読んでいくと、「死」と「孤独」を経由し「希望」と「再生」への期待を読み取ることができるというレポートが提出されて驚いたものだ。再読を重ねるごとに読み味が深まる、そんなM・ジョン・ハリスンの作品群は、大和田始氏の訳者解説に詳細なリストがあるが、それ以外に、各種アンソロジーから以下が邦訳されている。

1「地を統べるもの」（トマス・M・ディッシュ編 *The New Improved Sun* 所収、原著一九七五年、伊藤典夫訳、「SFマガジン」一九八二年四月号所収、伊藤典夫編訳『海の鎖』所収、国書刊行会、二〇二一年）

2「ささやかな遺産」（原著一九八七年、中村融訳、C・エヴァンズ&ロバート・ホールドストック編『アザー・エデン』所収、ハヤカワ文庫SF、邦訳一九八九年）

3「パンの大神」（原著一九八八年、白石朗訳、『ナイト・フライヤー』、新潮文庫、ダグラス・

E・ウィンター編、邦訳一九八九年)
4「からっぽ」(原著一九九五年、宮脇孝雄訳、M・H・グリーンバーグ&リン・ハムリー編『死の姉妹』所収、扶桑社ミステリー、邦訳一九九六年)

1は、根底には、超越性に対しての畏れを描きぬいた重量級の中編。2は、ディケンズやプルーストを想起させる短編で、死の強制収容所に対する悼みが中核にある。3は、アーサー・マッケンのオマージュだが、冒頭からキャサリン・マンスフィールドが引かれ、ヴィクトリア朝の怪奇譚を二〇世紀モダニズムの技巧を経由して語り直しているとわかる。4は、最近では待兼音二郎氏が「TH」No.86(アトリエサード、二〇二一年)でレビューし、「イングランドの荒々しい自然描写を経て、救いのない人生を生きる者の悲哀を帯びはじめる」吸血鬼小説の佳品。

近年、英語圏ではM・ジョン・ハリスンは後進の作家たちから、熱いリスペクトを集め、確かな存在感を発揮している。二〇〇八年に翻訳が出たSF長編『ライト』(原著二〇〇二年、小野田和子訳、国書刊行会)は、アレステア・レナルズやイアン・M・バンクスらへの応答とも取れる「ニュー・スペースオペラ」を再帰させたがごとき量子論的SFだが、マルチプロットな構成が面白い。あるいはチャイナ・ミエヴィルの諸作など、H・P・ラヴクラフトやC・A・スミスらの〈ウィアード〉な世界観を、既存のジャンルを越境して転覆《サブヴァージョン》をもたらす潜勢力として受け止め、「ニュー・ウィアード」として更新するのを提唱したのもM・ジョン・ハリスンである。

一般紙に書評が出て、名だたる「主流文学」の作家たちからオマージュを捧げられる境界解体的な作品群。近年ではアカデミックな文学研究の対象にもなっているが、その出発点に、〈ヴィリコニウム〉シリーズは位置づけられる。本書で、その門をそっと開いてみてほしい。

訳者あとがき

大和田始

作者とその経歴について

Ｍ（マイクル）・ジョン・ハリスンは一九四五年、イギリスはウォーリックシャーのラグビーに生まれた。学校教育に耐えられず、田舎の封建的な雰囲気にも嫌気がさし、大学生の頃にドロップアウトしてロンドンに出た。

小説を書きはじめたのは十六歳の頃らしい。第一作とされるのは一九六六年のMarina。第二作は同年のヴィリコニウムものLamia Mutableだと言う。これは後にハーラン・エリスンの『危険なヴィジョン再び』（一九七二）に収録された。

ＳＦ界へのデビューは一九六八年十一月の「ニュー・ワールズ」で、短篇Baa Baa Blocksheepと評論が同時掲載された。そしてすぐに同誌の書籍エディターになり、毎月多数の小説を読み、ほとんどがエース・ブックスのタイプだということに気づいて、絶望したらしい。（評論家としては、本名やジョイス・チャーチル名義で月刊・季刊の「ニュー・ワールズ」に書評を寄せた）

一九五〇年代半ばから「ニュー・ワールズ」は〈新しい波〉と呼ばれるようになる新趣向のＳＦを生みだしてきたが、一九六〇年代後半には〈新しい波〉と並行して〈新しい冒険小説〉が登場してきて、ハリスンは強い影響を受けたと思われる。

ここでかりに〈新しい冒険小説〉と呼ぶのは、ヒロイック・ファンタジーやスペース・オペラなどを含む冒険小説の中で新機軸をうちだした作品群のことで、そこにはサミュエル・ディレーニの諸作やマイクル・ムアコックの諸作、そしてM・ジョン・ハリスンのいくつかの作品も含まれる。

よく言われているように、ディレーニは従来のスペース・オペラの型式を踏襲しながら、その中で現実社会への関心を表明し、また、ハード・サイエンスと象徴芸術とを直接むすびつけるという荒技でこの分野を活性化させた。一方、イギリスではムアコックが、特にエルリック・シリーズにおいて、ヒロイック・ファンタジーの陰画を作りあげた。ヒーローは白子であり、生命力が弱く、魔剣なくしては生きていくことすらできない。滅びつつある帝国の後継者なのだが、帝国の崩壊へむけて活躍させせられてしまう。

かつては逃避読物であったものが、このようにして、より現実的で文学的な内容を獲得していった。そうした中で、ハリスンはイギリスのSF雑誌「ニュー・ワールズ」の編集長でもあったムアコックの影響を受けたようだ。本書の主人公テジウス＝クロミスの造形には、ムアコックのエルリックの影がある。冒険小説のヒーローでありながら、コナンのような強靭な肉体をそなえてはいないのだ。そしてジェリー・コーネリアス（これもムアコックのヒーローで、ハリスンもジェリーを主人公とする短篇をいくつか書いている）と同じように、破滅に魅せられている。ムアコックにとって滅亡は地球の歴史の興隆と衰亡の自然の過程となったが、ハリスンにとっては西欧文明の破滅であったようだ。

ハリスンの未来史と『パステル都市』

ハリスンは独自の未来史年表を持っているらしく、初期の作品はおおむねその年表上に位置しているようだ（本解説末尾の著作目録も参照されたい）。ただし彼自身はシリーズについて尋ねられた時、〈シリーズ志向〉を言葉はげしく非難したそうである。しかしそれにつづいて「最良のファンタジーは未知の大陸だ。読者はまずその中にひきこまれ、やがて置き去りにされる。それにつづいておこる驚異を楽しめないのならば、代りに『自動車の選び方』といった本でも読んだほうがいい……私にもシリーズはあるが、これは秘密の、殻の下にかくれた、ボルヘス的なシリーズであり、熱心な読者にしかそれを構成する作品の真髄にせまることはできないだろう」と述べている。

時代的に最も早い作品の一つは短篇集『第十番竪穴の機械』の表題作で、一九七〇年代ないしは八〇年代かと思われる。ニコラス・ブリュトンという名の教授が、生命の情念を集めて宇宙空間に放射する〈情念変換機〉を地底にもとめて深い穴を掘るが、溶岩がふきだしてイギリス各地が破滅していくという物語。

第一長篇の『関与した人々』では少し時代が下り、二十一世紀に入っている。核戦争がおこって三十年後、荒廃したイギリスでは生きのびた人間たちが小集団をつくり、闘いにあけくれている。統合政府が作られては崩されていく。ガイガー・カウンターが貴重な財産となっている。皮膚癌、七本指、硬化した皮膚をもつものもいる。主人公のウェンドーヴァは医者。ある夜、彼は事故がおきたといって、男たちに連れだされる。実は奇型児が生まれたのである。様々な経緯があり、彼らはその奇型児と同じ奇型の集団を求めて旅に出る……

そして『ケンタウリ兵器』はバーリントン（バリントン）・ベイリーの影響を受けたスペース・オペラで、時代は二十四世紀に設定されている。

その後、『パステル都市』等ヴィリコニウム・シリーズにまで至る長い時の流れについては今も明らかではない。短篇「都市から目撃された出来事」の中に、地球の自転が停止し、四千年後に再び回転をはじめたと書かれている。(本書中に〈東の空の夕ばえ〉とあるのは、この時に自転方向が逆になったからなのだろうか。それとも磁極が交代したからなのか……あるいは)

想像をたくましくすれば、この四千年を〈大いなる正午〉と考えることもできるだろう。〈午後の文明〉はその後に栄え、〈たそがれの文明〉を経て、ヴィリコニウムが登場することになるのだろう。こうした仮定の下で荒っぽく計算すれば、本書の舞台となる地球は少なくとも三万年以上も未来にあるといえそうだ。

多くのヒロイック・ファンタジーと同じで、そこには中世的な世界が復活しており、王や騎士などの貴族階級があり、下層階級があり、《バーン》という魔法のような剣もあり、騎士たちは主に剣によって戦闘をくりひろげている。

『パステル都市』の主人公のテジウス=クロミスは剣の達人だが、筋骨隆々としているわけではなく、屈折した心理をもち、詩人でありたいと願い、隠遁生活にあこがれている。そのような剣士は状況に対処するとき超然とした態度をとるようになり、読者が作品世界に熱中的に没入することを許さないだろう。

また、この作品の背景にある問題はさほど単純なものではない。過去の文明が地球の資源を使いはたしてしまったので、この時代の人々は〈錆の砂漠〉から金属製品を掘りだして用いなければならない。しかも技術が衰微しているので、剣に改鋳するくらいしかできないのだ。

戦争は冒険にみちているはずだが、騎士たちはすすんで闘いを求めるのではない。闘いのための闘いというようなものもみられない。そして《ゲテイト・ケモジット》という戦闘ロボットの登場で、中世的な世界は崩れさっていく。この分野の作品では王国間の戦争は多少とも善悪の色彩をおびるものだが、本書にその気配はない。しかも最後に〈復活者〉が出現することによって戦争自体が意味を失ってしまうのである。

テジウス=クロミスは楽器を奏で、詩を朗唱する。その詩には明らかにT・S・エリオットの影響が見られ、代表作『荒地』を連想させる。批評家ポール・キンケイドは「『荒地』がこのシリーズ全体の上空に守護神のように漂っている」と述べている。そもそもハリスンが『パステル都市』を発想したのは、メアリ・ウェブのエレジー的な詩「Viroconium」を読んだ時だったというのだから、詩へのかかわりは最初からあったのだ。

五年の空白をおいて一九八〇年に発表された『翼の嵐』は、ヴィリコニウム・シリーズの第二巻で、八〇年代前半にハリスンは集中的に三本目の長篇と数本の短篇を書きあげ、これらは二〇〇〇年にヴィリコニウム全集というべき一巻本にまとめられた。

この八〇年代に作家としての地力が格段に上がったというのが、多くの評者の意見である。その一端は本書に収めたいくつかの短篇に見て取れるだろう。

九〇年代には、普通小説に傾き、登山家を描いたClimbersを自身の最高作と見ていたようだ。それに続く二長篇も世評は高い。そして『ライト』以降は再びSFに復帰して後進をおそれさせているようだ。

収録短篇解題

「ヴィリコニウムの騎士」

ヴィリコニウムは何から読むべきか、と問われて、ハリスンはこの短篇をあげている。また英国版一巻本全集の冒頭を飾ってもいる。最初は決闘のシーンがつづくが、後半はタペストリーの中の幻像が描かれる。ヴィリコニウムの様々な光景があらわれる。ここでハリスンはわざわざヴィリコニウム物語はすべて幻像なのだと示唆しているのかもしれない。

「ラミアとクロミス卿」

この短篇を読んだあとで『パステル都市』を読まれた方は、奇妙な感じを受けるかもしれない。この作品と全く同一の文章が『パステル都市』のあちこちに散りばめられているからだ。ただ、同一の文章が使われていても、二つの作品の雰囲気はかなり異なる。しかもヴィリコニウム作品の総集編『Viriconium』にも本作と同題の短篇が収録されており、確かに同じ人物も登場し、同じ文章があるものの、これも本作とは全く異なる物語だ。

ハリスンのヴィリコニウムものについて、作家ニール・ゲイマンはこんなことを語っている。ヴィリコニウムの物語は「パリンプセスト（再利用された羊皮紙、前に書いた文章を削った上にまた書き重ねていた）」のようで、ある物語の「表面の下には、他の物語や他の都市を見いだすことができる。テーマや人物たちはシャッフルされてまた配られたタロットのように再び姿を見せる」。ハリスンのヴィリコニウムは、他の作品との繋がりを感じさせながらも、たえず変化し流転しつづける世界として描かれている。「ラミアとクロミス卿」と『パステル都市』や、初出と一巻本の「ラミアとクロミス卿」が、共通点をもちながらもあくまで異なる様相を見せるのは、おそらくこのような世界の描き方に由来するものなのだろう。

しかし、もしかすると別の歴史を辿った並行世界なのではないかと想像させる部分もある。リヴァーマウスの唄『死んだ船荷の葬送歌』に出てくる「フリート」は、かつてロンドンに実在したフリート監獄（フリート川のほとりにあった）を思い出させるし、「死んだ船荷」とは船に積まれた囚人たちの死体のことではないかと考えられる。

「奇妙な大罪」、「混乱の祭主たち」

これらの作品はケルトの文化との強い関連があるように思われる。以下、読解の役に立ちそうなキーワードを解説していく。

・罪喰い——ヨーロッパ各地に残っていた弔いの風習。墓地でパンや酒を飲むことで死者の生前の罪障を引き受け、葬送の儀式を司る男のこと。平安と休息を汝に与える、と言うようなスピーチをする場合もあるらしい。ヴィリコニウムがあったとされるシュロップシャーあたりには二十世紀まで残っていた風習のようである。
・マリ・ルイド——南ウェールズを中心に今も残る冬祭りの風習。馬の頭蓋骨に棒をつけて、持ち手の身体を白布で隠し、家々を巡っては歌で家主と押し問答し、家中に入ると飲み食いし、出るときには火を消していく。マリ・ルイドはケルト語で「葦毛（灰色）の雌馬」の意味。新年に家々を回り、幸運をもたらすとされる。
・混乱の祭主——十五〜十六世紀イギリスの宮廷や貴族の館でのクリスマス宴会の司会者のこと。農民などからくじで選ばれ、愚者の祭典を差配させられた。
・マスト・ホース——馬の頭部の木像あるいは本物の頭蓋骨が、一メートルほどの棒の先に取り付けられたもの。操る者は、前かがみになり、自分の頭の前にかかげる。ウェールズのマリ・ルイドは布が長く、操る者は立ちあがって、頭の上に掲げることもできる。

・ロウン伯爵追討——デヴォン州クーム・マーティンの海岸で昇天日に行われた祭り。愚者と小さめの馬、ホビー・ホースが村中に伯爵を探し回る。捕らえると驢馬に乗せて村を引き回し、海岸で処刑し、海に投げ込む。

・オイル・ヴォレ——原綴はOei'l Voirrey、様々な綴り方があるようだ。マリア祭の逮夜、クリスマス・イヴのこと。マン島ではみすぼらしい格好で教区教会に行って聖歌を歌う習慣があったらしい。「奇妙な大罪」にちらりと登場した「(ジョリー)レンの追跡」もマン島の風習で、十二月の二十六日に行われ、飾りつけられたレン棒の周りで、歌や踊りをする。レンは鷦鷯《みそさざい》という小さな鳥。

地名について

本書に登場する地名の多くはイギリスのスコットランド地方に見出されるようだ。クロミスが隠棲したバルマカラ、道中の村デュイリニッシュ、目的地レンドルフットなどなど、クロミスたちの旅の行程を想定しつつ地図をたどるのも読書の楽しみの一つだろう。

ヴィリコニウムは実在の都市の名前であり、ウロコニウムとも呼ばれ、ローマ占領時代の英国第四の都市だった。イングリッシュ・ヘリテージのHPには「ローマ都市ロクシター」のページがあり、紀元一世紀ころの遺跡の写真が紹介されている。

地名の読み方はグーグル・マップに掲載のものはその表記に従った。

著作目録

1 The Committed Men (1971)『関与した人々』

2 The Pastel City（1971）『パステル都市』大和田始訳、サンリオSF文庫 1981
3 The Centauri Device（1974）『ケンタウリ兵器』
4 The Machine in Shaft Ten and Other Stories（1975）短篇集『第十番竪穴の機械』
5 A Storm of Wings（1980）『翼の嵐』
6 In Viriconium（1982）
7 The Ice Monkey and Other Stories（1983）短篇集
8 Viriconium Nights（1984）※米国エース・ブックス
9 Viriconium Nights（1985）※英国ゴランツ社
10 Viriconium（1988）（6と短篇2本の合本）
11 Climbers（1989）※登山家小説
12 The Course of the Heart（1992）
13 Signs of Life（1997）
14 The Wild Road（1997）Gabriel King 名義
15 The Golden Cat（1998）Gabriel King 名義
16 The Knot Garden（2000）Gabriel King 名義
17 Travel Arrangements（2000）短篇集
18 Viriconium（2000）（2、5、6、9の合本）
19 Light（2002）邦訳は『ライト』（小野田和子訳）国書刊行会 2008 ケファフチ宙域三部作
20 Things That Never Happen（2002）短篇集（7と17の合本）
21 Nonesuch（2002）Gabriel King 名義

22 Anima（2005）（12と13の合本）
23 Nova Swing（2006）ケファフチ宙域三部作
24 Empty Space（2012）ケファフチ宙域三部作
25 You Should Come with Me Now（2017）短篇集
26 The Sunken Land Begins to Rise Again（2020）
27 Settling the World : Selected Stories 1970-2020（2020）短篇集『地を統べるもの』
※ Gabriel King 名義の四作は Jane Johnson との共著で、猫のタグを主人公とした連作。

ヴィリコニウム・シリーズ書誌（すべて大和田始訳）

The Pastel City（1971）長篇『パステル都市』、邦訳初出はサンリオＳＦ文庫 1981
The Lamia and Lord Cromis（1971）「ラミアとクロミス卿」、邦訳初出は「ナイトランド・クォータリー（以下ＮＬＱ）」Vol.18、アトリエサード 2019
Lamia Mutable（1972）
Events Witnessed from a City（1975）「都市から目撃された出来事」
A Storm of Wings（1980）長篇『翼の嵐』
Viriconium Knights（1981）「ヴィリコニウムの騎士」邦訳初出は「ＮＬＱ」Vol.19、アトリエサード 2019
Strange Great Sins（1983）「奇妙な大罪」、邦訳初出は「ＮＬＱ」Vol.20、アトリエサード 2020
The Lords of Misrule（1984）「混乱の祭主たち」邦訳初出は「ＮＬＱ」Vol.21、アトリエサード 2021

In Viriconium（1982） 長篇
The Luck in the Head（1984）
The Lamia & Lord Cromis（2000）
The Dancer from the Dance（1985）（Lamia Mutable の改作）
A Young Man's Journey to Viriconium（1985）別題 A Young Man's Journey to London
Jack of Macy's（2017）

・関連作品
The Luck in the Head（1991） イアン・ミラーによるグラフィック・ノヴェル（「ヴィリコニウムの騎士」にも登場するマミー・ヴーレイはマーガレット・サッチャーのアバターとして描かれているという）
Viriconium（2000）In Viriconium をもとにした Dieter Jüdt のドイツ語版グラフィック・ノヴェル。

・その他
Parietal Games : Critical Writings by and on M. John Harrison（2005）評論集
M. John Harrison Critical Essays（2019） ハリスンを論じた評論集

M・ジョン・ハリスン M. John Harrison

現代イギリスを代表する作家。1945年、イギリス・ウォーリックシャー生まれ。1968年、イギリスSFの〈新しい波〉の牙城であった「ニュー・ワールズ」誌で、短篇と評論の同時掲載でデビュー。1970年代から80年代にかけて『パステル都市』『翼の嵐』などのダークファンタジー〈ヴィリコニウム〉連作で人気を博する。90年代には『登山家たち』『心の行方』『人生の徴』などのノンジャンル小説を書きつつ、イギリスの若い作家たちの新しい作風に「ニュー・ウィアード」と命名して論争を起こした。2000年代には「ニュー・スペースオペラ」への応答でもある『ライト』（小野田和子訳、国書刊行会）に始まる3部作を発表。近作『沈んだ土地がまた隆起する』は、ウィリアム・バロウズとヴァージニア・ウルフのミッシング・リングを埋めるとも評される。

大和田 始（おおわだ はじめ）

翻訳家・評論家、「SF Prologue Wave」編集委員。1949年宮崎県生まれ。慶應義塾大学法学部政治学科卒。1972年、ロバート・シルヴァーバーグ「太陽踊り」（「SFマガジン」1月号）の翻訳で翻訳家として、「遊侠山野浩一外伝」（「NW-SF」No.5）で評論家としてデビュー。翻訳にブライアン・アッシュ編『SF百科図鑑』（共訳、サンリオ）、J・G・バラード『コンクリートの島（コンクリート・アイランド）』（共訳、NW-SF社／太田出版）、ブライアン・オールディス『世界Aの報告書』（サンリオSF文庫）、カイラ・リー・ウォード「そして彼女の眼の中で、都市は水没し」（「ナイトランド・クォータリー」vol.19）、リサ・L・ハネット「戴冠試合」（同vol.26）など。詩人・フランス文学者の父・服部伸六、翻訳家の叔父・神戸政郎の顕彰活動でも知られる。

TH Literature Series

ヴィリコニウム――パステル都市の物語

著　者　M・ジョン・ハリスン

訳　者　大和田始

企画・編集：「ナイトランド・クォータリー」編集部
プロジェクトマネージャー：岩田恵
アートディレクション：鈴木孝
チーフ・エディター：岡和田晃
エディター：待兼音二郎、深泰勉
小笠原じいや、矢田部健史
DTP：望月学英
装画：山村俊雄

発行日　2022年1月8日
発行人　鈴木孝
発　行　有限会社アトリエサード
東京都豊島区南大塚1-33-1 〒170-0005
TEL.03-6304-1638 FAX.03-3946-3778
http://www.a-third.com/ th@a-third.com
振替口座／00160-8-728019
発　売　株式会社書苑新社
印　刷　モリモト印刷株式会社
定　価　本体2500円＋税
ISBN978-4-88375-460-1 C0097 ¥2500E

Printed in JAPAN